GERD TESCH

Das blaue Pferd
und andere Geschichten

Die Deutsche Nationalbibliothek verzeichnet diese Publikation in der Deutschen Nationalbibliothek; detaillierte bibliographische Daten sind im Internet über http://dnb.d-nb.de abrufbar.

Umwelthinweis:
Dieses Buch wurde auf chlorfrei gebleichtem Papier gedruckt.

© 2023 Gerd Tesch
Herstellung und Verlag:
BoD – Books on Demand, Norderstedt
2. Auflage
Layout und Cover: Manuela Wirtz, Schüller
Coverbild: Franz Marc – Rotes und blaues Pferd, 1912, Wikimedia Commons

ISBN: 9783746014722
Printed in Germany

GERD TESCH

Das blaue Pferd
und andere Geschichten

Es ist sehr artig und sehr klug, seinem Leser zu überlassen, die letzte Quintessenz unsrer Weisheit selber auszusprechen.
Friedrich Nietzsche

Alle guten Bücher haben eines gemeinsam: Sie sind wahrheitsgetreuer, als wenn es wirklich passiert wäre, und nachdem man eines gelesen hat, hat man das Gefühl, daß das alles passiert ist, und dann besitzt man es für alle Zeit: das Glück und das Unglück, das Gute und das Böse, die Ekstase und den Kummer, das Essen, den Wein, die Betten, die Menschen und das Wetter.
Ernest Hemingway

Love is the major force in our life.
Roland Emmerich

Das ging aber schnell
ich meine das Leben
Haiku, Ron Padgett

Inhaltsverzeichnis

5

Anstelle eines Vorworts

Wir sind wie ein Straßendorf, das ausfranst. Abgesehen von ein paar randständigen Häusern kennen wir uns gleichwohl recht gut. Was nicht verwundert, bestehen wir alle doch nur aus den immer gleichen sage und schreibe sechsundzwanzig Buchstaben. Wir grüßen einander, ob wir uns mögen oder nicht. Schließlich können wir uns kaum aus dem Weg gehen. Kollisionen gilt es vorzubeugen.

Wir begnügen uns mit einem Ausschnitt aus dem Fluss des Lebens. So beginnen wir, so hören wir auf und hadern, wenn die Mitte verrutscht, wie Günter Grass meint. So ist das nun einmal, wenn ein Moment der Hellsichtigkeit unsere Figur überrascht. Dann werfen wir Fragen auf und lassen sie scheinbar unbeantwortet: Man kann uns lesen und vorlesen. Je nachdem, wie sie das anstellen, geben unsere Leser Antworten, ob sie es wollen oder nicht.

Ein verbindender Handlungsfaden - oder gar mehrere, was unsere großen Brüder auszeichnet? Fehlanzeige. Allenfalls haben wir einige Namen, Orte und Motive gemeinsam. Stoffe liefern uns Alltag, Erinnerung und Phantasie. Es geht um die großen Themen: die Liebe, der Tod und das Wetter. Modewellen, Krankheiten, Zimperlichkeiten, Weine, Essen und Urlaubsziele nicht zu vergessen. *On the road again.* Dem Zeitgeist hecheln wir allerdings nicht hinterher. Deshalb können sich auch Ladenhüter wie Telefonhäuschen, Träume und Gewohnheiten auf uns verlassen, ebenso jahreszeitlich wiederkehrende Ereignisse, die Natur und Kultur den Menschen schenken. Ein heiterer Frühlingsmorgen kann ebenso auf uns setzen wie Rilkes Herbsttag. Niemand und kein Ding, so klein und unbedeutend es erscheinen mag, ist uns unwichtig. Nichts ist für die Katz. Über die sollte man übrigens nicht die Nase rümpfen. Was so plaudertäschelig dahinplätschert, hat es in sich. Was selbstverständlich nicht sofort ins Auge springt, schon gar nicht in Nase oder Ohr.

Gibt es etwas, vor dem wir Angst haben? Ja, das gibt es: die Ahnung, es gebe nichts mehr zu erzählen, es drohe die „Abdankung"

(Dürrenmatt) des Erzählens. Weil Wissenschaften und KI alles im Griff hätten. Weil wir appetitlicherweise nur die Oberfläche zeigten, sonst aber nichts zu sagen hätten. Werch ein Illtum! Bilde dir selbst ein Urteil, lieber Leser.

Manche von uns sind zugegebenermaßen gänzlich erfunden: geboren im Wolkenkuckucksheim unserer Schöpfer. Und das ist gut so. Andere stammen wie das Material für den Bildhauer aus dem Steinbruch der Wirklichkeit. Die Bruchstücke wurden literarisch bearbeitet: aufgehübscht oder im Gegenteil vergröbert, gar verzerrt. Mit der Wahrheit der Wirklichkeit nehmen wir es mal mehr, mal weniger ernst. Unsere Schöpfer glauben nämlich nicht, dass Wahrhaftigkeit Persönliches ins allgemein Menschliche überführen kann, allenfalls ins Psychologische. Heiliger Ernst indes gebührt, befreit von den Fesseln der sinnlich fassbaren Realität, unserer inneren Wahrheit. Die halten wir jedoch, anders als Platon und Konsorten, niemand unter die Nase. Da haben wir unseren Stolz. Schließlich sind wir Geschichten … Geschichten.

Schlussapplaus

Paul K. ist kein Pedant. Über seine Lesungen führt er gleichwohl seit Jahren gewissenhaft Buch. Nicht weil er irgendwem rechenschaftspflichtig wäre, ganz und gar nicht. Die Lesungen sind Privatsache. Aber er liebt es, gelegentlich durch seinen Zahlenwald zu wandern und sich an Wegmarken zu erinnern, die eine Art biografische Landkarte abstecken. Die 100 beispielsweise fand in einem Alten- und Pflegeheim unter Corona-Bedingungen statt. Die 50 war sein dritter Auftritt auf der Frankfurter Buchmesse. Und nun hat er die 150 vor der Brust. Was außer ihm kein Mensch weiß. Schließlich lebt er, Paul K., seit Jahren alleine. Er wird das Jubiläum, so viel steht für ihn fest, als inneren Festtag erleben wollen. Nur für sich. Alles andere wäre aufdringlich, findet er. Also hat er sich zur 150 für das schnucklige Antiquariat im Stile von Wilsberg entschieden, das eine Buchliebhaberin im verschlafenen Willmerod betreibt.

Sein Freund, der dortige Pfarrer Johannes Simon, hat zugesagt; ebenso Pauls Cousin, der Ortsbürgermeister, mit Frau und Pauls Cousine mit Mann. Zwei, drei weitere Freunde wird er noch einladen; auch seine Schwester mit Mann. Das sollte genügen. Vielleicht wird Mund-zu-Mund-Propaganda noch den einen oder anderen, der an dem Abend nichts Besseres vorhat, zur Teilnahme bewegen.

Was wird er vorlesen? Er denkt über eine besondere Geschichte für diesen Tag nach. Mit ihr wird er auch Maja überraschen, seine Lebensfreundin, der er ansonsten immer seine Texte vorliest, bevor er sie der Öffentlichkeit preisgibt. Öffentlichkeit? Na ja, die paar Leute, die sich für sein Geschreibsel interessieren. Doch das reicht ihm. Eigentlich hat Schreiben für ihn eine ähnliche Bedeutung wie der lustvolle Aufbau der Trix-Modelleisenbahn für den jungen Paul. Selten spielte er mit der fertiggestellten Eisenbahn. Wie ein Lausbub nach einem gelungenen Streich freut er sich indes, seine Gäste überraschen zu dürfen.

„Jähes Ende einer Lesung." Der Titel, den er dem Papier anvertraut hat, ist vielversprechend. Paul schreibt weiter: „Ein gefeierter Schriftsteller brüskiert im proppenvollen Festsaal einer größeren

Stadt seine Fangemeinde, neunzig Prozent Frauen mittleren Alters. Er stößt sie vor den Kopf, die meisten übrigens zur Freude der Friseure vor Ort frisch frisiert. Kurz vor der Auflösung des erotisch aufgeladenen novellistischen Konflikts durch eine sorgsam inszenierte, mehrfach angedeutete Pointe bricht er abrupt ab, erhebt sich, baut sich vor dem Publikum auf und stellt kopfschüttelnd fest: 'Wie satt ich es habe. Diese hochnotgeile, lüsterne Neugierde. Ich bin dann mal weg.`

Sagt`s und eilt zum hinteren Bühnenausgang, Buh-Rufe mit aufgerichtetem Mittelfinger über die Schulter hinweg quittierend.

'Unerhört!`, zischt die Kulturdezernentin ihrer lesbischen Freundin zu. 'Was bildet der Kerl sich ein?!` Wieviel Zeit, Geld und Energie hat sie tage-, ja wochenlang investiert, um dieses Kulturhighlight für ihre Stadt auf die Beine zu stellen. Der Catering-Service wird in einer halben Stunde anrücken und kein einziger Gast wird mehr dasein. Nicht auszudenken.

'Ein arroganter Pinsel`, pflichtet die Partnerin ihr flüsternd bei.

Quälend langsam löst sich die Schockstarre, die der überregional geschätzte Autor seinem verschmähten Publikum verpasst hat. Unruhe macht sich breit. Stühle quietschen. Unschlüssigkeit, Ärger, ja auch Wut verschaffen sich Luft in parfümierter Atmosphäre.

Da schleicht sich der mit Vorschusslorbeeren überhäufte Schriftsteller unbemerkt durch die Bühnentür, durch die er Minuten zuvor entfleucht ist, herein, lässt sich geräuschlos am verwaisten Lesepult nieder, schlägt die Beine übereinander und schaut grinsend ins Auditorium, wo erste erstaunte Blicke, Ahs und Ohs aufkommen und der Pulk, der sich dem Saalausgang zugewendet hat, umkehrt. Ruhe kehrt langsam ein, gespannte Stille.

'Ich werde Sie doch nicht ohne eine Zugabe entlassen, meine Damen`, flötet er ins Mikrofon, setzt die Brille auf, zieht einen Zettel aus seinem Jackett, entfaltet ihn und liest vor. ...

'Sie kann es kaum erwarten
in ihrem Liebesgarten.
Er wird es wieder tun,
dagegen ist sie nicht immun.
Seinem erotischen Eiertanz

ist sie verfallen, ganz.
Leider,
zischen ihre Neider.
Feuerstbrunst in ihrem Körper glüht,
als sie ihn in sich spürt.`

Der Dichter schaut ins weite Rund.
Verhaltener Applaus hebt zögerlich an.
Der Autor schaut in irritierte, beschämte bis ratlose Gesichter.
Die korpulente Kulturdezernentin wuchtet sich auf die Bühne
und hantiert fahrig an ihrem Mikrofon, um dann, den Vorleser
ignorierend, zum Publikum zu sprechen: 'Wenn Sie Fragen haben
oder vielleicht etwas zu der Geschichte sagen wollen …`
Peinliches Schweigen, während der Autor vor sich hin grinst.
'Wer macht den Eisbrecher?`, versucht sie es erneut.
Zögerlich geht ein Arm nach oben. Dankbar lässt sie ein Mikro-
fon zu dem Mann mit dem Arm bringen.
'Also, die erotische Erwartungshaltung, die Sie geschürt haben,
Herr Lustig, die haben Sie, finde ich zumindest, befriedigt.`
Als Gegrummel einsetzt, meint der mit dem Arm: 'Na ja, ein
bißchen sind Sie in die pornographische Falle gestolpert, oder?`
Seine Schweinsäuglein suchen ringsum nach Zustimmung, die
frau ihm durch Kopfnicken attestiert.
'So, so`, antwortet der preisgekrönte Schriftsteller schmun-
zelnd. 'Erotische Erwartungshaltung. Dass es so etwas gibt!`
'Bin überrascht, dass sich so viele prüde Spießer hierhin verirrt
haben`, lästert eine Göre mit Pferdeschwanz. 'Ich finde, er ist zwar
ein patriarchaler Aasch`, sie schleudert ihm den vokalgedehnten
Po mit funkelnden Augen entgegen, 'aber einer, der`s literarisch
draufhat.`
Einige Zuhörer kichern.
Erneutes 'So, so` des Autors.
Die Kulturdezernentin wischt sich mit einem Taschentuch
Schweißperlen von der Stirn.
'Das kann ich nur unterstreichen`, tönt eine brünette
Mittfünfzigerin in beigem Hosenanzug, die sich beiläufig als

Literaturwissenschaftlerin der Universität ausweist, und meint, originelle Metaphern identifiziert zu haben. `Meisterlich, keine Frage.`

Der Autor lehnt sich zurück, schüttelt sich vor Lachen und ruft: ´Geben Sie doch bitte alle einfach zu, dass der Schluss, den ich vortrug, unerträglich ist: schlüpfrig, sexistisch, stilistisch verrutscht, einfach nur peinlich. Ein KI-Produkt.`

Das Publikum hält Maulaffen feil. Die Literaturwissenschaftlerin stakst aus dem Saal.

Der Autor blättert gelassen in seinem Buch, um nun den eigentlichen Schluss vorzulesen.

Applaus dankt es ihm."

Das blaue Pferd
eine Novelle

Norbert Thinnes

Kapitel 1: Unterwegs

On the road again. Unterwegs mit Beatrice. Unser Tagesziel: Elfen-maar-Klinik. *Love is blue.* Sie hat sich in Schale geworfen, trägt den angesagten Sommer-Look: weit geschnittene cremefarbige Bundfaltenhose, eine dunkelblaue Weste, lässig über den Schultern einen cremefarbigen Sommerpullover. Die Sonnenbrille steckt flott im Haar. Um den Hals die schlichte Silberkette mit Medaillon, die ich ihr kürzlich zum siebenundsechzigsten Geburtstag geschenkt habe. „Die trage ich nur auf blanker Haut", hatte sie schelmisch angekündigt. In SWR 1 singen die Everly Brothers *So hold my hand. I got a feeling that the journey has just begun. On the wings of a nightingale.*

„Es gibt Tage, da muss man einfach raus", frohlockt sie und streckt die Hände durch die Dachluke in den Fahrtwind. Mit geschürzter Unterlippe bläst sie Fransen aus der Stirn.

Aus den Augenwinkeln beobachte ich Beatrice. Ich streiche ihr übers Knie, fühle mich blendend.

„Wofür ein Automatikgetriebe nicht alles gut ist", flötet sie augenzwinkernd.

Ich manövriere den X 1 durch die schmalen Einbahnsträßchen Traben-Trabachs. Da blitzen Sonnenstrahlen auf, die uns die Mosel entgegen wirft. Vorsichtig bewege ich den Wagen durch das Touristengewimmel.

„Urlaubsfeeling, Leonhard", freut sich Beatrice.

Ich muss unterbrechen. Eine Anwendung wartet auf mich. Bei der Akupunktur werden sich meine Gedanken weiterschreiben. „Was für ein Soziallabor", seufzt der Chefarzt, als er die Nadeln platziert und sich mit der Hand gegen die Stirn klatscht. Seine Reha-Klinik mit der vielfältigen Mischung von Patienten, die meint er. „Da fass ich mir manchmal an den Kopf."

„Da, eine Parklücke", ruft Beatrice. Zügig steuere ich den freien Platz an, steige aus, umrunde das Auto, um ihr die Beifahrertür aufzuhalten, was sie mit einem Augenaufschlag honoriert und sich sogleich bei mir unterhakt.

„Womit haben wir das verdient!"

Sie scheint dem Ausrufezeichen am Ende nachzuhorchen.

Auf einer freigewordenen Bank lassen wir uns nieder, ungestörter Blick auf die spiegelnde Wasseroberfläche. Eine Familie Nilgänse tummelt sich zwischen leicht schwankenden Tretbooten.

„Wär das was?"

„Ein andermal", sagt sie.

Ich nehme ihre Hand, Beatrice strahlt zurück. Wir schweigen miteinander.

„Gemeinsame Zweitwohnung?", entschlüpft es meinem Mund, bevor ich die Worte gedanklich einfangen kann. Und lenke Beatrice` Blick zu den bunt eingekleideten Balkonen, die unter einer Schatten spendenden Weide hervorlugen.

„Träum weiter", flüstert sie, bettet aber den Kopf auf meine Schulter.

„Was wären wir ohne unsere Träume", sage ich.

„Ein Liebespaar", ertönt eine bekannte Stimme, „sieh da, sieh da!"

Blinzelnd öffnet Beatrice die Augen und staunt nicht schlecht, als Annemie aufkreuzt.

„Ich dachte, Ihr wolltet die Elfenmaar-Klinik inspizieren."

„Das eine tun, ohne das andere zu lassen", sage ich und unterdrücke nur mühsam ein Gähnen.

„Ich lade euch beide zum Eiskaffee ein", sagt Annemie und stapft schnurstracks auf die Terrasse des Italieners zu, nur wenige Meter seitwärts.

Achselzuckend helfe ich Beatrice auf die Beine und händchenhaltend folgen wir unserer Nachbarin und Mitstreiterin.

„Ist sie eifersüchtig?", frage ich.

„Nicht auf mich, nicht auf dich" , meint Beatrice, „aber auf uns. Nach Gunthers Tod ist da keiner, der die Lücke füllt."

Die Minuten danach ist jeder von uns mit seinen Gedanken beschäftigt. Kurz vor der Moselüberquerung Richtung Cochem sagt Beatrice: „Ich bin keineswegs sicher. Soll ich mir tatsächlich die Hüfte operieren lassen?"

„Du bist die Ärztin", grummle ich.

„Wir könnten gemeinsam mehr unternehmen", sagt sie nachdenklich.

„Wäre schön", pflichte ich ihr bei. „Darf aber nicht das vorrangige Kriterium sein."

„Warum eigentlich nicht?", entgegnet sie. „Schließlich geht es nicht um eine lebenserhaltende Maßnahme, allenfalls um eine lebenesverbessernde. Mit den Arthrose-Schmerzen komme ich schon einigermaßen klar."

„Vielleicht hilft dir das eine oder andere Gespräch nachher in der Reha-Klinik", sage ich.

Aus den Augenwinkeln sehe ich, wie Beatrice` Stirn sich in Falten legt.

Im Schneckentempo kurve ich die engen Serpentinen Richtung Eifel; ein Laubtunnel folgt dem anderen.

„Suchst du einen Parkplatz?", fragt sie.

Ich zeige auf ihre lädierte Hüfte.

„Rede mich nicht krank!", begehrt Beatrice auf.

Das Hinweisschild „Elfenmaar-Klinik" signalisiert gerade „2,5 Kilometer".

Ihr Schweigen ist nunmehr nach innen gekehrt.

Ich konzentriere mich auf die Umgebung. „Alf" wird angezeigt. *Take me home country road,* John Denvers Stimme in SWR 1.

Ausflüge von Büchel nach Bad Bertrich. Den Namen der Disco habe ich ebenso vergessen wie den einer attraktiven Brünetten, die mir spät am Abend einzureden verstand, keine Frau zu sein. Ein billiger Trick? Ich kam nicht dahinter. In der Disco traf ich sie, ihn, es nicht wieder. Vielleicht hieß sie Marianne, Gabriele oder Marga. Das waren damals gängige Namen.

Die Klinik ist in Sicht. Beatrice räuspert sich. Vor dem Eingang entlasse ich sie. Eineinhalb Stunden später, so unsere Vereinbarung, würde ich sie wieder abholen. Die elektrische Schiebetür spuckt soeben Patienten aus, die mit Krücken oder Rollatoren einen Rundgang durch die parkähnliche Anlage in Angriff nehmen. Ich kann mir denken, welches Gedankenkarussell in Beatrice` Kopf gerade Fahrt aufnimmt.

In einem Straßencafé Bad Bertrichs, ein morbider Ort mit dem Charme der Fünfziger, wie mir scheint, wartet ein Ecktisch auf mich, ein passabler Beobachtungsposten, immerhin. Meine Erinnerung wandert zweiundfünfzig Jahre zurück. Nachtwache auf dem Militärflugplatz Büchel, ein Jagdgeschwader. Eiseskälte im Januar 1970. Tristesse pur. Achtbettzimmer. Einige Kameraden, die nicht auszuhalten waren. Meinem Antrag, in die SAN-Staffel Cochem versetzt zu werden, wurde unverzüglich stattgegeben: Ich hatte mein Interesse bekundet, als Bundeswehroffizier Medizin studieren zu wollen. Nach sechswöchiger Sanitätsgrundausbildung in Klingholz bei Würzburg, der Standort hatte den berechtigten Ruf, die beste Küche der Luftwaffe zu beheimaten, rückte ich für einen dreimonatigen Krankenpflegerlehrgang im Bundeswehrlazarett Koblenz ein. Der schreckliche Sterbeprozess eines damals gleichaltrigen krebskranken Kameraden, verheiratet und Vater einer einjährigen Tochter, führte mir schmerzlich vor Augen, dass ich für den Arztberuf ungeeignet war.

Der Kellner schreckt mich aus meinen Gedanken auf.

„Ein Eiskaffee, der Herr, bitte."

Der zweite für heute. Die Sonne brennt. Dummerweise habe ich meine blaue Schiebemütze nicht dabei. Sie schlummert in Beatrice` Handtasche. Was meine Freundin zur Zeit wohl umtreibt? Die Antwort folgt auf dem Fuß – eine SMS: „Hol mich bitte ab!"

Nanu, das ging aber schnell. Ich zähle eins und eins zusammen.

Sie wartet vor der Schiebetür, wedelt sich Luft zu.

„Niemals!"

Diese Entscheidung habe ich erwartet. Auch befürchtet?

„Nach der Einäscherung plumpst eine Titankeule in meine Urne. Mein Gott, das mag ich mir erst gar nicht vorstellen", raunzt sie, kaum dass sie neben mir Platz genommen hat.

Wie sie das sagt! Hinter ihrer bissigen Selbstironie versteckt sich eine existentielle Verunsicherung; Rat- und Hilflosigkeit, vermute ich.

„Acht Prozent eines Jahres, kostbare Lebenszeit, und nochmal dreißig Prozent derselben eingeschränkter Alltag, plus ein aberwitziger Medikamentencocktail, Nebenfolgen erst gar nicht eingerechnet, all das tue ich mir nicht an. Basta!"

„Und die Klinik?", wage ich, den Motor startend, zu fragen.

„Ein unsägliches Soziallabor sui generis, auf das ich keinen Bock habe", antwortet sie harsch.

„Pfleger und Ärzte?"

„Sind ganz nett. Was soll`s."

„Du bist die Ärztin."

„Eben."

Da ist etwas anderes. Das hält sie unter Verschluss. Sie lamentiert weiter. „Aqua-Walking klingt geschmeidiger als Wassertreten, ist aber genauso bescheuert. Wenn ich nur an die albernen Nordic-Walking-Stöcke denke! Ergo-, Physio-Therapie, Hüftschiene, Akupunktur, Duodynator und weiß der Teufel was noch."

„Sind bestimmt geeignete Trainingsmaßnahmen", wende ich ein.

„Da trällerte einer unter seiner schrägen Gesichtsmaske im Aufzug, auf einsfünfundsechzig verzwergt, aber zwei Zentner schwer, Knie-OP: ´ein bißchen Spaß muss sein`, was er wiederholte, um dann mit einem selten dämlichen Grinsen zu ergänzen, ´du Schwein`. Außer mir sonst niemand mehr im Lift."

„Der meinte nicht dich."

„Wen denn sonst!?"

Ich lasse einige Sekunden verstreichen, dann sage ich: „Alles, was du vorbringst, kann ich nachvollziehen."

„Aber?"

„Eigentlich bedrückt dich etwas anderes."

„Und das wäre?"

Ich lasse mir Zeit mit einer Antwort. Die Mosel kommt uns wieder in den Blick.

„Und?"

„Der Rollenwechsel. Du willst dich nicht ausliefern."

Beatrice` Brust hebt und senkt sich beim Atmen. Ein erschöpfter Zug liegt auf ihrem Mund. „Du kennst mich."

„War früher schon so."

„Aha?"

„Emotionaler Sicherheitsabstand. Niemanden und nichts über Dinge entscheiden lassen, Dinge, die deine ureigensten sind. Alles unter Kontrolle haben."

Lange sagt sie nichts. Mittlerweile erklimmen wir die Hunsrückhöhen. Kurz vor Friedrich Karl Ströhers Geburtsort Irmenach sagt sie: „Leider, nein" - sie korrigiert sich - „zum Glück liegst du damit daneben."

Meinen fragenden Blick zur Seite, zu ihr hin, ignoriert sie und wechselt, wie es ihre Art ist, das Thema: „Annemie hat mir erzählt, du wollest Ballast abwerfen."

Walking my way back to you, babe.

Sie blinzelt mich an, doch ich tue ihr nicht den Gefallen, etwas zu sagen. Dabei hatte ich, Annemies Geschwätzigkeit einkalkulierend, sie beschworen, mein Ansinnen für sich zu behalten. Beatrice` Schweigen nehme ich als Grübeln über meine ausbleibende Reaktion wahr. Sie wird sich denken, dass mir ihr Themenwechsel missfällt. Nun denn, dann schweigen wir eben beide vor uns hin. Höhe Flugplatz Hahn rafft sie sich zu einem neuen Anlauf auf.

„Du wirst doch wohl nicht deine Bücher entsorgen wollen, Leonhard?"

„Ich vernichte doch nicht einen wesentlichen Teil meiner Biografie", antworte ich empört, wohl zu Recht vermutend, dass Beatrice klar ist: Hinter dem ´Ballast` verbirgt sich anderes, das man hinter sich herschleppt.

Die Kunst der indirekten Kommunikation zwischen Frau und Mann, ein ewiges Machtspielchen. Gerade will Beatrice mir etwas entgegnen, da klingelt ihr Handy. Beim Blick auf die im Display angezeigte Nummer läuft ihr Gesicht rot an, wie ich aus den Augenwinkeln beobachten kann; ihre Nasenflügel zittern. Sie drückt den Anruf weg. „Nicht so wichtig", bemüht sie sich, ihn als belanglos abzutun, was ich ihr nicht abnehme. Warum fällt mir dabei der ominöse Hinweis ein, der ihr rausgerutscht ist, zum Glück läge ich mit meiner Einschätzung ihrer Person falsch? Sie hat mir, ohne es eigentlich zu wollen, eine harte Nuss zu knacken offeriert. Ich habe nicht die Spur einer Ahnung, was sie gemeint haben könnte.

„Also nicht die Bücher?"

„Wenn du heute Abend Lust und Zeit hast, komm auf ein Glas Rotwein vorbei. Ich möchte dir gerne an Beispielen zeigen, warum die Bücher zu mir gehören, Beatrice."

„Okay, ich ahne, worauf das hinausläuft", orakelt sie, „aber gut. Ich werde kommen."

Unchained Melody. Den Schluss schluckt die Tiefgarage.

„Wolfgang Kayser: Das sprachliche Kunstwerk, John Lyons: Die Sprache, Kurt Tudyka: Internationale Beziehungen. Erstes Semester. Ich werde wohl kaum noch einmal darin lesen, aber gelegentlich einen Blick hineinwerfen, neugierig vielleicht, was ich damals zu dem einen oder anderen Thema markiert habe. Die Bücher gehören zu mir wie ich zu ihnen. Sie wegzuwerfen wäre Verrat an mir selbst."

„Melancholischer Nostalgiker", murmelt Beatrice. „Die Einführungen in Physiologie, Anatomie und dergleichen habe ich noch nicht entsorgt, aber ich werde sie einer Studentin hergegeben, so sie es möchte."

Der sonderbare Ton, der diese Ankündigung begleitet, ist mir nicht entgangen. Doch Beatrice lässt mir keine Zeit, darüber nachzudenken. Sie greift ins Regal und Günther Grass „Blechtrommel" heraus, blättert darin und liest eine Passage vor, die ich am 11.11.1974 unterstrichen habe. Meine Marotte, jeweils das Datum zu notieren, hat einen eigenartigen biographischen Kalender hinterlassen, fällt mir gerade ein. Gelegentlich sollte ich mal darin blättern.

„Voilà, sagte ich mir, fliehen wir nach Paris, das macht sich gut, hört sih gut an, könnte im Film vorkommen … Wer aber spielt mich? Chaplin? Picasso?"

„Der bedeutendste Roman des zwanzigsten Jahrhunderts neben diesem, mehr als fünfzig Jahre zuvor geschrieben", sage ich und halte ihr Thomas Manns „Buddenbrooks" unter die Nase. „Frühwerke zweier Autodidakten."

„Danke für die vollmundige Einordnung, Herr Lehrer", sagt sie.

„Es geht mir um Menschen", entgegne ich, „zugegebenermaßen fiktive Menschen. Als neugieriger Leser befreit meine Phantasie sie aus ihrem Buchstaben-Zuhause, hievt sie ins Leben. Ich lasse sie zu sich kommen. Ich erwecke sie aus ihrem Buchstabenschlaf. Die Schicksale eines Oskar Matzerath oder Hanno Buddenbrook gewinnen stimmige Konturen, wie sie sich im realen Alltagsgeschehen kaum ergeben."

„Auch ein Roman, der dir wichtig gewesen ist, ohne dass er in irgendeinem gescheiten Kanon auftauchte?", fragt Beatrice, meinen echauffierten Sermon an sich abperlen lassend.

Lächelnd gehe ich in die Hocke und ziehe „Der Totenrufer von Halodin" aus dem Regal, einen prähistorischen Roman des Autors F.H. Ackermann. „Er hat meine Sehnsucht nach der absoluten Liebe zu einer Frau, wie soll ich es sagen, ja er hat meine Sehnsucht erotisch idealisiert, ein Anspruch, der mich oft hat scheitern lassen, zugegebenermaßen."

„Darf ich?"

„Nichts lieber als das", sage ich und reiche ihr das Buch her. „Den Inhalt habe ich vergessen, nicht aber die Stimmung, in der ich das Buch gelesen habe oder in die es mich eingewoben hat."

„Manchen Büchern sollte man", denkt Beatrice mit verschmitzter Miene laut nach, „vielleicht einen Beipackzettel mitgeben."

„Ja, Frau Doktor", sage ich, „einen Warnhinweis auf gefährliche Nebenwirkungen. Triggerwarnung nennt man das neudeutsch."

„So schlimm?"

„Lies es."

Beatrice versorgt die „Totengräber" in ihrer Tasche und meint: „Hm. Ballast. Stolper- und Wackersteine, die du mit dir durchs Leben schleppst. Ballast im Kopf. Falsche Prioritäten, Irrwege, Abzweigungen, die sich als hinderlich erwiesen haben und und und."

„Das weiß man oft erst im Nachhinein", sage ich . „Chancen, die ich verpasst habe, übersehen, ignoriert, aufs falsche Pferd gesetzt."

„Abgeworfen hat es dich anscheinend noch nicht", sagt Beatrice, mich musternd, schmunzelnd, „jedenfalls sehe ich keine Blessuren."

„Keine sichtbaren, Frau Doktor", sage ich. „Vielleicht habe ich zu oft nach einem blauen Pferdchen geschaut."

„So ist das wohl mit einem Kunst- und Literaturliebhaber", bemerkt sie, „der reitet die blaue Stute auf seiner Steckenpferdkoppel und übersieht die lebendige Stute auf dem freien Feld."

„Ich hätte mich also in der Phantasiewelt meiner Bücher verirrt?"

„So falsch, mein Freund?"

„Warum fällt mir gerade erneut Beatrice` verschlüsselter Hinweis auf meine vermeintliche Fehleinschätzung ihrer Person ein? Der gleiche Unterton in ihrer lakonischen Frage. Statt meine Irritation einzugestehen und Beatrice damit zu konfrontieren, weiche ich aus. „Was würdest du hier und jetzt am liebsten tun?"

„Wie wär`s mit dem versprochenen Rotwein?", antwortet sie postwendend.

Sind wir uns kommunikativ so ähnlich?, frage ich mich.

Ich entkorke meinen Lieblingswein, einen Tesch-Spätburgunder; was ich vor zwei Stunden bereits hätte tun sollen. Dann kredenze ich ihn in den beiden Ballongläsern, die Beatrice mir zum Geburtstag schenkte. Dazu Käsewürfel. Ein Moment beklemmenden Schweigens, nachdem wir angestoßen haben. Einen albernen Satz zur Güte des Tropfens verkneift sich ein jeder.

Beatrice dreht das großbauchige Glas in der Linken mit der Rechten und scheint sich dabei an etwas zu erinnern, das sie für einen Augenblick aus der gegenwärtigen Situation in meinem Wohnzimmer entschwinden lässt in ein fernes Gestern.

Erst jetzt, da ich diese Zeilen in meinem Patientenzimmer zu Papier bringe, erschließt sich mir die Symbolik der Szene, verstehe ich die versteckte Botschaft.

Damals war ich rat- und sprachlos. Wagte schon gar nicht nachzufragen. So dauerte es, bis ich hinter das Geheimnis kommen sollte.

Kapitel 2: Minago

Mittwochs, immer nachmittags nach dem Gottesdienst, also quasi mit pastoralem Segen, treffen sich die drei rüstigen Pensionäre von Minago im Wintergarten der noblen Seniorenresidenz.

„Ich hab da einen kostbaren Fisch an der Angel", sagt Annemie und schaut ihre beiden Mitstreiter mit nach oben gezogenen Brauen an. „Um den sollten wir uns kümmern."

„Na sag schon!", drängt Beatrice, die in letzter Zeit ihrer Freundin gegenüber kritischer eingestellt zu sein scheint.

„Ein echter Ströher", folgt die Antwort auf dem Fuß.

„Oh, mal was Neues", lästert Beatrice.

„Passt in unser Profil", gluckst Leonhard, „in Sachen Ströher sind wir ja schon so was wie Experten."

Annemie berichtet von einer betagten Dame aus ihrem Kreis im Alten- und Pflegeheim, dem sie regelmäßig vorliest. „Die Frau Nowotny will das Gemälde *Das blaue Pferd* veräußern. Mit dem Erlös möchte sie ihrer Nichte unter die Arme greifen. Die hat mit dem Medizinstudium begonnen."

Als der Name Nowotny fällt, stockt Beatrice der Atem.

„Es gab mal einen Fußball-Nationalspieler Jens Nowotny", fällt Leonhard ein.

„Was sagt uns das?", bemerkt Annemie spitz.

Leonhard zuckt mit den Achseln. Dann sagt er: „Mein Nachbar Christian Ströher ist, wie Ihr euch vielleicht erinnert, ganz erpicht darauf, seine namensgleiche Sammlung zu erweitern – ein Ströher-Hamster, der in Geld badet."

„Wenn ich mich recht erinnere, warst du allerdings skeptisch, ob seine Kunstliebhaberei echt ist, oder?", grantelt Annemie.

„Wohl war. War ja nur ein Vorschlag."

Leonhard wendet sich Beatrice zu: „Du bist so schweigsam", stellt er besorgt fest.

Sie wirkt ganz in sich gekehrt, abwesend. Sie hüstelt, richtet sich auf und fragt nach: „Nowotny heißt die alte Dame?"

Annemie nickt.

„Ich kenne sie", sagt Beatrice, jedes Wort einzeln betonend. „Lange her. Dass sie noch lebt!"

Beatrice macht eine Pause, als schürfe sie im Garten ihrer Erinnerungen, um dann fortzufahren: „Was in Gottes Namen hat sie hierher verschlagen? In ein marodes Altenheim im verschlafenen Hunsrück-Städtchen Simmern?"

„Klingt nach einer Geschichte" vermutet Leonhard und Annemie meint: „Bin ganz Ohr."

Beatrice steht auf, geht in dem Wintergarten hin und her, den rechten Ellenbogen in der Linken abgestützt, das Kinn auf dem Daumen der Rechten. Schweigend verharrt sie vor der Fensterfront. Regentropfen rinnen herab, verschleiern die Sicht nach draußen, zeichnen Grimassen aufs Glas, die, sich sekündlich verändernd, Beatrice angrinsen. Abrupt dreht sich um und nimmt wieder Platz an dem ovalen Holztisch, wo sie geduldig erwartet wird.

„Liegt etwa vierzig Jahre zurück. Lea Nowotny, beste Freundin meiner früh verstorbenen Mutter, war damals meine Rettung. Einige Wochen zuvor hatte ich das Physikum Gott sei dank bestanden – Leonhard, du erinnerst dich?"

Beatrice` stechender Blick fixiert ihn. Er verschränkt die Arme, rutscht auf dem Sesselstuhl zurück und sagt: „Du wolltest abschalten. Auf dem Bauernhof deiner Großeltern in Badenhard bei der Ernte mithelfen und auf andere Gedanken kommen. Das theoretische Zeugs, das man euch an der Uni eingebleut hatte, hatte Zweifel gesät, ob das Medizinstudium für dich das richtige sei."

„So war es. Du absolviertest dein Schulpraktikum am Gymnasium in St. Goarshausen und nachmittags bist du nicht von meiner Seite gewichen."

„Na, na, ich hab dir bei der Kartoffelernte geholfen", versucht er es mit Humor.

„Auch das", räumt sie ein, mit einem seltsamen Blick, der mehr im Gestern als im Heute zuhause zu sein scheint.

„Ihr wart also damals schon ein Herz und eine Seele", wirft Annemie ein. „Ja und nein", kommt die Antwort wie aus einem Mund.

Annemie kratzt sich mit dem Zeigefinger an der Stirn und meint: „So genau wollte ich`s nun auch nicht wissen."

25

Kapitel 3: Beatrice

Annemies manchmal übergriffige Neugier nervt. Ihr mangelt es an Einfühlungsvermögen im Gespräch. Hängt vielleicht damit zusammen, dass sie es als Grundschullehrerin immer mit Kindern zu tun hatte. Leonhard würde einwenden: „Zwei Finger zeigen zurück." Na ja.

Er scheint wirklich keine Ahnung zu haben, was damals tatsächlich passiert ist. Als ich mich von jetzt auf gleich aus seinem Leben verabschiedete, muss er blind gewesen sein. Meine Großeltern hielten dicht. Ich weiß nicht, ob und wie intensiv er versucht hat, herauszufinden, wohin ich geflüchtet war. Nun, ich hatte meine Spuren pingelig verwischt.

Als wir uns vor einem Jahr hier in der Seniorenresidenz wieder trafen, vermieden wir es, das alles aufzuklären, bis heute. Warum nur? Ich weiß es nicht. Verlegenheit, Scheu, Unsicherheit, unverhoffter Reiz des Neuanfangs? Blinder Zufall, der uns zusammenführte? Der Zufall fällt einem nicht zufällig zu, hat Max Frisch Ingeborg Bachmann wissen lassen – um sie dann alleine zurückzulassen.

Ich spüre, dass wieder etwas zwischen uns aufgeflackert ist. Tut gut.

Ich frage mich, bis zu welcher Grenze wir unser Leben noch träumen dürfen. Wir müssen achtsam sein, dass es nicht wie eine Seifenblase zerplatzt. Ich bin hoffnungsfroh: Unser beider Lebenserfahrung ist ein bewährtes Scharnier zwischen jetzt und morgen.

Die Sache mit der Hüft-OP hat sich erledigt. Die Risiken, Nachteile und Nebenwirkungen fallen zu schwer ins Gewicht. Mit einer Arthrose kann ich mich arrangieren. Muss dafür einiges tun und in Kauf nehmen. Nun denn. Ich werde Leonhard vorschlagen, dass wir die Tretbootfahrt bald in Angriff nehmen; allerdings am Laacher See. Vielleicht ist das dortige Kloster der passende Ort, ihm reinen Wein einzuschenken. Vielleicht, fällt mir gerade ein, sollte ich einen Überraschungsgast dorthin einladen. Mal sehen.

Ich muss unbedingt Lea besuchen; ohne dass Annemie davon Wind bekommt. Was Lea nach Simmern gezogen hat, ahne ich. Irgendwie habe ich ein schlechtes Gewissen ihr gegenüber.

Das blaue Pferd also. Welch ein Opfer! Das muss ich verhindern. Oder ist ihr vorgeblicher Verkaufswunsch nur ein Signal an mich? Dann müsste sie über Dinge Bescheid wissen, die nur Annemie ihr erzählt haben könnte. Oder übersehe ich da etwas?

Merkwürdig, dass Jule mich mit keinem Sterbenswörtchen informiert hat. Bekomme ich gerade die Quittung für all meine Finten und Heimlichkeiten? Ich hoffe, Leonhard wird Verständnis aufbringen. So verliebt, wie er sich gibt, stehen die Chancen nicht schlecht. Wie sich das anhört: wie ein Spiel. Doch das war es nie – und ist es nicht. Selbst wenn es von außen so scheinen mag. Zugegebenermaßen: Leonhard hat mich im Prinzipiellen durchschaut, mein Problem an der Wurzel gepackt. Mein Kontrollbedürfnis, mein lange Zeit dominierendes Streben nach Unabhängigkeit, weil ich ambivalente Situationen, Haltungen, Charakterzüge nur schwer ertrage. Habe lange genug mit meinen eigenen Ambivalenzen gekämpft.

Für verantwortungsvolles Handeln waren wir beide damals nicht reif. Vielleicht fehlte mir aber auch nur der Mut, es zu riskieren und auf die Bewährungsprobe zu setzen. Vielleicht hätte sich der verspielte Sonnyboy von jetzt auf gleich als erwachsener Mann entpuppt. Na ja, vielleicht nicht von jetzt auf gleich, aber nach und nach. Kurz und gut: Vielleicht habe ich es damals einfach nur vermasselt.

Lea war nicht überrascht, als ich bei ihr anklopfte. Im Gegenteil. „Habe dich erwartet", sagte sie. Ihre wachen blauen Augen empfingen mich neugierig. Die immer noch dichten Haare, vornehm grau jetzt, zurückgebunden zu einem Dutt am Hinterkopf. Tadellos gekleidet wie eh und je. Beiger Hosenanzug, Seidenschal, farblich passend. Nur der Rollator an ihrer Seite irritierte mich. „Schlaganfall, liebe Beatrice." Damit räumte sie das Thema ab. „Setz dich! Erzähl von dir!"

Wie in Trance habe ich abgespult, was sich in mir aufgestaut hat. Lea hat geduldig zugehört.

„Die erfolgsverwöhnte Internistin Doktor Winter steht mit siebenundsechzig am Scheideweg", so ihr Fazit. „Spät, aber nicht zu spät. Wer oder was hat den Schalter umgelegt?"

„Leonhard", antworte ich, ohne zu überlegen.

„So, so."

Mehr sagt sie nicht. Eine Weile schweigen wir.

„Warum in aller Welt vom schönen Allgäu nach Simmern, Lea?"

Sie schaut durch mich hindurch.

„Du verlässt deine Heimat für den kargen Hunsrück?"

„Ja und nein."

„Jetzt weiß ich`s."

„Ach Gott, Heimat." Lea seufzt. „Über Jahrzehnte ist der Hunsrück mir ans Herz gewachsen. Wie oft war ich bei euch in Badenhard! Das hast du doch nicht vergessen, oder? Zudem ist mir eines klargeworden; je älter ich wurde, umso mehr: Der Hunsrück ist ehrlich. Nicht das Allgäuer Postkarten-Idyll. Die kantige Hügellandschaft ist nahe an unserer menschlichen Wirklichkeit. Zumindest an meiner."

„Allgäu also für den Urlaub, der Illusionswelten mag?"

„Mag sein."

Lea nimmt einen Schluck Wasser, um dann fortzufahren: „Die Fischener Wohnung lässt sich nicht gut behindertengerecht umbauen. Und die Pflegeheime in Oberstdorf oder Sonthofen gefallen mir nicht."

Ich blicke mich um und sage: „Aber das Theodor-Fricke-Heim am Simmerbach."

„Jule hat mich ein Jahr gepflegt", weicht sie meinem ironischen Einwurf aus, „und nebenbei als Jahrgangsbeste in Oberstdorf Abitur gemacht."

„Zur Abi-Feier wurde ich nicht eingeladen."

„Jules Entscheidung."

„Und warum hat man mich nicht über deine Situation informiert? Ich hätte doch ..."

„Die Antwort musst du schon selber herausfinden, Beatrice", fällt Lea mir ins Wort.

„Habe ich nicht ..."

Erneut unterbricht sie mich: „Du warst immer sehr großzügig, meine Liebe. Mach dir da mal keinen Kopf."

„Und warum will Jule dann unbedingt Ärztin bei der Bundeswehr werden?"

„Ihre militärische Ausbildung endet diese Woche. Ab Montag nächster Woche tritt Fähnrich Jule Winter ihren Dienst im Bundeswehrzentralkrankenhaus in Koblenz an. Übernächstes Wochenende kommt sie mich besuchen. Dann kannst du sie fragen."

Mir wird ganz schummrig bei dieser Ankündigung: einerseits freudige Zuversicht, andererseits beklemmende Erwartung. Sollte ich bis dahin mit Leonhard gesprochen haben?

„Warum willst du das *Blaue Pferd* verkaufen?", frage ich beim Hinausgehen und schaue auf das Gemälde an prominentem Platz.

Lea lächelt und sagt: „Auch diese Frage musst du dir schon selbst beantworten."

Ein Rucksack voller Fragen. So etwas in der Art hatte ich erwartet. Den habe ich mir selber aufgehalst. Leonhards Vorsatz, Ballast loszuwerden, fällt mir ein.

Übrigens: zu Jules Mutter, zu Julia, kein Wort.

Kapitel 4: Annemie

Beatrice hat mir von Lea Nowotny erzählt: Herzensfreundin ihrer allzu früh verstorbenen Mutter und auch von ihr, Beatrice, selbst. Beide Frauen hatten in der BA Bollendorf nahe der Luxemburgischen Grenze 1943/44 vierzehnjährig die Ausbildung zur Volksschullehrerin begonnen, sich dort angefreundet und ihre Freundschaft über schlimme Zeiten hinweg gerettet. Desillusioniert hatten beide während des Entnazifizierungsprozesses dem Staat innerlich gekündigt und jeweils andere Wege eingeschlagen.

Beatrice` Mutter heiratete einen Soldaten aus Mainz, den sie in der Woche der überstürzten Flucht von Bollendorf auf dem Koblenzer Hauptbahnhof bei Fliegerbeschuss kennengelernt hatte und der sie auf der gefährlichen Bahnfahrt am Rhein entlang bis nach St. Goar beschützt hatte. Im Mai 1947 tauchte er in Badenhard auf und warb um sie. Doch erst fünf Jahre später gab sie nach, hochschwanger. Die Ehe dauerte nur wenige Monate, dann verließ sie fluchtartig mit ihrem Kind den Mann, der sich sofort nach der Hochzeit als unerträglicher Haustyrann, Kleingeist und Geizhals entpuppte. Ohne große Worte wurde sie von den Eltern auf dem Badenharder Bauernhof wieder aufgenommen. Bei einem tragischen Traktorunfall auf dem Feld kam sie neunzehnhundertfünfundfünfzig ums Leben. Beatrice hat keine Erinnerung an ihre Mutter. Einen späten Kontaktversuch ihres Erzeugers wies sie brüsk ab.

Lea Nowotny erbte ein nobles Modehaus in Stuttgart, genoss das Single-Leben und reüssierte als Geschäftsführerin; ihr Besitz vermehrte sich rasant im schwäbischen Wohlstandswunderland der sechziger und siebziger Jahre. Nach dem Unfalltod der Freundin urlaubte sie jährlich mehrere Tage auf dem Hunsrück und kümmerte sich mütterlich um deren Tochter Beatrice, sehr zur Freude der Großeltern. Sie sorgte auch dafür, dass das mittellose, aber blitzgescheite Mädchen vom Land Abitur machte, und zwar am Gymnasium in St. Goarshausen, wo Leonhard Aron später sein Schulpraktikum absolvierte. Als Beatrice Mitte der siebziger Jahre Hilfe brauchte, sei es für sie, wie Lea mir sagte, eine Selbstverständlichkeit gewesen, der Bitte zu entsprechen. Konkreter wurde sie nicht. Ich habe recherchiert und für mich ergibt sich folgendes Bild: Jule Winter, die Tochter einer gewissen Julia Winter, wahrscheinlich Beatrice` Tochter; zu dieser Frau kein Wort, weder von Beatrice noch von Leonhard – ein Gespenst.

Ich kann mich irren. Klare Aussagen habe ich keine erhalten. Ein Tabu. Über der Geschichte liegt ein Nebelschleier. Leonhard möchte ich nicht mit Spekulationen belästigen und irritieren, selbst wenn er zur Aufklärung beitragen könnte. Ich habe das dumpfe Gefühl, ich könnte in ein Wespennest greifen. Das lasse ich mal lieber. Wenn Beatrice es für nötig erachtet, wird sie reden. Ich halte mich da raus.

Lea Nowotny ist eine faszinierende Dame. Sie vereint auch im hohen Alter noch Stil, Eleganz und Lebensfreude, trotz ihrer Behinderung. Wie oft habe ich sie in unserem Vorlesekreis herzlich lachen hören. Sie steckt andere an mit ihrem Frohsinn. Und sie hat etwas zu sagen. Sie ist die Impulsgeberin zu Fragen, die in den Vorlesegeschichten aufgeworfen werden. Man hört Lea zu, sucht ihren Rat.

Das blaue Pferd hängt noch an der Wand, wie Beatrice mir berichtet hat; mehr hat sie von dem Besuch nicht preisgegeben. Ich unterließ es, nachzufragen. Hätte mir ohnehin allenfalls eine Zurechtweisung eingehandelt. Beatrice teilt gerne aus. Leas Konzilianz und Güte hat sie nicht. Dabei kennen wir uns schon so lange. Leonhard hat mich zu unserer gemeinsamen Vorgeschichte befragt. Ich hab`s bei dem Hinweis belassen, meine erste Stelle als Volksschullehrerin sei Badenhard gewesen, gegenüber von 'Schools`, wie man im Dorf Beatrices großelterliches Haus nannte.

Kap. 5: Leonhard

Samstag 6 Uhr 22: „Guten Morgen, irgendwie werde ich das Gefühl nicht los, dass dir mein Besuchsvorschlag nicht wirklich gefällt und es dir lieber wäre, wenn ich heute nicht käme. Mit so einem Gefühl im Bauch möchte ich mich nicht auf den Weg machen. Wenn du Bedenken hast, sag es. Es ist auch in Ordnung für mich. LGB"

7 Uhr 05: „Guten Morgen. Nein, dein Bauchgefühl trügt dich. Ich freue mich sehr auf deinen Besuch. Waren nur Corona-Bedenken. LGL"

7 Uhr 08: „Dann halten wir eben Abstand - wie zuletzt beim Spaziergang vor deiner OP."

7 Uhr 09: „Okay. Gute Fahrt!"

9 Uhr 14: „Der (unnötige) Corona-Selbsttest ist negativ. Bringe ihn dir mit. Fahre jetzt los."

Heute, Sonntag, 30.07.2022, 10 Uhr Besuch von Beatrice, zwölf Tage nach meiner Hüft-OP im Kreiskrankenhaus Simmern. Mein Freund Manfred fuhr mich am Mittwoch hierher zur Elfenmaar-Klinik. Sein BMW-SUV erleichterte mir Ein- und Ausstieg, was in Beatrice` Sport-Cabrio Probleme bereitet hätte.

Ein warmer, sonniger Vormittag. Coronabedingt können wir uns nur draußen auf dem Klinikgelände treffen. In meiner Vorfreude habe ich allen Ernstes vergessen, beim Weg von meinem Zimmer hinaus die Gesichtsmaske aufzusetzen. Vom Balkon aus sah ich Beatrice winkend vor dem Eingangsportal.

„Nun du statt meiner."

„Sagen wir`s mal so", sage ich. „Einer trage des anderen Last."

„Du wirkst irgendwie unsicher, meine ich."

„Physisch oder psychisch?"

„Beides."

„Weshalb dein Bauchgefühl dich eigentlich nicht getäuscht hat."

„So, so."

„Ist nunmal nicht prickelnd, dass du mich so lädiert antriffst."

„Soweit zum Thema Kontrollbedürfnis."

„In Extremsituationen verständlich, oder?", versuche ich die Kurve zu kriegen. Wieder mal so ein Mann-Frau-Hin-und-Her. Irgendwie können wir es nicht lassen. Warum bloß? Was sich liebt, das neckt sich?

Da mich Beatrice danach gefragt hat, berichte ich ihr vom Alltagsablauf, den ich in der Reha zu absolvieren habe. Sie wundert sich, dass der mich, obwohl durchtrainiert, so anstrengt.

„OP war heftig und liegt gerade mal zwölf Tage zurück", sage ich. „Hoher Blutverlust plus Metallfremdkörper, an den sich meine Weichteile erst gewöhnen müssen."

„Danke für deine medizinische Nachhilfe, Leonhard."

„Gern geschehen, Frau Doktor."

„Lädiert also?"

„Weißt du", antworte ich, „spätestens ab siebzig, ich hab da einen Erfahrungsvorsprung, liebe Beatrice, spätestens ab siebzig ist der Körper eine Dauerbaustelle. Irgendwie habe ich das Gefühl: Unser Skelett ist nicht für mehr Jahre konzipiert. Die Straßenoberfläche lässt sich wieder auf Vordermann bringen, aufpolieren, aber was darunter liegt?"

„Kommt darauf an, welche Lasten, um in deinem Bild zu bleiben, Leonhard, welche Lasten du auf der Straße deines Lebens bewegt hast. Die fallen ebenso ins Gewicht wie die Materialbeschaffenheit darunter."

Die knapp bemessene, kostbare Zeit miteinander will ich nicht mit dem Alltagszeugs vergeuden. Drum lese ich ihr, wir haben mittlerweile eine schattige Ruhebank gegenüber dem Mutter-Kind-Anbau der Klinik gefunden, Kapitel 1 meiner Novelle *Das blaue Pferd* vor.

„Gefällt mir gut", sagt Beatrice, „ist emotional dicht und hat eine eigene, eine innere Spannung, die ich so in deinen Krimis nicht gespürt habe. Zudem kenne ich dich ja und höre sehr gut deine Zwischentöne heraus."

„Auch die der literarischen Figur Beatrice?"

Sie überlegt kurz. „Auch die. Bin sehr gespannt, wie's weitergeht."

Der Schlusspunkt, den ich soeben gesetzt habe, ist pünktlich erfolgt. Die Raumpflegerin klopft an und ich mache die Fliege auf den Balkon. Noch ist es nicht zu heiß und ein wenig Sonnenbräune kann nicht schaden. Das operierte Bein muss ich alllerdings vor Hitze schützen. Darin arbeitet es. Sauna ist frühestens in drei Monaten möglich. Entzündungsgefahr.

Kapitel 6: Lea

Die können noch so intensiv studiert haben, die Schmerzen, die sie in ihrer Kindheit erleben mussten, werden sie nicht los. Immer wieder, unvorhersehbar, aber unausweichlich brechen die Narben der Wunden auf, die man ihnen angetan hat, und füttern das Schmerzgedächtnis.

Was hatte ich selber für ein Glück im Leben. Dafür bin ich unendlich dankbar. Deshalb habe ich mich bemüht, etwas an andere abzugeben, vorzugsweise an meine beiden „Töchter". Und nun auf der Schlussetappe habe ich`s alles in allem ebenfalls gut getroffen. Das Heim ist zwar recht heruntergekommen, aber Pflegepersonal und Mitbewohner sind okay. So sagt man heute ja, okay. Die Amis haben sprachlich ganze Arbeit geleistet – und nicht nur sprachlich.

Annemie Weimar ist zwar etwas betulich, aber sie kümmert sich und ist eine Liebe. Das kommt hier gut an. Wöchentliche Unterhaltung im Ehrenamt: großartig! Davon könnte sich manch einer eine Scheibe abschneiden. Warum hat die Frau keinen oder keine abbekommen? Vielleicht weiß ich zu wenig über sie und sie hatte einen Liebhaber – oder mehrere?

Wie freue ich mich, wenn Jule bald wieder öfter vorbeischauen kann. Koblenz ist ja nicht aus der Welt. Ich muss allerdings vorsichtig sein, ihr mit Erwartungen zu begegnen. Nur was von ihr, was aus ihrem Herzen kommt, ist gut.

Beatrice sollte reinen Tisch machen. Aber das ist ihre Entscheidung. So recht verstanden habe ich ihre Geheimniskrämerei nie. Was will sie damit erreichen? Oder sollte ich fragen: Was will sie damit verhindern? Warum ist sie so darauf bedacht, die weiße Weste, nicht nur die der Ärztin Doktor Winter zu tragen? Wie dem auch sei: Ich schweige wie ein Grab. Auch gegenüber Jule. Die lebt besser mit der Geschichte, die ich ihr von Kindheitsbeinen an aufgetischt habe.

Mein *Pferd in Blau*. Mit der Verkaufsofferte habe ich im Städtchen ein wenig für Aufregung gesorgt, wie man mir zugetragen hat. Bin gespannt, was die drei Neunmalklugen von Minago auf die Beine stellen werden. Dass ich das Gemälde neunzehnhundertzweiundsiebzig für sage und schreibe zweihundert DM erstanden habe, das werde ich schön für mich behalten. Ein schlechtes Gewissen habe ich dabei nicht. Die Irmenacher Bäuerin hatte es mir bei einem zufälligen Besuch im Ort für hundert DM angeboten. Mir gefiel es und ich zahlte das Doppelte. Ströher war damals in der Versenkung verschwunden. Seiner Frau Charlotte stattete ich danach einmal einen Besuch ab und erzählte ihr von dem blauen Pferd. Ich dachte, es gäbe vielleicht ein ähnliches Bild in ihrem Besitz. Sonderbarerweise war das nicht der Fall und sie hatte keinen blassen Schimmer, dass ihr Mann tatsächlich auch in die Fußstapfen eines Franz Marc geschlüpft sein könnte. Sie wollte mir das Bild abkaufen, aber ich hatte mich in *Das blaue Pferd* verliebt – heute noch. Natürlich werde ich es nicht verkaufen. Aber ich möchte schon in etwa abschätzen können, welchen Marktwert es aktuell hat. Vorsorglich habe ich es mal für die fiktive Summe von siebzigtausend Euro versichert. Man weiß ja nie. Testamentarisch habe ich verfügt, dass Julia es erben wird. Überhaupt habe ich für den Fall der Rückkehr Julias vorgesorgt. Es soll ihr an nichts fehlen. Doktor Herrwagen, der hiesige Notar, übrigens ein Ströher-Fan und potentieller Käufer, weiß Bescheid.

Wer dieses mein Tagebuch einmal in die Hände bekommen wird, ich hoffe Julia oder Jule, der möge sorgsam mit meiner Hinterlassenschaft umgehen. Vieles, wahrscheinlich aber nicht alles, habe ich vorbedacht und notariell geregelt.

So, jetzt mal ein Punkt und ab zum Nachmittagskaffee, diesmal mit musikalischer Begleitung: der Akkordeonspieler aus Mengerschied; noch so ein Idealist. Da fällt mir ein, ich sollte für ehrenwerte Helfer etwas abzweigen.

Kapitel 7: Jule

Kein Mensch versteht, warum ich mich bei der Bundeswehr auf Zeit verpflichtet habe, abgesehen von meinen Kameraden. Du machst das doch nur, um zunächst materiell abgesichert zu sein, hält man mir vor, sagen meine Freunde unseres Abi-Jahrgangs. Doch spätestens nach dem Studium werde man mich finanziell abhängen und mit Anfang dreißig stünde ich dann recht blank da, hätte nicht einmal den Facharzt in der Tasche. Wer sagt denn, dass ich danach der Bundeswehr den Rücken kehren möchte? Ich kann mir gut vorstellen, dabeizubleiben. Gerade als Frau habe ich vielfältige Chancen. Die vorgegebenen Strukturen der Bundeswehr kommen mir sehr entgegen. Und die Bundeswehrzentralkrankenhäuser sind exzellente Kompetenzzentren. Du willst tatsächlich in erster Linie junge, gesunde, zumeist männliche Kameraden in Uniform behandeln, die mit Fußpilz zu dir kommen? Über diesen Einwand kann ich nur lachen. Das wuselige Leben in einem Truppenstandort genieße ich; zudem ist es nur eine Übergangszeit. Und wenn man dich in eine Kampfzone nach Mali abkommandiert? Dann ist das eben so, antworte ich, ein vermutlich sinnvoller Einsatz. Das Leben ist nun mal lebensgefährlich. Mittlerweile, spätestens seit Putins verbrecherischem Angriff auf die Ukraine am vierundzwanzigsten Februar dürfte dem letzten Zweifler klargeworden sein, dass wir Soldaten einen, wenn nicht den wichtigsten Beitrag zur äußeren Sicherheit leisten, ohne die alles in Gefahr ist. Der eine oder die andere sollte Scheuklappen abwerfen und die Komfortzone verlassen. Nora Bossong hat`s wenigstens mal ausprobiert. Sie hat für ein paar Tage die Uniform angelegt, die „modischen Individualismus" nivelliere.

Wie freue ich mich, bald wieder „Mama Lea" besuchen zu können! Sie hat mich durch die Blume, wie es so ihre Art ist, wissen lassen, dass eine Überraschung auf mich warte. Bin gespannt.

Die letzten Monate habe ich Lea sehr vernachlässigt; dichter Terminkalender, zudem weit weg. Die Sanitätslehrgänge haben mir in praktischer Hinsicht viel gebracht, auch Fahnenjunker- und

Fähnrichlehrgang habe ich, obwohl oder besser gesagt, weil auch körperlich herausfordernd, durchaus gerne, wenngleich mit Respekt absolviert. Meine Kameraden gucken manchmal fast neidisch, was eine Frau alles draufhat. Von wegen, die wird sich schon wundern, mit schwerem Gepäck durchs Unterholz zu robben.

Nun bin ich allerdings froh, bald mit dem Studium beginnen zu können. Ich habe einen Medizinstudienplatz an der Uni Mainz, kann also von dort immer mal wieder Lea auf dem Hunsrück besuchen. Viel habe ich ihr zu erzählen und sie sicher auch mir.

Kapitel 8: Minago

„Lea Nowotny hat grünes Licht gegeben", sagt Annemie. Sie zeigt das Foto des „Blauen Pferds" her, das sie im Appartement der alten Dame mit deren Zustimmung geschossen hat.

„Oh, Friedrich Karl Ströher auf den Spuren Franz Marcs", gibt sich Beatrice verwundert und schaut Karl Kaul an, die Keidelheimer Hauderer-Ikone.

„Wusste ich nicht", gesteht der, „wundert mich - aber auch wieder nicht."

„Weil der Ströher", fragt Leonhard, „in Berlin, München oder Paris oder wo auch immer auf Franz Marcs Gemälde gestoßen sein könnte?"

„So ist es. Die Künstler dieser turbulenten Jahre nach neunzehnhundert bis etwa neunzehnhundertfünfundzwanzig haben sich wechselseitig stark beeinflusst, ja sie haben voneinander gelernt."

„Merkwürdig allerdings, dass kein ähnliches Bild von Ströher bekannt ist – oder ist mir da etwas entgangen?"

„Eigentlich", grübelt Kaul, „passt ein an Marc geschultes Gemälde so gar nicht zur geerdeten Weltsicht Ströhers. Unser Hunsrückmaler hat sich expressionistischer Abstraktion verweigert."

Er wendet sich Beatrice zu. „Ich bin etwas überfragt, werd mich aber schlau machen."

„Wäre es Ihnen denn möglich, ein Echtheitszertifikat des Originals zu erstellen?", will Annemie Weimar wissen.

„Hm, ich denke schon", meint Kaul, „in Zusammenarbeit mit dem einen oder anderen Ströher-Experten ließe sich das bewerkstelligen."

„Was können wir tun?"

„Frau Nowotny bitten, uns mitzuteilen, wie sie an das Bild gekommen ist, Frau Weimar. Eine lückenlose Dokumentation des Wegs vom Maler bis zum aktuellen Besitzer wäre hilfreich."

„Dein erster Eindruck, Karl", drängt Leonhard seinen ehemaligen Kollegen.

„Hm ..., darf ich mal, Frau Weimar?"

Sie reicht ihm das Smartphone. Er zoomt das Bild auf, setzt seine Brille ab und hält sich das Foto unmittelbar vor die Augen.

„Namenszug und Platzierung desselben wirken echt; auch die Verteilung von Licht und Schatten, vor allem die Pinselführung und der Farbauftrag scheinen ströhertypisch zu sein. Ich müsste das Original sehen."

Er reicht das Gerät zurück und Annemie sagt: „Ich willl schauen, wie ich das hinkriege."

„Mal angenommen", hakt Leonhard nach, „*Das Blaue Pferd* ist tatsächlich ein waschechter Ströher, nur mal angenommen, Karl; von welcher Hausnummer sprechen wir dann?"

„Du stellst Fragen,", grummelt Kaul. „Nun ja, so viel kann ich schon sagen: Das wäre eine kleine Sensation. Die würde sich auch im Marktpreis niederschlagen, keine Frage. Vorausgesetzt, das Bild ist in einem einwandfreien Zustand und nicht irgendwo ramponiert."

Er macht eine Pause und fährt sich nachdenklich durchs schlohweiße Haar.

„Dann aber sollte man der alten Dame empfehlen, das Gemälde zu sichern oder gegebenenfalls eine Kopie aufzuhängen und das Original in einem Safe aufzubewahren."

„Ich merke, du hast Feuer gefangen, Karl", sagt Beatrice lächelnd. „Willkommen im Club." Sie fügt hinzu: „Hoffentlich haben wir nicht demnächst erneut einen Kriminalfall in Sachen Kunstraub vor der Brust."

„Ich wusste, du wirst Minago wieder zum Quartett komplettieren", tönt Leonhard und Annemie tischt flugs Kaffee und Kuchen auf.

„Nun mal lamgsam", bremst Kaul die Euphorie ein, „ich will gerne an diesem Projekt *Das Blaue Pferd* teilnehmen. Aber darüber hinaus bitte nicht. Ich bin bereits dreiundachtzig und habe, wie meine Frau mir täglich zu verstehen gibt, genug Pöstchen am Hals."

„Also hör mal, Karl!", spielt Beatrice die Empörte, „Mitarbeit bei Minago ist kein Pöstchen" - ihre Zeigefinger kleiden das Wort mit Anführungszeichen in der Luft ein. „Es ist eine reizvolle Aufgabe in einem erlesenen Club."

„Na dann", gibt er klein bei und nippt an dem Sektglas, das Annemie Weimar ihm reicht. „Übrigens, damit ich`s nicht vergesse", geheimnist er, „da muss was durchgesickert sein."

„Oder jemand hat bewusst etwas lanciert", streut Annemie ein, ohne zu wissen, worauf Kaul eigentlich hinaus will.

„Nun, ich habe zwei Anfragen erhalten, gestern erst", schiebt er nach.

Er legt eine Kunstpause ein und scheint die Aufmerksamkeit, die ihm stante pede zuteil wird, einkalkuliert zu haben.

„Der umtriebige Lokalreporter Falko von der HZ und der Vorsitzende der Ströher-Stiftung Mertin haben angefragt, ob ein Ströher-Gemälde, *Das Blaue Pferd* betitelt, aufgetaucht sei, genauer gesagt, auf dem Markt sei."

„Ich kann da mithalten", legt Leonhard Aron nach, „mein wenig kunstsinniger, aber von Sammelleidenschaft beseelter Nachbar Christian Ströher hat mich gebeten, in der Angelegenheit zu recherchieren. Ich hab so getan, als wisse ich von nichts."

„Erneut ein bislang unbekanntes Ströher-Bild aufgetaucht", titelt die HZ und zeigt ein Photo her: *Das blaue Pferd*.

„Das an Franz Marcs expressionistische Tierzeichnungen erinnernde Ströher-Bild stellt ein privater Besitzer ins Marktfenster. Kunstexperten vermuten, dieses Unikat könne bisherige Ströher-Preise deutlich toppen."

Kap. 9: Jule

Sie klopft an Leas Tür, die sich surrend öffnet. Ein elektrisches Sicherheitsschloss, das man ihr dringend empfahl. Nur einige Vertraute haben seither direkten Zugang zum Appartement der alten Dame Nowotny.

Der Flur zur letzten Station ihrer „Mutter" erinnert Jule an Kasernenflure, die sie in den vergangenen achtzehn Monaten passiert hat. Nur liegt hier im Altenheim ein süßlicher Geruch in der Luft.

Überrascht vom lichtdurchfluteten Zimmer, dessen Fensterfront einen Blick auf den Simmerbach freigibt, lugt Jule hinein und wird von einem strahlenden Lächeln empfangen. Sie lässt ihre Tasche fallen, eilt auf Lea zu, um sie kniend ganz heftig an sich zu drücken. Tränen der Rührung quittiert Lea mit den Worten: „Na, na, Frau Oberfähnrich!"

Lächelnd versorgt Jule den buntfarbigen Strauß Blumen, die sie zur Freude Leas in den Feldern gepflückt hat, in einer Vase. Dann platziert sie sich auf einem Stuhl vor Lea, so dass sie die Hände ihrer Lieben halten kann. Sie schauen einander an, schweigen gemeinsam eine Weile, ein wohliges Schweigen des Vertrauens. Jule lässt ihren Blick kreisen, bis er an dem Bild hängen bleibt. „Schön, dass du unserem blauen Pferd den besten Platz eingeräumt hast. Wie liebe ich es!"

Lea hebt die Brauen. „Das sagst du zum ersten Mal."

„Ich habe es vermisst", raunt Jule. „Das blaue Pferd ist schön. Es hat mir als Kind schon gezeigt, was alles möglich ist. Auf ihm bin ich ganz früh bereits ins blaue Reich der Möglichkeiten geritten."

„Wundere dich bitte nicht, wenn dir zu Ohren kommen sollte, ich wolle das ´Blaue Pferd` verkaufen."

„Wie das?"

„Nun, Falko, ein umtriebiger Lokalreporter, der hat das Gerücht in die Welt gesetzt."

„Freilich ohne dein Zutun", murmelt Jule, verschmitzt lächelnd.

„Natürlich", antwortet Lea, scheinbar pikiert.

„Da ist aber nichts dran, Lea, oder?"

„Haben wir das nötig, Jule?"

„Natürlich nicht", antwortet sie, „weder du noch ich. Nicht schlecht, was monatlich auf meinem Konto landet."

„Das freut mich", sagt Lea und drückt Jules Hand. „Wie ist das so als attraktive junge Offiziersanwärterin in einer traditionellen Männergesellschaft?"

„Spannend, Lea", folgt die Antwort prompt, „und hie und da auch ein wenig prickelnd; auf jeden Fall nie langweilig. Macho-Sprüche blieben mir jedenfalls bislang erspart."

„Weil du Selbstbewusstsein ausstrahlst, Jule. Bin so stolz auf dich."

„Ach, Lea", flüstert sie.

In die Stille hinein sagt Lea: „Ich habe dir etwas Wichtiges mitzuteilen, liebe Jule."

„So förmlich?", wundert sich Jule und richtet sich auf.

„Aber nur, wenn du es möchtest."

„Du machst mich neugierig."

Lea ist einen Moment ganz still, dann heften sich ihre Augen auf Jule.

„Es ist an der Zeit, den Schleier über deiner Vergangenheit zu lüften, ein wenig zumindest."

„Ich habe immer geahnt", sagt Jule, nachdem auch sie einige Sekunden geschwiegen hat, „dass du mir bestimmte Dinge nicht gesagt hast."

Lea antwortet mit einem angedeuteten Nicken.

„Weil du mich hast schonen wollen, habe ich vermutet, als ich älter wurde."

Leas Nasenflügel zittern leicht. Sie holt tief Luft, dann sagt sie: „Deine Großmutter mütterlicherseits möchte dich kennenlernen."

Jule, gerade einen Schluck Wasser trinkend, bleibt das Glas in der Luft stehen und ihre Augen werden groß.

„Meine Großmutter?", fragt sie mit bebender Stimme. „Wann, wo?"

„Sie wohnt auf der anderen Seite des Simmerbachs, nur wenige Meter entfernt von hier."

Bei diesem Hinweis geht Leas Zeigefinger, ihren Augen folgend, Richtung Fensterausblick.

„Morgen, zwölf Uhr, wenn du möchtest, sie hat einen Tisch auf dem Birkenhof reserviert, auf der Terrasse, das Wetter soll ja mitspielen. Beatrice möchte, dass ich dabei bin – aber ich weiß nicht."

Ohne Punkt und Komma hat Lea die Sätze abgespult. Erschöpft schaut sie auf ihre gefalteten Hände.

Jule ist ganz ruhig, regungslos, wie versteinert. Urplötzlich schießen ihr Tränen in die Augen. Unvermittelt umschließt sie Leas gefaltete Hände. „Nur mit dir, Lea", sagt sie flehentlich, „nur mit dir."

Kap. 10: Birkenhof

Ein freundlicher Sommertag. Über der Sonnenterrasse des Birkenhofs liegt ein dezenter Stimmenteppich.

„Ihre Tochter, Frau Doktor Winter?"

Mit zittriger Hand verteilt Herr Dietrich, der Hotelier, persönlich Speisekarten. Die Frage ist ihm herausgerutscht, bevor seine Gedanken sie einhegen konnten. Er räuspert sich und spannt den schattenspendenden Sonnenschirm über dem Ecktisch mit den drei Frauen vollends auf. Verlegen ein Nicken andeutend, eilt er durch die Glastür des weitläufigen Wintergartens.

Jule starrt Beatrice an.

„Ich bin Ärztin", antwortet sie beiläufig, während sie die Speisekarte aufblättert.

„Ich will es werden", sagt Jule, den Blick auf ihre Karte geheftet.

„Ich weiß", sagt Beatrice, „gratuliere."

„Wozu?"

„Zu deinem Mut."

„Mut?"

„Nun ja, elf bis zwölf Jahre bis zum Facharzt und das als Frau in einer männerdominierten Bundeswehr, mittlerweile eine Armee im Ernstfallmodus, also keine Als-ob-Truppe wie in ihren Anfangsjahrzehnten."

„All das reizt mich."

„Denke ich mir."

„Was wollt Ihr essen", meldet sich Lea zu Wort und erntet dankbare Blicke.

Dietrich, das sonderbare Dreigestirn beobachtend, tritt an den Tisch heran, seinen Notizblock gezückt,

„Eine Flasche stilles Wasser", bestellt Lea. „Menü 1".

„Ebenfalls Menü 1", sagen Beatrice und Jule wie aus einem Mund und können sich dabei die Andeutung eines Schmunzelns kaum verkneifen.

„Gerne", sagt Dietrich, freundlich nickend.

Mittlerweile sind alle Tische besetzt.

Das ist doch mal ein guter Anfang, scheint Leas Blick den beiden Frauen zu sagen; eine Menü-Order als Eisbrecher, so etwas kann man sich nicht ausdenken.

„Eine fremde Doktor Winter meine leibhaftige Großmutter", kommt es Jule, die sich zurückgelehnt hat, Arme verschränkt, Beatrice fixierend, spöttisch über die Lippen. „Die unbedachte Frage eines Kellners als Beweis sozusagen."

Beatrice nickt und ringt um Worte.

„Womit soll ich anfangen?"

„Am besten mit dem Anfang", ermuntert Lea sie.

Großmutter Beatrice` Brustkorb hebt und senkt sich. „Ich war schwanger, einundzwanzig, hatte das Physikum gerade bestanden. Deinen Erzeuger, der von nichts weiß, hielt ich als Vater für unreif. Wollte unbedingt Ärztin werden. Lea war meine Rettung und die Rettung für deine Mutter, Jule. Nicht einmal zwanzig Jahre später wiederholte sich die Geschichte, in allerdings anderer Art und Weise. Und wieder war Lea zur Stelle."

Unendlich langsam haben sich die Worte und Sätze von Beatrice` Zunge gelöst. Als sie erschöpft ihre Beichte beendet hat, sagt Jule trocken: „Keine Absolution von mir. Mit deinem Opportunismus musst du schon selber klarkommen."

Beatrice zuckt mit den Schultern. „Nichts anderes habe ich erwartet. Dein Vorwurf trifft ins Schwarze."

Da wird die Suppe, die Vorspeise, serviert. Wenig später das Hauptgericht, die vegetarische Gemüsepfanne. Während Jule und Lea heißhungrig zu Werke gehen, muss sich Beatrice mit wenigen Happen begnügen und selbst die schafft sie nur mit Mühe. Auf den Nachtisch verzichtet sie.

Sie drängt zum Aufbruch, zahlt, um dann halbherzig zu fragen: „Möchtest du deinen Großvater mütterlicherseits kennenlernen?"

Zu ihrer Überraschung antwortet Jule unumwunden: „Ja."

Beim Verlassen des Lokals ist Beatrice wie betäubt. Ihre Gedanken fahren Achterbahn. Frostig der Abschied Jules. Immerhin hat man den Samstag der übernächsten Woche um achtzehn Uhr dreißig vereinbart, wieder im Birkenhof. Gerne hätte sie von der Erfahrung einer Studienfreundin berichtet, die ihre Bundeswehrverpflichtung später arg bereute. Doch das hätte Jule bestimmt als übergriffige Einmischung aufgefasst. Die Frage, warum ihre Enkelin sich bei der Bundeswehr verpflichtet hat, ist ihr angesichts der unterkühlten Reaktion Jules im Halse stecken geblieben. Was hatte sie, Beatrice, verdammt nochmal erwartet? Die Quittung für ihr egoistisches Verhalten hat sie bekommen. Eigentlich kann es von nun an nur besser werden. Wenn sie Leonhard mit ins Boot holen kann. Da wartet eine Riesenaufgabe auf sie, dessen ist sie sich bewusst. Sonderbar, dass Jule nicht nachgefragt hat: Wer ist ihr Großvater? Was ist mit ihrer Mutter Julia passiert? Warum hat sie, Beatrice, das Kind überhaupt zur Welt gebracht, um es dann Lea zu überantworten? Fragen über Fragen, die sie nicht gestellt hat. Warum?

Jule, die Lea im Rollstuhl über den Kiesweg um das Hotel herum zum Wagen chauffiert, fühlt sich eigenartig leer. Was Beatrice offenbart hat, ist noch gar nicht bei ihr angekommen. Nicht unsympathisch diese Frau, die ihre Oma sein soll. Wie eine Großmutter wirkt sie nicht. Noch muss sie Distanz wahren, sich selbst erst Klarheit verschaffen. Nachzufragen hat sie sich verkniffen. Wenn Beatrice Lücken gelassen hat, wird sie Gründe dafür haben.

Lea ist sich unsicher, ob das Treffen ein gutes war. Immerhin, ein Anfang ist gemacht. Jule wird einiges zu verarbeiten haben. Die unvereinbarte Übereinstimmung mit Beatrice, einiges unerwähnt und offen gelassen zu haben, bereitet Lea allerdings Kopfzerbrechen. Doch versprochene Zusagen hält sie ein; das war ihr immer und ist ihr wichtig. Alles andere würde Vertrauen zerstören, die wichtigste zwischenmenschliche Münze überhaupt.

Kap. 11: Beatrice` Spaziergang mit Leonhard

Lange Zeit war ich recht erfolgreich darin, mich selbst zu verleugnen und dabei zu verlieren. Ich verletzte meine Seele, ohne es zunächst zu bemerken. Doch Verdrängung funktioniert auf Dauer nicht, wie ich heutzutage erfahren muss. Die Folgen hielte ich vermutlich aus, ginge es nur um mich. „Spät, aber nicht zu spät", hat Lea mir prophezeit. Allein, mir fehlt die Phantasie, wie ich mit dem Scherbenhaufen, den ich angerichtet habe, umgehen könnte. Vielleicht muss ich jetzt endlich Leonhard vertrauen, darauf vertrauen, dass sich mit ihm gemeinsam begehbare Schneisen im Dickicht meiner, unserer Verstrickungen auftun können, Schneisen, die ich jetzt und alleine gar nicht sehe.

„Ich muss etwas mit dir besprechen, Leonhard, etwas sehr, sehr Wichtiges."

Ungewöhnlich emotional. Die Seite von ihr kenne ich kaum. Keine Ahnung, was sie Weltbewegendes mitzuteilen hat. Neugierig bin ich allemal.

Mittlerweile gelingt es mir einigermaßen, in ihr Cabrio einzutauchen. Beim Ausstieg muss ich noch vorsichtig sein. Beatrice parkt zwischen Kümbdchen und Keidelheim. Dort starten wir, schweigend. Nach etwa einem Kilometer empfängt uns ein Laubtunnel. Außer uns scheint keine Menschenseele unterwegs zu sein.

„Ich habe dir jahrzehntelang etwas verschwiegen, Leonhard", sagt sie. „Du erinnerst dich an die Tage in Badenhard?"

„Wie sollte ich die vergessen können", antworte ich.

„Die Stunden in der Scheune? Wir zwei alleine?"

„Als sei es gestern gewesen", sage ich.

Sie lässt sich Zeit mit der nächsten Frage.

„Dir ist nie der Gedanke gekommen, dass da etwas passiert sein könnte?"

Siedendheiß durchfährt es mich. „Du warst schwanger?", platzt es aus mir heraus.

„So ist es."

Ein Radfahrer biegt um die Ecke. Gerade noch kann ich ausweichen. Beatrice stolpert, verheddert sich im Gebüsch. Helfen kann ich ihr nicht, habe genug mit mir und meiner operierten Hüfte zu tun. Mühsam kriecht sie auf dem leicht abschüssigen Randstreifen nach oben.

„Mist", stöhnt sie, „rücksichtslos diese Radfahrer."

„Ist ja nochmal gutgegangen."

Anderes fällt mir nicht ein. Wieder ein Kilometer Schweigen. Hat sie ein Kind von mir geboren? Bin ich damals Vater geworden? Ging damals ein Wunsch in Erfüllung, dem ich dann jahrzehntelang hinterherhechelte?

Auf der langen Geraden bis zur Straßenquerung Neuerkirch bleibt Beatrice plötzlich stehen, schaut mich an und sagt: „Jule, unsre Enkelin, die möchte dich kennenlernen. Nächsten Samstag, achtzehn Uhr dreißig, Birkenhof."

Kapitel 12: Birkenhof

Derselbe Ecktisch wie zwei Wochen zuvor. Erneut ist es warm, die Sonne strahlt noch.

Beatrice stellt sie einander vor. „Dein Großvater Leonhard Aron, Jule."

„Treffen sich zwei Opfer ... und die ... hm."

„Sprich`s ruhig aus, Jule: die Täterin, Drückebergerin, Egoistin, was du willst."

Jule zuckt mit den Achseln, doch ihre Gesichtszüge entspannen sich. Sie streift das Uniformjackett ab und legt es um die Rückenlehne. Der Kellner kommt, verteilt die Speisekarten und stellt eine Flasche Gerolsteiner medium auf den Tisch, öffnet sie und schenkt ein. Langsam besetzen weitere Gäste die Terrassentische, auch jüngere.

„Anscheinend bin ich der einzige an diesem Tisch, der sich freut", sagt Leonhard aufgeräumt.

Zwei paar Augenbrauen gehen hoch, zwei Blicke heften sich auf ihn.

„Du bist ja auch der einzige Mann am Tisch", versucht es Beatrice mit dünner Ironie.

An Jule gerichtet, sagt Leonhard: „Im vorgerückten Alter unerwartet und unverdient mit einer Enkelin überrascht zu werden ist ein wunderbares Geschenk."

Jules Blick hellt sich auf. Beatrice` Maskengesicht bleibt leer.

„Unerwartet?"

„Er hatte keine Ahnung", bestätigt Beatrice ausdruckslos, „war allein meine Sache."

„Sache", echot Jule.

Die Maske läuft rot an. Leonhard glaubt ihr beispringen zu müssen.

„Ein sonderbarer Zufall, Jule", sagt er. „Vor einem halben Jahrhundert habe ich im Bundeswehrlazarett Koblenz, wie es damals hieß, eine Ausbildung zum Sanitäter absolviert. Anders als bei dir zerschlug sich dabei mein Wunsch, Arzt werden zu wollen."

„Also kein Überzeugungstäter", stellt Jule fest.

„Der wurde ich, als ich trotz oder wegen meiner Selbstverpflichtung als Soldat auf Zeit noch während derselben den Kriegsdienst, so martialisch lautete das Prozedere damals, verweigerte."

„Gesinnungsethischer Idealist eben", kommentiert Beatrice.

„Besser als keinen Standpunkt zu haben", sagt Jule.

Die abgekanzelte Großmutter nimmt es hin.

Leonhard stellt Jule die Frage, die Beatrice unter den Nägeln brennt: „Medizin, das verstehe ich. Aber Sanitätsoffizierin, Jule?"

Sie streicht über den Arm des blauen Uniformjacketts. „Einige gute Gründe. Der persönlichste Grund, der müsste euch beiden besonders einleuchten."

Sie macht eine bedeutsame Pause, dann sagt sie: „Klare Struktur, klare Verantwortlichkeiten, Sicherheit, Berechenbarkeit."

„Und deine Mutter?"

Die Frage entschlüpft Leonhards Mund, ohne dass er sie vorher gedacht zu haben scheint.

„Ist Teil des Problems, auf das ich in meinem Leben reagieren muss."

Das Fragezeichen in Leonhards Augen bleibt unbeantwortet. Beklemmendes Schweigen liegt urplötzlich in der Luft.

Glücklicherweise kreuzt der Kellner auf, um die Bestellung entgegenzunehmen. Keiner der drei hat in die Karte geschaut.

„Was können Sie empfehlen?", fragt Jule resolut.

„Rehrücken aus der Region", antwortet er wie auf Befehl.

„Einverstanden?"

Die Großeltern nicken.

Unsicherheit und Verlegenheit passen nicht zu meinem Bild von Leonhard, geht es Beatrice durch den Kopf. Doch er hat die Kurve gekriegt. Besser als ich jedenfalls.

Irgendwie hat Jule mich an eine junge Frau erinnert, die dunklen, mandelförmigen Augen über markanten Wangen. Lange her, bestimmt zwanzig Jahre. Strandurlaub auf Teneriffa, zwei Tage vor der Heimreise tauchte sie auf, zwei unvergessliche Tage. Nie mehr voneinander gehört. ...

Ich fühlte mich zunächst fehl am Platz, muss sich Leonhard eingestehen. Dann löste sich die Spannung. Bis ich das Tabu anrührte, ohne es zu wissen, ohne Absicht. Eine Mauer des Schweigens baute sich im selben Moment auf. Kann mir keinen Reim darauf machen.

Die billige Opferrolle habe ich von Anfang an nicht einnehmen, wohl aber provozieren wollen. Beide wollte ich zunächst aufs Glatteis führen, vor allem Beatrice, trotz der sommerlichen Temperaturen. Hab`s mir dann doch verkniffen. Leonhard ist charmant. Freue mich, ihn näher kennenzulernen. Er scheint Beatrice ins Herz geschlossen zu haben. Bin irritiert, gleichwohl gespannt.

Kapitel 13: Das blaue Pferd

Niemals wäre mir in den Sinn gekommen, dass meine Recherchen zu Ströhers Gemälde *Das blaue Pferd* und meine Liebe zu Beatrice miteinander zu tun haben könnten.

Die wildromantische Jugendschönheit, in die ich mich Hals über Kopf verliebt hatte, hatte mit keinem Wort eine Lea Nowotny, engste Freundin ihrer verstorbenen Mutter, erwähnt. Und als diese herzensgute Frau Beatrice' Problem zum eigenen machte, hatte sie freie Hand. Sie wechselte Namen und Identität und war als Doktor Beate Winter aus meiner Welt entrückt, für mich unerreichbar.

Ich frage mich schon, ob und falls ja wie Lea Nowotny dem Zufall auf die Sprünge geholfen und uns beide wieder in räumliche Nachbarschaft gebracht haben könnte. Die alte Dame versteht es, mit Geheimnissen zu jonglieren, und sie hat, vermute ich, die Möglichkeiten, im Hintergrund die Fäden zu ziehen. Nicht, dass sie eine Marionettenspielerin wäre. Mit dieser Unterstellung würde ich ihre hehren Absichten Lügen strafen. Aber Lebenserfahrung und Altersweisheit könnten sie bewegt haben, etwas nachzuhelfen. Dabei lebt die gute Fee mehr als bescheiden, eine Lebensweise, die allerdings auch eine Tarnkappe sein kann, die vor Neugier und Zudringlichkeit schützt.

Ich habe wieder im „Totenrufer von Halodin" geblättert: „Die Stute hebt wiehernd ihr stolzes Haupt. ... Und rast in gewaltigen Sprüngen über die Steppe wie von Dämonen verfolgt."

In der Nacht quält mich ein grausamer Traum. Unsere Tochter, Jules Mutter, hat sich prostituiert. Ob gezwungenermaßen oder freiwillig, erschließt sich mir nicht. Männerfratzen vergraben sich in ihren Brüsten. Ein wildes Gestöhne. Es geht zu wie in einem Hasenstall. Erschreckenderweise ist Julias Kopf kahl geschoren.

Beatrice werde ich meinen Traum des Höllenschlunds verheimlichen müssen. Körperteile stürzen umeinander, in eine Feuersbrunst, Flammen züngeln, ziehen einen glühend blutigen Brei menschlicher Weichteile an, Hände, Füße, Arme, Beine, Köpfe, Knochensplitter. Obenauf treiben Haarbüschel, Prothesen aller Art, Gebisse, Goldzähne. Die Dämonen der Unterwelt haben sich zum Geisterreigen eingefunden, im Flackerschein auflodernder Feuer. Eine milchweiße brodelnde Dampfsäule fährt auf.

Als ich schweißgebadet aufwache, schleppe ich mich unter die Dusche, lasse minutenlang lauwarmes Wasser auf mir abperlen. Dabei versuche ich mich zu sortieren. Vor einem halben Jahrhundert wurde ich Vater, ohne davon zu wissen. Meine Tochter, die man mir heute noch verheimlicht beziehungsweise totschweigt, habe ich nie zu Gesicht bekommen. Vor Tagen aber deren Tochter Jule, meine Enkelin. Im Traum habe ich ihre Mutter, meine Tochter, als Prostituierte gesehen. Ein kurzer Moment, der übergangslos in ein höllisches Fegefeuer überging. Traumgespenster. Entstanden aus einer Kombination von Angst, Unwissenheit und Ohnmacht, versuche ich mich zu beruhigen.

Könnte unsere Tochter entführt worden sein? Ist sie vielleicht ausgewandert und in fremdem Land unter die Räder gekommen? Ist sie Leas blaues Pferd? Ist das Bild deshalb Lea ans Herz gewachsen? Hat Lea ihre erste Ziehtochter in Ströhers Gemälde hineinprojiziert? Warum tabuisieren alle meine unbekannte Tochter, als schämten sie sich ihrer? Wird sie von Dämonen verfolgt? Oder werden Beatrice, Lea und Jule von Dämonen verfolgt? Werden sie von jemand unter Druck gesetzt? Mich lechzt es nach Antworten.

Eine bescheidene Antwort ist mir zuteil geworden. Friedrich Karl Ströher hat sich an Franz Marcs *Das kleine blaue Pferdchen* erinnert, als er sein Ölgemälde *Das blaue Pferd* schuf. Neunzehnhundertzweiundzwanzig malte er es in einer Ausnahmesituation, wie eine Notiz seiner Frau Charlotte verrät, die man in ihrem Nachlass gefunden hat. Als Ströher sie in Berlin kennenlernte, hätten sie gemeinsam eine Kunstausstellung besucht, die Marcs *Pferdchen* zeigte.

Auf der Parkbank des Simmerbachs unweit ihres Pflegeheims sitzt Lea Nowotny und genießt späte Sonnenstrahlen, die vereinzelt noch durch den Blätterwald des Uferblattwerks blinzeln. Ich ergreife die Gelegenheit, mich mit ihr bekannt zu machen. Sie lädt mich mit einem hintergründigen Lächeln ein, neben ihr Platz zu nehmen, zu einem Plausch. Die Pflegerin komplementiert sie mit den Worten: „Herr Aron passt schon auf mich auf.", für eine Weile weg. Nach dem Austausch von Nettigkeiten schaut sie mich herausfordernd aus großen Augen an, tiefblaue, geheimnisvolle Augen. Ob sie damit rechnet, dass ich einen Umweg einschlage?

„Wissen Sie, liebe Frau Nowotny ..."

„Lea bitte", unterbricht sie mich, „ich darf doch Leonhard zu dir sagen?"

„Ich bitte darum", sage ich und nehme einen erneuten Anlauf.

„Also Lea, Friedrich Karl Ströher kannte Franz Marcs Gemälde ´Das kleine blaue Pferdchen`."

Sie nickt, anscheinend wenig überrascht. „Und?"

„Dein ´Blaues Pferd` verdankt seine Entstehung dem Einfluss Marcs auf unseren Hunsrückmaler?"

„Könnte sein", sagt sie. „Warum erzählst du mir das?"

„Ich will das Bild nicht kaufen", beeile ich mich zu versichern.

„Ist ohnehin unverkäuflich", sagt sie. „Ich habe es im Mai neunzehnhundertzweiundsiebzig eher zufällig angeboten bekommen; damals für mich ein besonderer Wonnemonat."

Kaum ist der Hinweis ihr über die Lippen gekommen, hüstelt sie und zeigt zum Simmerbach. „Ich schaue ihnen gerne zu."

Eine Entenfamilie watschelt in unsere Richtung. Lea greift nach einer Plastiktüte im Korb ihres Rollators, der Brotkrümel aufbewahrt, die sie Stück für Stück den Tieren zuwirft. Die scheinen damit gerechnet zu haben.

„Ich würde mich sehr freuen, wenn ich Ströhers ´Blaues Pferd` einmal im Original betrachten dürfte", sage ich in unser Schweigen hinein.

„Mal sehen", sagt sie nach einer Weile, „was sich da machen lässt."

Im selben Moment biegt die Pflegerin um die Ecke.

Mai neunzehnhundertzweiundsiebzig, geht es mir durch den Kopf. Deshalb ist *Das blaue Pferd* unverkäuflich. Endlich eine Spur. Ist Lea der Hinweis auf den Wonnemonat versehentlich herausgerutscht? Oder ein Wink mit dem Zaunpfahl? Die alte Dame ist mir ein Rätsel. Habe ich vielleicht den Schleier, den *Das Blaue Pferd* umhüllt, ein wenig gelüftet?

Nicht selten, würde Beatrice, meine kunstsinnige Freundin, sagen, umweht das Kunstwerk ein doppeltes Geheimnis: das seines Inhalts, aber auch das seiner verschlungenen Wege, nachdem der Künstler es freigegeben, verschenkt oder verkauft hat. Minago wird das Doppelgeheimnis nicht entschlüsseln, muss ich mir im speziellen Fall eingestehen. Es sei denn, ich könnte meiner Freundin Beatrice im Dunstkreis der eigensinnigen Welt der Künste einen ähnlich gearteten Hinweis wie den Leas entlocken. Unlautere Absicht, mein Lieber, muss ich mir eingestehen. Sei`s drum. Ich will vom Ende her denken.

Die Kunst hat Beatrice` langjährige Wirklichkeitsbesessenheit ein wenig gehimmelt, immerhin. Ist sie damit im richtigen Leben angekommen? Ihren wahren Charakter habe ich bislang nur teilweise entschlüsseln können. Damit sollte ich mich bescheiden; nur so werde ich sie weiter lieben können. Ein Restgeheimnis muss bleiben. Sonst gibt`s keine Überraschungen mehr. Ist mir das wichtiger, als das Geheimnis um unsere Tochter zu lüften? Schließen beide Geheimnisse einander aus? Vielleicht muss ich einfach weniger kompliziert denken.

Der Gedanke an meine Tochter geht mir nicht aus dem Kopf, lässt mich nicht mehr los. Was könnte mir helfen, ihre Spur ausfindig zu machen? Da Beatrice, Lea und Jule mauern, muss ich andere Wege gehen. Vielleicht hilft mir Jules Geburtsdatum weiter – und ihr Geburtsort. Falls Beatrice nicht zwecks Tarnung beide Daten manipuliert hat. Was ich ihr durchaus zutraue. Mein Gott, welches Bild der Frau, die ich liebe, frisst sich gerade in mein Hirn? Sollte ich vielleicht doch darauf verzichten, wie ein Maulwurf im dunklen Untergrund der verschütteten Vergangenheit zu graben? Maulwürfe bleiben einsame Wesen. Danach steht mir gerade nicht der Sinn.

Den plötzlichen Gedanken, meine Polizisten-Bekannte einzuweihen, verfolge ich nicht weiter. Jedenfalls zur Zeit nicht. Irgendwie habe ich das Gefühl, Ströhers „Blaues Pferd" könnte der Schlüssel sein, dem Geheimnis meiner Tochter auf die Spur zu kommen. Keine Ahnung, warum.

Kapitel 14: Julia

Beatrice macht Leonhard auf eine Internet-Kunstausstellung von Bildern aufmerksam, die Gefängnisinsassen malten. Dort stößt er auf eine Bleistiftzeichnung mit dem Titel *Das Blaue Pferd*. Sie ähnelt Leas Gemälde, wie er es von Annemies Foto in Erinnerung hat. Der Schattenriss eines Hengstes, dessen Hufen auf dem Rücken der Stute aufsitzen, ist angedeutet. Signiert ist die Zeichnung mit einem unleserlichen Kürzel.

Der Sicherungshaken in der Kletterwand meiner Phantasmagorie, der seidene Faden, an dem mein Leben hängt, durchzuckt mein operiertes Bein. Ich horche in die schwarze Stille hinein: bibberndes Echo des Hunsrückwolfs, der aus der Ferne jault. Am Nachmittag des Vortags hatte ich in meinem gleichnamigen Roman geblättert.

Julias blau schraffiertes Pferd wiehert in meinem Traum: eine Stute, die zu fliehen versucht, aber vom trommelnden Hufschlag des rasenden Hengstes ereilt wird, der sie rücksichtslos bespringt. Im Traum beißt sie ihn tot. Die klaffende Wunde am Hals, das versickernde Blut im Kopfkissen. Schweißdurchtränkt das Kopfkissen. Ich schrecke auf, Julias Selbstoffenbarung springt mir in die Augen. Der Traum nimmt kein Ende. Die Stute verbeißt sich immer tiefer in den Hals des Hengstes, reißt ihn auf, frisst sich in ihn hinein, Blut spritzt, versickert im Kopfkissen.

Julias kahler Kopf als Menetekel an der Zimmerdecke, über die von der Jalousie bewegte Schatten hinwegzittern.

Unverhoffte Begebenheit

Ganz außer Atem rauscht er in das Café hinein. Ein blubbernder Geräuschteppich liegt über den Tischen. Die Luft ist warm und von den süßen, zimtartigen Düften des Weihnachtsgebäcks geschwängert. Seine Augen kreisen. Der leicht spöttische Blick einer dunkelhaarigen Frau lässt sein Herz abrupt höher schlagen. Ist sie`s? Sollte sie trotz seiner Verspätung auf ihn gewartet haben?

Kurz entschlossen steuert er die Eckcouch mit Ausblick auf die Fußgängerzone an, wo die aparte Frau sitzt. Das Buch, das sie aufgeschlagen in den Händen hält, legt sie auf den Beistelltisch.

„Ich darf mich zu Ihnen setzen?"

Sie schmunzelt und nickt.

Ja nicht die Kontaktanzeige oder die Verspätung ansprechen, geht es ihm durch den Kopf, als ihm der Buchtitel *Das Feld* in die Augen springt.

„Aha, Robert Seethaler!", ergreift er die Gelegenheit beim Schopf.

„Sie kennen ihn?", fragt sie mit rauchiger Stimme.

„Kennen wäre zu viel gesagt, aber ich habe seinen wunderbaren Roman *Ein ganzes Leben* sehr gerne gelesen!"

Hätte ich ihm nicht gegeben, wundert sie sich. Welcher Mann liest heute noch einen anspruchsvollen Roman? Wie ein Literaturprofessor sieht er nun mal nicht aus. Eher wie ein durchtrainierter Pensionär, braun gebrannt vom Daueraufenthalt auf Golfplätzen, sportlich gekleidet, ähnlich groß wie Seethaler. Was verschlägt den nachmittags in dieses spießige Dom-Café, wo sich ältere Damen zum Kaffeekränzchen treffen?

„*Das Feld* können Sie mir empfehlen, Frau … ?"

„Bornstein, Petra Bornstein, Herr … ?"

„Gottwald, Justus Gottwald", antwortet er, steht auf, um ihr artig die Hand zu geben. Dann nimmt er ihr gegenüber wieder Platz.

Fester Händedruck, zielstrebig, stilvoll, weiß, was er will, denkt sie und sagt:

„Ich weiß nicht. Das *Feld* ist schließlich ein Friedhof. Den sucht der Erzähler täglich auf."

Justus Gottwalds buschige Brauen wandern nach oben.

„Die Toten hat er gekannt", fährt sie fort, schaut ihm in die Augen und schlägt das Buch auf, um daraus vorzulesen: „Hören Sie selbst, was der Erzähler sagt. ʹEr war überzeugt davon, die Toten reden zu hören. ... Er malte sich aus, wie es wäre, wenn jede der Stimmen noch einmal Gelegenheit bekäme, gehört zu werden.ʹ"

Für einen kurzen Moment bildet sich eine steile Falte zwischen seinen zusammengezogenen Brauen. Er atmet tief durch, dann sagt er:

„Charmante Idee. Grabgeflüster also. Sie haben mich neugierig gemacht, Petra."

Erneut überrascht er sie.

„Ich darf doch Petra zu Ihnen sagen, oder?"

Ein Charmeur. Auch das noch, denkt sie und nickt, wobei ihr ein Lächeln über die Lippen huscht.

„Ich bin oft auf dem Friedhof", sagt er in das Schweigen hinein und blickt dabei ins Leere. Dann räuspert er sich und richtet sich auf.

„Ihre Frau? Entschuldigen Sie, Justus. Ist mir leider so rausgerutscht", stottert sie und greift reflexartig in ihre Handtasche, nach der Zigarettenschachtel.

Eve, das waren Lores Sargnägel, schießt es Justus durch den Kopf.

Petra fingert sich eine der extralangen, dünnen Zigaretten, steckt sie dann aber wieder zurück.

Er schaut sie an, sagt aber nichts.

„Fast hätte ichʹs vergessen. Rauchen ist ja von gestern", sagt sie und führt mit spitzen Fingern das Teetässchen zum Mund."

„Kann ich verstehen. Hab bis vor dreizehn Jahren selbst Kette geraucht."

Er zuckt mit den Schultern. Ihre dunklen Augen ruhen auf seinem Gesicht, als erwarte sie, dass er weiter erzählt.

„Nun, es war bei einer Abiturfeier. Siebenundzwanzigster März zweitausendsieben. Geburtstag meiner Schwester. Seitdem auch mein Geburtstag, mein zweiter sozusagen. In der Nacht vorher hatte ich mir geschworen: keine Zigarette mehr! Herzkasper und so, wenn Sie verstehen, was ich meine."

Sie nickt, sagt aber nichts.

„Ohne dass sie mich bemerkten, schwadronierten drei meiner jungen Kollegen daher: `Dem Alten werden wir`s zeigen. Ab sofort keine Zigarette mehr.´"

„Na dann, sagte ich mir, war mir aber höchst unsicher, ob ich durchhalten würde. Meine Sekretärin verdonnerte ich, ja keinem von meinem Vorsatz zu erzählen. Nie sei ich so unausstehlich gewesen wie die Wochen danach, berichtete sie mir später. Was mich, nebenbei gesagt, überraschte. Gegen Ende des Jahres bereits hatten zwei Kollegen des nassforschen Lehrer-Trios ihre Vorsätze über Bord geworfen. Dem dritten gratulierte ich und bedankte mich stellvertretend bei ihm für den unbeabsichtigten Motivationsschub, den sie Ende März mir, dem verdeckten Zaungast, hatten angedeihen lassen. Dem Kollegen entglitten die Züge, aber er versagte sich auch künftighin jeden weiteren Zug."

„Schulleiter waren Sie also, Justus", grummelt sie, wahrscheinlich gar Deutschlehrer. „Habe ich Recht?"

Er öffnet die Arme und grinst: „Gebe mich geschlagen, Petra."

„Na ja, es gibt Schlimmeres, oder?", sagt sie.

Er erinnert sich, weshalb er eigentlich hierher gekommen ist. Sagt aber nichts.

„Und Sie, liebe Petra?", fragt er und schaut sie warmherzig an.

„Na ja, man hat mich heute Nachmittag sitzen lassen. Glücklicherweise."

Sie grinst verwegen, hebt ihre Tasse und bestellt einen weiteren Tee.

„Aha?"

Die drei heuchlerischen Laute und das Fragezeichen lösen sich von seiner Zunge und er schämt sich ein wenig dafür – aber nur ein ganz klein wenig.

„An jedem letzten Donnerstag eines Monats treffen wir uns nachmittags hier zum Plaudern. Wir, das sind meine beiden Freundinnen und ich. Keine Ahnung, warum sie heute nicht da sind. Abgesagt haben sie jedenfalls nicht."

Petras Augenaufschlag signalisiert alles andere als Enttäuschung oder Verärgerung. Justus nimmt es wohlwollend wahr.

„So was aber auch!", frotzelt er und sie lachen beide.

„Was führt Sie hierher?", fragt sie lauernd.

Seine Antwort lässt einen Tick zu lange auf sich warten. Er registriert es.

„Ich wollte eine fremde Frau kennenlernen. Ich hoffte auf eine attraktive Dame. Und das Glück … ist mir hold."

Sie lächelt und denkt bei sich: Erika und Gloria, die werden sich wundern. Julius, Gott hab ihn selig, der wird mich verstehen.

„Sie entschuldigen mich für einen Moment", raunt sie und tippt behände Ziffern in ihr Smartphone.

Justus nickt und versucht derweil der chaotischen Gedanken Herr zu werden, die sich, seit er das Café betreten hat, in seinem Kopf tummeln.

Da ertönt ein lustiger Klingelton, Petra schaut auf das Display und ihn kurz darauf mit einem strahlenden Lächeln an:

„Übermorgen zwanzig Uhr im *Frankfurter Hof*, Justus?"

Er schaut verdattert drein und stammelt:

„Na klar."

„Autorenlesung mit Robert Seethaler. Ich habe noch zwei Karten ergattert."

Er kriegt den Mund kaum noch zu.

Unerwartete Begegnungen

Warum das Motto *Wasch mir den Pelz, aber mach mich nicht nass!* scheitern muss.

„Hallo Papa, du wirst nicht glauben, wem ich eben bei der Besichtigung begegnet bin."

„Kann`s mir denken."

„Und?"

„Petra und ihrer Tochter."

„Richtig. Sie haben in der Reihe vor mir gewartet. `Hey, Petra!´, hab ich gerufen. `Oh, Goetz, du auch hier?´ hat sie geschauspielert. `Du weißt doch, ich suche auch ´ne Wohnung´, habe ich gesagt. Ihre Tochter hat abwechselnd mich und ihre Mutter angeguckt."

„Kann ich mir vorstellen", lache ich ins Telefon und sehe das Grinsen im Gesicht meines Sohnes.

„`Pardon, Annemie, meine Tochter. Goetz, Sohn eines früheren Kollegen´, hat sie gestottert. Die Schlange ist nach vorne gerückt. Sie waren als nächstes dran."

„Aha, Sohn eines Kollegen. Flugs mal die Maske aufgesetzt. Und dann?", frage ich.

„`Drüben, auf der anderen Straßenseite im *Einstein*. Da können wir nachher ´n Kaffee trinken´, hab ich vorgeschlagen."

„Und sie hat mit Sicherheit etwas von `Mist! Geht heute leider nicht!´ gesagt, sage ich."

„Stimmt, aber da hat sie die Rechnung ohne die Wirtin gemacht. `Quatsch, Mama, klar treffen wir uns nachher´, hat ihre Tochter gesagt. Muss jetzt Schluss machen, Papa. Ich bin gerade auf dem Weg zu den beiden und sehr gespannt. Wir treffen uns ja gegen Abend. Werde dir dann berichten."

Ich lege auf und male mir aus, wie die drei gleich im *Einstein* bei Kaffee und Kuchen plaudern werden. Annemie weiß am wenigsten Bescheid, vermute ich. Goetz kann entspannt abwarten: Welches Stück wird denn da gespielt? Petra hingegen wird angestrengt bemüht sein, ihr Kartenhaus nicht einstürzen zu lassen. Na ja, sie wird auf Goetz` Diskretion setzen, vermute ich, nein, bin ich mir sicher.

Auf der Fahrt nach Mainz huschen mir Gesprächsfetzen durch den Kopf: Lange nicht gesehen, Goetz. Was für ein Zufall aber auch! Wie geht es deinem Vater? Grüß ihn von mir! Bla, bla, bla. Egal. Ich freue mich auf den Cabaret-Abend mit meinem Sohn im Unterhaus.

„Ich gehe schnurstracks auf den Ecktisch an der Fensterreihe zu, wo ich Tochter und Mutter ausgespäht habe. Die pfiffigen Augen Annemies lachen mir entgegen", wird Goetz mir später erzählen.

Wir hatten im Zuschauerraum des Kabaretts Platz genommen, dreizehn Minuten vor Beginn der Premiere.

„Die beiden haben bereits ein Stück Käsekuchen und eine Latte vor sich stehen. Aber freundlicherweise mit dem Kuchen auf mich gewartet. Ich bestelle das Gleiche.

„Du arbeitest also bei der *Deutschen Bank*", sage ich. Annemie schaut mich aus großen Augen an, den Sohn eines weitläufigen Bekannten ihrer Mutter, fasst sich aber schnell und fragt:

„Und du?"

„BA", sage ich und spreche dem Käsekuchen zu. Petra blickt angestrengt zu dem Kellner hin.

„Zwei Wasser bitte, ohne Gas!"

„Mir wäre die Wohnung mit den vierzig Quadratmetern etwas zu klein. Vor allem die Küche. Da macht Kochen doch keinen Spaß`, sagt sie zu mir hin. Ihre Tochter grinst."

„Der erste Gag im Cabaret heute Abend!", pruste ich los. Einige Damen vor, hinter und neben mir räuspern sich, vernehmlich.

„Single-Wohnung eben", sage ich und zucke mit den Achseln. „Der Preis ist okay. Die Lage auch. Wenn ich sie kriege, nehme ich sie."

„Ich bin aus dem Rennen, Goetz. Zwei Wohnungen in der *Neustadt* gefallen mir besser. Sind auch größer. Da passen meine Möbel rein."

Annemie sagt es und bestellt sich flugs ein zweites Stück Kuchen, diesmal Herrentorte.

„Übrigens. Warum willst du von Frankfurt nach Mainz ziehen?", frage ich, der Sohn des weitläufigen Bekannten der Mutter.

Wie in Zeitlupe wandern ihre Brauen nach oben. Sie sucht den Blick ihre Mutter. Die schaut angestrengt durchs Fenster.

„Schön, mit dem Messer in der Wunde zu bohren", sage ich schmunzelnd zu meinem Sohn. Der fährt sich mit der Linken über sein bärtiges Kinn. Die Situation mit Mutter und Tochter beschäftigt ihn offensichtlich noch.

„Gerade will Annemie antworten, da fixieren ihre Augen jemanden in meinem Rücken. Sekunden später stehen sie an unserem Tisch, ihre Schwester mit Freund.

„Hey Lukas, hey Fabienne!", sage ich und schüttele beiden die Hand. Petra hält Maulaffen feil. Die beiden ziehen zwei Stühle an unseren kleinen Tisch und komplettieren die Chaosgruppe."

„Das kann man wohl sagen", sage ich zu Goetz und im selben Moment hebt sich der Vorhang.

Das Cabaret beginnt.

Begegnung über Kreuz

Er heftet sich an ihre Fersen. Nicht allzu lange hat er an diesem verregneten Samstagmorgen ausharren müssen. Mit aufgespanntem Schirm hat sie die Wohnung ihres Liebhabers verlassen. Samstags ist der Mann, wenn er nicht gerade mit seiner Ehefrau urlaubt, immer in heimatlichen Gefilden unterwegs, vertreibt sich die Zeit mit Gleichgesinnten auf Sportplatz und in Kneipen. Leonhard geht also davon aus, dass die Geliebte alleine vor Ort ist.

Zielstrebig steuert sie ein nahegelegenes Café an. Energisch ihr Schritt. Er kommt sich vor wie Thomas Lieven in Johannes Mario Simmels Roman *Liebe ist nur ein Wort*. Was für eine Konstellation: Der Ex-Liebhaber der Gattin trifft per Zufall die Geliebte des Gatten. So wird die Frau, der er folgt, das dann wohl interpretieren, hofft er.

Es gelingt ihm, einen Tisch in ihrer unmittelbaren Nähe zu ergattern. Hat er sich die Mittdreißigerin so vorgestellt? Schlank, an den richtigen Stellen üppig, schwarzgelocktes Haar. Was denn sonst! Da schaut sie zu ihm herüber, er lächelt sie an. Tiefschwarze Augen, von feinen Fältchen umlagert. Markante Wangen, Stupsnase, rotangestrichen der sinnliche Mund. Etwas zu dick aufgetragen, findet er, auch Schminke und Wimperntusche wirken ein wenig ordinär.

Er bestellt wie sie eine Latte macchiato und ein Käsebrötchen. Hat er einen polnischen Akzent bei ihr herausgehört? Den kennt er von seiner Haushaltshilfe. Dass er „Das Gleiche" bestellt hat, hat ihr ein leichtes Schmunzeln entlockt, was er mit einem Augenzwinkern quittiert. Da wird sie von einer SMS abgelenkt. Sie wischt über das Display und ihre Brauen ziehen sich zusammen. Sichtlich genervt tippt sie einige Ziffern ein: Mit dem Lippenrot korrespondierende halbmondförmig lackierte Nägel; feingliedrige Finger eilen über die Tastatur. Dann wirft sie das Smartphone auf den Tisch.

„Schlechte Nachricht?"

Sonderbarerweise reagiert sie nicht brüsk auf die übergriffige Frage vom Nachbartisch; sie zuckt nur leicht mit der Schulter. Er ergreift die Gunst des Moments und fragt, ob er sich zu ihr setzen dürfe.

„Warum nicht", antwortet sie zu seiner Überraschung. Wieder der bekannte Akzent.

„Sie haben mich beobachtet", stellt sie fest, als er ihr gegenüber Platz genommen hat.

„Das haben Sie bemerkt?", gibt Leonhard sich verwundert.

„Sie haben mich nicht taxiert", sagt sie, „sonst säßen Sie jetzt nicht an meinem Tisch."

„Sondern?"

Sie zögert mit einer Antwort, um dann anzumerken: „In Ihren Augen habe ich eine sonderbare Neugier wahrgenommen; als wäre ich keine völlig Fremde für Sie."

„Chapeau!", staunt Leonhard.

Der Kellner serviert und verschafft ihm etwas Zeit, sich eine Reaktion zu überlegen. Die Frau schaut ihn aus großen Augen an; selbstbewusst, gleichwohl merkwürdig entrückt, kommt es ihm vor. Bedächtig führt sie die Tasse zum Mund, zeigt makellose weiße Zähne.

„Sie sind mir von der Wohnung aus gefolgt", legt sie nach. „Wer hat Sie beauftragt?"

Mit dieser Wendung hat er nicht gerechnet. Doch sie ist, wie ihm scheint, ein willkommener Ausweg.

„Sie haben mich ertappt", sagt er.

„Detektiv also?" Ein spöttischer Zug fährt über ihr Gesicht. „Ein Schnüffler gar?"

„Ich will ehrlich zu Ihnen sein", sagt er. „Jemand möchte wissen, was Sie an bestimmten Wochenenden machen. Wen sie treffen und so."

„Aha?"

„Sie wissen ja: Eifersüchtige Liebhaber sind schlimmer als eifersüchtige Ehemänner. Oder …"

Er stockt, als denke er nach.

„Oder peinlicher."

„Steile These", sagt sie. Das Käsebrötchen hängt in der Luft.

„Erfahrung hat mich`s gelehrt", sagt er.

„Trifft das auch auf eifersüchtige Geliebte zu?"

„Da muss ich passen." Er lacht und sagt: „Mangels Erfahrung. Also nicht meine Expertise, leider."

„Schade", meint sie, kaut und fragt: „Und wer sollte der öminöse Liebhaber sein?"

Den ironischen Unterton ignorierend, antwortet er: „Da reicht ein Blick auf das Türschild Ihrer … Wohnung."

Die Pause zwischen *Ihrer* und *Wohnung* bewirkt, wie er wahrzunehmen glaubt, ein flüchtiges Zittern ihrer Nasenflügel.

„So, so", sagt sie und beißt ins Brötchen. „Das lässt sich sogleich überprüfen." Sie greift zum Smartphone.

„Tun Sie das", sagt er.

„Lassen wir`s zunächst mal", sagt sie Sekunden später, keineswegs verunsichert, wie Leonhard registriert.

„Ich wundere mich", sagt er.

„Aha?"

„Sie haben nicht auf eine Frau als Auftraggeberin getippt."

Ohne es eigentlich zu wollen, hat er dem Gespräch diese Wendung gegeben.

Statt einer Antwort überrascht sie ihn mit einem beherzten Lachen. Oder ist es ein Verlachen?

„Muss ich das verstehen?", fragt er, bemüht, seine Ratlosigkeit zu verbergen.

„Wüssten Sie mehr", geheimnist sie, „würden Sie es verstehen."

Leonhard ist es ein Rätsel, dass sie sich überhaupt auf das Geplänkel eingelassen hat. Hat wohl mit der SMS, die vor Minuten eingegangen ist, zu tun, geht es ihm durch den Kopf. Andererseits wirkt sie recht selbstsicher. Er fragt sich, wie er die Kurve kriegt, um dem Ziel, weshalb er sie hat treffen wollen, näherzukommen. Die Detektivnummer, die er sich eingebrockt hat, hilft ihm da nicht weiter. Sie beobachtet ihn, als habe sie Zweifel an seiner Rolle. Er schaut aus dem Fenster. Es hat aufgehört zu regnen. Sonnenstrahlen blitzen auf.

„Darf ich Sie bitten, mit mir einen Spaziergang zu machen?",
fragt er und lässt seinen Blick kreisen. Alle Tische sind mittlerweile
besetzt.

„Bitten dürfen Sie. Aber warum sollte ich mit Ihnen spazieren
gehen?"

„Weil Sie einerseits Recht haben, andererseits aber Unrecht",
antwortet er.

„Eine Viertelstunde", sagt sie und schaut auf ihre Uhr. Eine
sündhaft teure Uhr, wie er bemerkt.

Er zahlt, hilft ihr in den Regenmantel und sie verlassen das Café.

„Ich bin kein Detektiv", sagt er, jedes Wort einzeln betonend.

„Dachte ich mir", sagt sie.

„Ich bin der eifersüchtige Liebhaber", sagt er.

„Dachte ich mir", sagt sie.

„Aha?"

„Grundlos", sagt sie, erneut lachend.

„Da sind Sie sich sicher?", fragt Leonhard, sie aus den Augenwinkeln beobachtend.

„Felsenfest", antwortet sie.

„Sitzen wir im selben Boot?", rätselt er nach weiteren zweihundert Metern.

„Das glaube ich nun eher nicht", sagt sie schmunzelnd, fragt
dann aber: „Wollen Sie mir vielleicht mehr erzählen?"

„Nein, nein", beeilt er sich zu sagen, „lassen wir's fürs Erste
dabei."

Bei diesen Worten gibt er ihr ein Kärtchen mit seiner Adresse
und Telefonnummer und verabschiedet sich.

„Danke", sagt er.

„Wofür?", fragt sie.

„Sie wissen schon", sagt er und geht.

Café-Geplauder

Ein älterer Mann am Nachbartisch, der, wie mir scheint, zum Leidwesen seiner Frau, die mir den Rücken zukehrt, in einem fort monologisiert, antwortet, recht selbstgefällig schmunzelnd, einer jüngeren Frau, die ihn nach Erlebnissen mit ihrem verstorbenen Vater fragt: „Am Kirmesdienstag gingen wir, also meine Wenigkeit, Bennaschs Jupp und der Moosbach Peter, dein Vater, Eier sammeln. Das war damals so Brauch. Die Eier würden wir später aufteilen. Dein Vater begleitete uns mit seiner Handharmonika. An dem Morgen regnete es saumäßig, kann ich dir sagen. Beim Spielen fiel ihm auf einmal die Quetschkommode mir nichts dir nichts in zwei Teile auseinander. Den Blasebalg hatte die Nässe aufgeweicht. Der bestand nur aus Tuch und Leder. In der linken Hand hielt der Peter die Seite mit der Klaviertastatur, in der rechten die mit den Knöpfen. Zum Totlachen, oder? Mit offenem Mund starrte er die beiden Teile an, dann uns. Dem Jupp fiel der Eierkorb aus der Hand. *Klack, klack, klack* machte es. Heut noch seh ich das Rinnsal aus Eigelb und schmutzigem Regenwasser aus dem Korb fließen. Ich glaub nicht, dass dein Vater die Ziehharmonika jemals zusammengeflickt hat. Jedenfalls hab ich ihn nie wieder spielen gehört."

Anscheinend habe ich meine Lauscher allzu offensichtlich auf ungebetener Zaungast gestellt. Jedenfalls verabschieden sich der Mann und seine Ehefrau kurzer Hand von der Jüngeren.

Da bleibt seine Gattin vor mir stehen. Eine zierliche Frau mit arthritisch gebeugten Schultern. Sie trägt schwarz. Sie schaut mir tief in die Augen und sagt mit fester Stimme und einem, wie mir scheint, schelmischen Unterton: „Dich kenn ich." Oder war es ein ironischer Unterton? Keine Zeit darüber nachzudenken. Irgendwie kommt mir die Stimme bekannt vor. Doch ich weiß nicht, woher. Auch die schwimmenden grünen Augen irritieren mich, ebenso das schlaff herabhängende linke Augenlid. Ich zucke mit den Schultern. Um etwas zu sagen, frage ich: „Wo kommen Sie denn her?"

„Aus Holzbach. Und Sie?"

„Aus Simmern", antworte ich. In dem Städtchen wohne ich erst seit kurzem wieder.

„Muss Sie mit jemand verwechseln", grummelt sie kopfschüttelnd. Ihr Mund ist schief. Doch die Stimme ist mir alles andere als fremd.

„Kann schon sein, sage ich. Jeder Mensch hat sieben Doppelgänger."

„Was Sie nicht sagen!", sagt sie und wischt sich eine greise Strähne aus der Stirn, die von einer horizontalen Narbe unter dem Haaransatz gezeichnet ist. Narben auch auf der linken Wange. Noch einmal fixiert sie meine Augen. Wartet zwei, drei Sekunden. Aus meinem verschatteten Vorvorgestern winkt verstohlen eine vage Ahnung, die mein Herz schneller schlagen lässt. Noch fehlen mir die Worte, sie zu fassen. Die Frau aus Holzbach scheint meine Irritation zu bemerken. Kaum merklich schüttelt sie den Kopf. Auch diese Geste scheine ich zu kennen. Warum sonst sollte mein Puls zu rasen beginnen? Meine Hände sind feucht. Das passiert mir sonst nie. Sie räuspert sich. Dann greift sie beherzt nach dem Rollator, den ihr Mann, der kurz und finster nickt, mich ansonsten keines Blickes würdigt, bereithält. Die Brille hängt ihm schief auf der Nase. Aus deren Löchern wachsen winzige Härchen heraus. Ich stelle mir einen Wimpernschlag lang vor, wie sie buschig werden. Unruhig hat er sein Gewicht von einem Fuß auf den anderen verlagert. Aus den Augenwinkeln hab ich's bemerkt.

Durchs Fenster sehe ich es. Die zwei zanken sich in der Fußgängerzone wie garstige Spatzen.

Wehmütig denke ich an Caro, meine Frau. Wir beide hatten in dreißig Ehejahren solche Streitereien immer vermieden. Weil wir beide gewillt waren, es bei einer hochgezogenen Augenbraue zu belassen.

Der Mann aber stiert zurück, stiert durch das Straßenfenster des Cafés. Sucht er vielleicht gar meine Augen? Ich winke ihm zu. Da dreht er sich brüsk weg und hechelt ihr hinterher.

Peu à peu tauchen Erinnerungsfetzen aus dem trüben Teich meines Gedächtnisses auf: der denkwürdige Tanzabend im *Goldenen Anker* in Rhaunen. Wir waren jung, wir waren unbeschwert, wir wollten Spaß haben. Die *Tornados* spielten auf. Der ewig grinsende

Peter und sein elektronisches Standakkordeon verschmolzen; je älter der Abend wurde und je tiefer er ins Glas schaute, umso mehr. Das Instrument bot dem schwankenden Könner, der immer inniger aufspielte, Halt, verhinderte, dass er umkippte. Der launige Saxophonist, der Trompeter, Spaßvogel der Band, der Gitarrist mit Pokerface, der in sich ruhende Drummer, sie alle huldigten ihrem Akkordeonspieler – vor allem aber huldigten sie ihrer geheimnisvollen Sängerin A. Habe nie wieder von ihr gehört. Bis heute. Die damalige Nacht, Gipfel- und Wendepunkt einer rasanten einjährigen Achterbahnfahrt, die habe ich niemals vergessen. Bis heute nicht.

Jahrelang hatte ich mir eingeredet: falscher Zeitpunkt, falscher Ort. Was für ein Selbstbetrug! Die Vorgeschichte war ein chaotischer Reigen von Lieben und Leiden. Ich hatte sie ausradiert, einfach aus dem Gedächtnis verbannt. In hellen Momenten, und davon gab es nicht wenige, wünschte ich mir allerdings nur eines: den Abend und die Nacht noch einmal erleben dürfen. Aber mit einem anderen, einem hoffentlich besseren Ausgang, ohne die Missverständnisse, ohne die eingebildeten Hindernisse, mutig, konsequent. Später redete ich mir ein, dies wäre doch ein arg sonderbarer Wunsch. Als ob ich mein Manuskript, das mit Streichungen und Ergänzungen, Korrekturen und Überarbeitungen übersät ist, ins Reine schreiben wollte. Heute hat sich diese Einschätzung bestätigt.

Fünfzig Jahre muss es her sein. Caro hatte ich einige Wochen später kennengelernt.

Auch den Akkordeonspieler hat's erwischt, zuckt es mir durch den Kopf.

„Bitte einen Himbeerkuchen mit extra viel Sahne!", sage ich der Bedienung und überrasche mich selbst.

Botschaft aus der Mülltonne

Tickende Zeitbomben reihen sich aneinander, graue, braune, gelbe, grüne, blaue. Manche stinken, manche knarzen. Im Spannungsfeld von Materie und Geist steht die knisternde blaue Tonne. Nur sie atmet ihn ein und aus, den Geist, der stets bejaht, was ist, und stets verneint, was man draus macht.

In dem Moment, als ich den Deckel zuklappte, sprang mir eine Todesanzeige in die Augen, schwarz eingefasst. Irritiert schlug ich den Deckel zurück. Tatsächlich, ich hatte mich nicht geirrt: „Jakob Fuchs – 11/19 – 11/20". Sonst nichts. Nicht mal eine Traueradresse.

Zerknittertes, eingerissenes Zeitungspapier, Kaffeeflecken. Mit spitzen Fingern klaubte ich die Todesanzeige aus der Tonne und versorgte sie behutsam in meinem Stofftaschentuch. Wie in Trance quälte ich mich hinauf zum Schreibtisch, hoch oben in meine Klause. Das Internet half mir zwar nicht weiter, gab allerdings den „Beerdigungstermin" preis, den 28. November.

War mein Kinderfreund Jakob bereits im November 2019 … aus dem Leben geschieden? Ein Flugzeugabsturz gab damals Rätsel auf. Die wurden bis heute nicht geklärt. Wird Jakob also ein Jahr später erst … unter die Erde kommen? Unter die Erde? Oder gar nicht, also nur scheinbar?

Sollte ich der eigentliche Adressat der Todesanzeige sein? Lag da ein Missverständnis vor oder ein Irrtum, ein Versehen? Wer hatte die Todesanzeige verfasst? Mit welcher Absicht? Und warum war ich beim Durchblättern der Zeitung nicht auf die Anzeige gestoßen? Fragen über Fragen türmten sich vor mir auf. Antworten machten sich rar. Mein Gedächtnis begann zu rotieren, meine Gedanken schraubten sich in die Tiefen des vernebelten Gestern.

Im Frühjahr 1963, vielleicht auch 1964 müsste es gewesen sein. Endlich hatte die Sonne die abschüssige Nebenstraße vom Eise befreit. Hartnäckig wie der Winter hatten wir an unserem Kunstwerk gebastelt, jede freie Minute hatten wir gesägt, gehobelt, geschraubt und gepinselt. Rechtzeitig war sie fertig geworden:

unsere Seifenkiste. Mein Patenonkel Helmut hatte mit seiner nagelneuen Polaroidkamera den Schnappschuss geschossen.

Hektisch krame ich in dem alten Schuhkarton. Ganz unten finde ich tatsächlich das Bild. Wir beide, Jakob und ich, wir sitzen in Lederhosen auf der roten Haube unseres Flitzers, die geballten Fäuste nach vorne gestreckt, die Daumen nach oben. Wie Honigkuchenpferde strahlen wir in die Kamera.

Die Jungfernfahrt stand an. Heute noch zeugt die Narbe auf meiner rechten Kniescheibe davon. Drei Wochen später hatten wir den Dreh dann raus. Um ehrlich zu sein: Nicht ich, nein Jakob hatte die zündende Idee, wie die Räder alltagstauglich zu montieren waren.

Die Mädchen im Dorf sparten nicht mit Beifall. Auch Anne nicht. Leider. Wem hatte sie, in die jeder und beileibe nicht nur die Jungs aus Willmerod verknallt war, schöne Augen gemacht? Jakob oder mir? Dieser naiven Frage war unsere Freundschaft oder das, was wir darunter verstanden, nicht gewachsen. Zwei Jahre später war Anne schwanger. Doch weder Jakob noch meine Wenigkeit, die zwei Seifenkisten-Bubis, hatten dabei eine Rolle gespielt.

Jakob ließ sich zum Automechaniker ausbilden, was mich wahrlich nicht wunderte. Derweil ging ich, der Träumer mit den zwei linken Händen, zur höheren Schule, wie man das damals verquast nannte. Wir verloren uns aus den Augen, aber nicht aus dem Sinn. Zumindest ich nicht.

Jahre später begegnete ich Jakob wieder, während einer der seltenen Besuche bei meiner Mutter. Er hatte es zu einigem Wohlstand gebracht, den er in Gestalt eines bayerischen Cabrios spazieren fuhr. Als er vor mir zu stehen kam, ich war gerade zu Fuß auf dem Weg zum Friedhof, gratulierte ich ihm zu seinem Erfolg.

„Hab mir ein Flugzeug gekauft", sagte er und lachte spitzbübisch. „Machst du Witze", fragte ich, erinnerte mich aber an unsere Seifenkistenzeit und nickte. „Nein, nein, Autos sind langweilig, selbst diese Kiste", schmunzelte er und klopfte gegen die Türe seines knallroten Flitzers. Dabei gähnte er mir allen Ernstes entgegen.

Tatsächlich hatte er, wie mir Mutter dann beim Abendbrot erzählte, die schöne Anne geheiratet und war stolzer Vater ihres Sohnes und zweier gemeinsamer Töchter. Mit Disziplin, Ehrgeiz und Fleiß hatte er, quasi als Sahnehäubchen auf dem häuslichen Glück, die Fluglizenz erworben und sich eine viersitzige Cessna zugelegt. Wenig später erwarb er gar die Fluglizenz für Großraumflugzeuge und glänzte als Jet-Pilot.

Als Mutter starb, kehrte ich Willmerod endgültig den Rücken und folgte dem Ruf an eine renommierte US-amerikanische Universität. Während eines Heimaturlaubs nun das:
„Jakob Fuchs – 11/19 – 11/20".

Über den Willmeroder „Todesacker-Parcours", so hatten wir Jungs ihn eingedenk makabrer nächtlicher Verfolgungsjagden getauft, fegte ein nasskalter Wind. Der artete soeben in ein wildes Schneegestöber aus, welches das Meer blauer Pilotenuniformen überzuckerte. Bibbernde Trauergäste umschlossen in konzentrischen Kreisen Jakobs Grab. `Jakobs Grab´. Tränen schossen mir, der ich etwas abseits stand, in die Augen. Ein weißer Schleier legte sich um unsere Seifenkiste, umwattete sie mehr und mehr. Der Pfarrer sprach ein paar Worte. Was er sagte, weiß ich nicht mehr. Dann fuhr sie mit Jakob in die Tiefe der Grube · und ließ mich zurück, allein.

Eines langen Tages Reise in den Abend

Als der Wettstreit der Hähne ihn aufweckte, blickte er guten Mutes dem Tag entgegen. Einen sonnigen Mittwoch (23.6.2022) hatte der Wetterbericht angekündigt. Es sollte ein langer Tag werden, ein Tag, den er nie vergessen würde. Deshalb ist es aller Mühe wert, aufzuschreiben, was Leonhard Teske widerfahren ist, was er mir erzählt hat.

Mitten in seine Frühgymnastik hinein läutete das Telefon. Wer sollte ihn um halb acht anrufen?, wunderte er sich.

„Aha, du bist also zu Hause", meldete sich eine Stimme, die er seit etwa zwanzig, nein seit ziemlich genau dreiundzwanzig Jahren nicht mehr gehört hatte. Der Satz „Aha, du bist also zu Hause", eine tonlose Feststellung, ließ ihn an seinem Verstand zweifeln: Die Stimme gehörte zu einer Frau, die seit sieben Jahren tot war. In sein atemloses Schweigen hinein kündigte sie an, sie werde sich in einer halben Stunde wieder bei ihm melden. Ohne eine Reaktion abzuwarten, legte sie auf. Was für eine Drohung!, schoss es ihm durch den Kopf.

Vor der Todesnachricht, vor Jahren also hatte Leonhard tagtäglich mit einem ähnlichen Anruf gerechnet. Doch der blieb aus. Sie meldete sich nie mehr, seit er ihr unmissverständlich gesagt hatte, ihre Beziehung sei zu Ende. Und nun das! Tote können nicht telefonieren. So viel steht fest. Hatte er sich den Anruf also nur eingebildet? Hatte der Anruf sich vielleicht aus einem makaberen Traum in den Tag gerettet? Hatte eine Phantomstimme ihn angerufen? Eine computergenerierte Stimme vielleicht? Wenige Sprechfetzen, die von Videoaufzeichnungen erhalten sein könnten, genügen heutzutage ja, um eine Stimme zu kopieren. Wer könnte ein Interesse daran haben, ihm ein solch übles Spiel aufzuzwingen? Mit welcher Absicht? Quälende Fragen, keine Antworten. Seinen Realitätssinn würde er nicht ausschalten. Stutzig machte ihn, dass die Anruferin ihm keine Gelegenheit gelassen hatte zu reagieren. Das spräche für seine Vermutung einer Computerstimme. Was meinte sie mit der Ankündigung, sie werde sich melden? Würde sie klingeln oder was?

Was sollte die banale Feststellung, er sei „also zu Hause"? Hatte sie mit dem vorangestellten „Aha" ihrer Verwunderung Ausdruck verliehen, dass er vor Ort sei?

In einer halben Stunde also. Eine Mischung aus schauriger Erwartung und Neugier hatte ihn im Griff. Er tigerte im Wohnzimmer hin und her. Die Sache war ihm auf den Magen geschlagen. An Frühstück war nicht zu denken. Worauf musste er sich einstellen? Was könnte passieren?

Erneut ein Anruf, diesmal nicht das Festnetz, sondern das Smartphone. Diese Nummer kannte die Frau, die verstorben ist, nicht. Das beruhigte ihn zunächst, dennoch meldete er sich mit zittriger Stimme: „Teske."

„Hallo Leonhard", hörte er, „ich wollte mich mal wieder bei dir melden."

„Das freut mich, Eva", stammelte er. „Gerne morgen oder die Tage danach. Bin gerade sehr beschäftigt", würgte er seine alte Freundin ab. Sonderbar, seit Monaten hatte er nichts mehr von ihr gehört und just an diesem verhexten Morgen rief sie an. Hätte er ihr von dem dubiosen Anruf erzählt, hätte sie sich sofort ins Auto gesetzt, um ihn aufzusuchen. Er kennt sie. Sie hätte ihm möglicherweise helfen können. Doch daran hatte er nicht einmal gedacht. Zu spät.

Da klingelte es. Die halbe Stunde schon vorbei? Schweißperlen benetzten bereits seine Stirn. Wie in Trance bediente er die Sprechanlage. „Die Post", ertönte eine bekannte Stimme. So früh am Tag?, wunderte er sich, betätigte aber den Türöffner. Der Briefträger eilte die Treppe herauf und drückte ihm ein Päckchen in die Hand. Dabei blickte der Bote ihn aus großen Augen an. Er hatte doch gar nichts bestellt, wunderte sich Leonhard.

„Ist Ihnen nicht gut?", fragte der Mann besorgt.

„Schlecht geschlafen", wich er aus.

„Dann einen schönen Tag, Herr Teske."

„Ihnen auch, Herr Hofrath."

Das Päckchen hatte keinen Absender. Der Stempel auf der Briefmarke war verwischt. Nicht zu erkennen, wo es aufgegeben worden war. Schwer war es nicht. Er entfernte das Einpackpapier.

Entsetzt ließ er das Päckchen fallen: etwa zwanzig schwarzumrandete Karten mit seiner Todesanzeige; Todeszeitpunkt: der heutige Tag; dazu Briefumschläge, beschriftet mit Adressen ihm bekannter Namen.

Das war kein Spaß, da war kriminelle Energie im Spiel. Da hatte es jemand auf ihn abgesehen; der wollte ihn terrorisieren.

Sein Abwehrreflex stellte sich ein: in den Angriff übergehen.

Trotzig schlug er zwei Eier in die Pfanne und gönnte sich zwei Tassen extra starken Kaffee. Dann schlüpfte er in die Radlerklamotten. Das nagelneue Mountainbike würde ihn auf andere Gedanken bringen, schärfte er sich ein.

An der Kreuzung vor dem Haus, in dem er wohnte, hätte es ihn beinahe erwischt. Im letzten Moment konnte er einem schwarzen SUV ausweichen, der mit überhöhter Geschwindigkeit schnurstracks auf ihn zuraste. Da war Absicht im Spiel, kein Zufall.

Minuten später meldete der Klingelton seines Smartphones den Eingang einer SMS: „Der Tag hat erst angefangen."

Jetzt ja nicht kneifen, jetzt erst recht!, machte er sich Mut und bog bei Kümbdchen in den Schinderhannes-Radweg ein. Die flache Strecke bis nach Neuerkirch fuhr er wie in Trance. Das hechelnde Duell beim leichten Anstieg nach Alterkülz sollte dann Spuren in seinem Gedächtnis hinterlassen: Aus dem Nichts tauchte ein bisswütiger Boxer seitlich von ihm aus dem Gebüsch auf und hetzte hinter ihm her. Wie Shakespeare und Goethe ein Hunde-Hasser, trat Leonhard in die Eisen, strampelte sich die Lunge aus dem Hals. Die Querung der Landstraße kurz vor dem Ort war seine Chance. Mit letzter Kraft schaffte er es, der Boxer glücklicherweise nicht: Der Lastwagen überrollte den Köter. Leonhard schaute nicht einmal zurück. Klüger wäre es gewesen, umzudrehen und den Rückzug anzuradeln.

Die nächste unliebsame Überraschung erwartete ihn Höhe Hasselbach, dort, wo man in den Achtzigern gegen den Nato-Doppelbeschluss demonstriert hatte und seit den Nullerjahren jährlich das Technofestival Nature One abfeierte, dem Corona vorübergehend den Garaus machte. Ein Knüppel katapultierte Leonhard aus dem Sattel; benommen landete er in einer Hecke neben dem Radweg.

Kräftige Arme schleppten ihn in den schwarzen SUV, dem er eine Stunde zuvor noch hatte ausweichen können.

„Maul halten!" herrschte ihn eine borstige weibliche Stimme vom Beifahrersitz her an, während der bullige Fahrer Gas gab und an einer eingezäunten Bunkeranlage vorbeiraste. Wer waren die beiden Maskierten? Was hatten sie mit ihm vor? Was führten sie im Schilde? Beklemmendes Schweigen, nur der Motor dröhnte. Die Hände hatten sie ihm mit Kabelbindern zusammengebunden; die schnürten schmerzhaft seine Handgelenke ein. Anscheinend hatte er eine Platzwunde: Blut tröpfelte auf die Radlerhose. In seinem Hirn wütete ein Bienenschwarm. Idiotischerweise dachte er an das teure Karbon-Mountainbike, das nach dem Sturz wahrscheinlich reif für die Müllhalde war. Abgedunkelte Seitenfenster; die mächtige Frontscheibe zeigte ihm, wie der SUV kurz vor Wüschheim nach links einbog, um Sekunden später vor einem holzgeschnitzten Barfuß-Tretbecken abzubremsen. Wortlos zerrte man ihn aus dem Wagen. In der bleiernen Sonne wirkte die Brühe wie dickes Öl. Jauche lag in der Luft; unerträglich die lähmende Hitze. Man umkabelte nun auch Leonhards Füße, knebelte ihn und bugsierte ihn in das Becken. Dann schoss der SUV davon.

Das schmuddelige Wasser ließ die Radlermontur aufquellen. Gnadenlos brannten Sonnenstrahlen auf sein Gesicht. Er wagte nicht, sich zu bewegen. Wasser blubberte in den Ohren; er musste höllisch aufpassen, dass es nicht auch noch in Nase und Mund lief. Hoffentlich würde bald ein Spaziergänger oder sonst jemand auf ihn aufmerksam werden, der ihn aus dieser misslichen Lage befreien könnte. Kuhglocken tönten von der benachbarten Hügelwiese herab. Am Himmel zog ein Rotmilan seine Kreise. Hatte der unheilkündende Raubvogel ihn im Visier? Hundegebell fuhr ihm in die Glieder. Gewitterwolken zogen auf. Ein Düsenjet durchschoss Wolkenbänke. Was tun, um nicht vollends panisch zu werden? Er pinkelte in die Hose. Wenigstens musste er nicht koten. Warum hatte man ihn überfallen, um ihn anschließend dieser Tortur auszusetzen? Sinnlos das alles. Wer waren die Entführer? Was würde ihm an diesem vermaledeiten Tag noch zustoßen? -

Da schreckte ihn ein Tuckern auf. Wie lange hatte er im Wasser gelegen? War er weggedämmert? Vielleicht gar bewusstlos gewesen?

Er hatte keine Ahnung. Ein Traktor bog um die Ecke. Ungläubig glotzten ihn blutunterlaufene Augen aus einem zerfurchten Gesicht an. Der hagere Mann sprang von seinem Traktor herab, stakste auf ihn zu und zog ihn unsanft aus dem Wasser. Er befreite ihn von dem vollgesaugten Knebel und durchtrennte dann mit einem scharfen Klappmesser, das er in seiner Arbeitshose aufbewahrte, die Kabelbinder.

„Wad hod ma dann mid däa gemachd?"

Bei diesen Worten bewegte sich der kahle Kopf des Bauern wie ein Wackeldackel hin und her.

Mühsam raffte Leonhard sich auf, dehnte seine Glieder, die unter den durchnässten Klamotten taub geworden waren, und sagte: „Danke, Sie haben mir das Leben gerettet."

„Wie bisdou dann hihär kumm?", wollte der Mann wissen.

„Wurde überfallen", sagte Leonhard, trotz der Hitze bibbernd.

„Am besde fäärsde midma. Dehäm gäwe isch da wad Drogenes väär anseziie. Muss devoor nor mo koorz no da Kii gugge."

Dankbar folgte Leonhard ihm und zwängte sich in die unbequeme Beifahrersitzschale; der Traktor tuckerte los. Irgendwie hatte er das merkwürdige Gefühl, dass jemand sie beobachtete. …

Die Bäuerin, Pauls Frau Margit, hatte ihm warmes Wasser in die alte Badewanne einlaufen lassen und ihm ein paar abgetragene, aber saubere Klamotten bereitgelegt. Von Wasser hatte er zwar die Nase gestrichen voll, doch Margit, Krähenfüße um die müden Augen, riet ihm dringend zum Bad. Anscheinend müffelte er. Anschließend erwartete ihn ein deftiges Bauernfrühstück zum Nachmittagskaffee. In der urigen Wohnstube schauten die beiden Alten zu, wie er heißhungrig Wurst und Brot in sich hineinschaufelte. Geredet wurde nichts. Paul stopfte umständlich seine Pfeife und schaute dann den Rauchwölkchen hinterher. Margit war mit einer Häkelarbeit beschäftigt. Eine Katze strich um Leonhards Füße. Die Sportschuhe standen zum Trocknen draußen vor der Tür.

Urplötzlich krachte ein Stein, der durchs Fenster schoss, in die friedvolle Atmosphäre. „Der Tag ist noch lange nicht zu Ende", stand rotfarbig auf dem zerknitterten Papier, in das der Stein eingepackt war; der Stein, der die Katze, die sich mit einem Sprung zur Seite rettete, fast erschlagen hätte.

„Dunnakeil!", knurrte Paul, dem vor Schreck die Pfeife aus dem Mund gefallen war. Margits Strickzeug landete auf dem Boden, wurde zum Spielzeug der Katze. Leonhard, wieder halbwegs bei Kräften, stürzte bloßfüßig zur Haustür, riss sie auf und sah, wie eine Person mit Kapuzenpullover hinter dem Misthaufen verschwand.

„Ich mach euch nur Ärger", seufzte er und versprach, die ausgeliehenen Klamotten baldmöglichst zurückzubringen. Das Taxi, das Paul für ihn geordert hatte, traf alsbald ein.

Kaum hatten sie Wüschheim hinter sich gelassen, meinte die Taxifahrerin, ein dunkler SUV folge ihnen. In Reich bog sie auf Teskes Bitte hin ohne Blinkzeichen abrupt nach rechts ab, so dass sie den SUV vorerst abschütteln konnten. Dessen Kennzeichen SIM GJ 112 schrieb sich in Leonhards Kopfnotizbuch ein. …

Im Zentrum Kirchbergs, die Taxifahrerin stoppte vor der Ampel, überquerte ein Streifenwagen die Kreuzung Richtung Marktplatz, wo er einparkte. Bei Grün folgten sie ihm. Teske stieg aus, eilte auf den Wagen zu und staunte nicht schlecht, dass Kommissar Kevin Prass ihn pilotierte, sein Mitbewohner. Leonhard berichtete ihm in dürren Worten, was sich an dem Tag ereignet hätte. Kevin verstand, schmunzelte und schien angetan von der Aussicht, erneut eine Rolle, wenngleich nur als Randfigur in einer Kurzgeschichte, spielen zu dürfen.

Als Teske in Simmern am Stadtgarten 24 aus dem Polizeiauto stieg, freute er sich, sogleich am Schreibtisch mit der Geschichte loslegen zu können,

Kaum hatte er Platz genommen, riss ihn ein Anruf aus seinen Gedanken: „Der Tag ist noch nicht zu Ende, Leonhard."

Tod in der Elfenmaar-Klinik

Montag, fünfzehnter August zweitausendzweiundzwanzig, acht Uhr; Wartebereich Therapie des Erdgeschosses der Elfenmaar-Klinik.

„Herr Hansen, Herr Müller?"

Allein Hansen erhebt sich mit einem „An Bord, Captain."

„Backbord-Kabine bitte", sagt sie schmunzelnd und zeigt auf den Therapieraum, in dem links und rechts je eine Knie-/Hüft-Schiene auf einer Liege den Patienten erwartet.

Falk Hansen, immer einen launigen Spruch auf der Lippe, ein stets pünktlicher rüstiger Rentner, distinguiert und doch leutselig, breitet penibel sein Laken aus, bevor Lisa ihm einen Strumpf über den Fuß seines hüftoperierten linken Beins stülpt, das sie dann auf die Schiene bugsiert und mit einer Schlaufe umgurtet. „Nicht, dass Ihnen das neue Gelenk aus der Pfanne hopst", flötet die gertenschlanke Therapeutin, deren rehbraune Augen ihn anlachen. Nun startet sie den Elektroantrieb, der in Zeitlupe Hansens lädiertes Bein in die Beuge schiebt und wieder zurückfährt und so weiter.

Herr Müller, der neue Patient, den Lisa bislang noch nicht zu Gesicht bekommen hat, kreuzt zehn Minuten später auf, kalte graue Augen über der Maske. „Wurde aufgehalten", grummelt er.

„Kein Problem", sagt sie und versorgt ihn auf der Schiene gegenüber Hansen, der ihr freundlich zuzwinkert.

„Alles okay?", fragt sie ihn beim Hinausgehen. Er nickt. „Natürlich."

„Licht aus, Herr Hansen?"

„Gerne."

Die Motoren surren, gedämpftes Licht. SWR-1-Hintergrundmusik: *Once upon a Time* von den Moody Blues.

Zwanzig Minuten später schaut sie wieder herein und zwitschert: „Ihre Zeit ist abgelaufen, Herr Hansen."

Nach einem Blick zur Seite fragt sie: „Wissen Sie, warum der Herr Müller bereits weg ist, Herr Hansen?"

Keine Antwort.

Sie klopft ihm auf den rechten Oberschenkel. Keine Reaktion. Sie fühlt seinen Puls. Nichts. Ausdruckslos seine Augen über der Gesichtsmaske. Kein Atemgeräusch. Sofort drückt sie den Notruf. Im Nu schießen Kolleginnen herein. Den Notfallfallplan haben alle im Kopf. Mehrfach geübt. „Eins, zwei drei."

Mit vereinten Kräften hieven sie Falk Hansen auf den Boden und sogleich beginnt die erfahrenste Kollegin mit Wiederbelebungsversuchen.

Schon taucht Chefarzt Doktor Binzhammer auf, den die von einer Therapeutin blitzschnell per Haustelefon informierten Schwestern alarmierten. Er kniet sich neben Hansen, dreht dessen Kopf zur Seite und zeigt auf eine hellrot eingefärbte Einstichstelle am Hals. Schwer atmend zuckt er mit den Schultern „Exitus."

Maskengesichter starren ihn aus geweiteten Augen an.

Er erklärt den Therapieraum zum Tatort und entscheidet: „Der Betrieb läuft weiter."

Sein Blick geht zur Seite. „Wo ist der zweite Patient?", fragt er.

Im selben Moment dudeln die Everley Brothers auf SWR1:

I get a feeling like I'm travelling through the sky
On the wings of a nightingale.

„Der, der war nicht mehr da", stammelt Lisa.

„Wie, der war nicht mehr da?", fährt ihr Chef sie an.

„Ich dachte, Toilette oder so."

„Hat jemand anderes ihn losgemacht?"

Doktor Binzhammers Blick in die Runde antwortet … niemand.

„Wer ist der Verschwundene?"

„Ein Herr Müller", kommt es Lisa kleinlaut über die Lippen.

„Zimmer?"

„Sie schaut auf ihren Zettel und sagt: „509".

„Überprüfen! Sofortiger Rückruf auf mein Handy!"

Der Hausmeister, den Binzhammer anschaut, stürzt davon.

„Nachfolgetherapie Fahrrad", informiert Frau Roos, die gedankenschnell zum Computer eilte, um den Therapieplan Müllers aufzurufen. Schnaufend ergänzt sie: „Dort ist er nicht."

Im selben Augenblick klingelt das Handy. „Herr Müller liegt bewusstlos auf seinem Bett, gefesselt und geknebelt." Die Stimme des Hausmeisters, Binzhammer hat auf Mithören gestellt.

„Alle Räume kontrollieren!", ordnet er an und eilt hinaus durch die Flure Richtung Rezeption, wobei er die 110 in sein Handy tippt. „Chefarzt Doktor Binzhammer, Elfenmaar-Klinik Bad Bertrich", ruft er in das Gerät, „Mord vor Ort. Täter flüchtig."

Zur Empfangsdame hin fragt er: „Jemand hier vorbeigerauscht? Vor etwa zehn bis fünfzehn Minuten?"

Sie schaut ihn aus großen Augen an.

„Dunkles Lockenhaar, breitschultrig, schwarz gekleidet, Krücken unter dem Arm?" Die Hinweise stotterte ihm Lisa zu.

Frau Beinhard springt auf, fahrig, rot im Gesicht und zeigt mit zittriger Hand Richtung Parkplatz. „Der ist dort mit `nem Motorrad losgebrettert. Hat Staubwolken aufgewühlt. Hab mich gewundert."

„Und was haben Sie unternommen?", herrscht der Chef sie an.

Verlegen blickt sie zu Boden.

Da ertönt ein Martinshorn und der Polizeiwagen bremst vor dem Eingangsbereich. Zwei Polizisten stürmen herbei.

Gestützt auf die vage Beschreibung des vermutlichen Täters, veranlasst ein Beamter die Fahndung, während sein Kollege die Stelle inspiziert, wo das Motorrad gestartet sein soll. Im angrenzenden Gebüsch findet er zwei Krücken, die er in einem Plastikbeutel versorgt.

Kurz darauf wirbelt ein Hubschrauber vom Roten Kreuz Staub auf und landet auf dem Gäste-Parkplatz. Bevor die Rotorblätter zum Stillstand kommen, springen zwei Sanitäter und ein Notarzt heraus und laufen zum Klinikeingang.

Der Notarzt stellt gerade den vorläufigen Totenschein aus, da kreuzt überraschenderweise bereits die zuständige Staatsanwältin auf.

Sie informiert den Chefarzt, dass der Tote unter dem Pseudonym Falk Hansen in der Elfenmaar-Klinik behandelt worden sei. Tatsächlich handle es sich um einen hochrangigen Würdenträger im Vatikan, dessen Identität unter allen Umständen weiterhin geheimgehalten werden müsse.

„Anfeindungen?", fragt Doktor Binzhammer unvermittelt.

Die Staatsanwältin deutet ein Nicken an, sagt aber nichts.

Die Brauen des Arztes schießen hoch, als habe er einen schlimmen Verdacht.

„Da klopft eine Therapeutin zaghaft an die Tür und übergibt ihrem Chef einen Zettel, den man gerade erst unter der Liege des Toten gefunden habe. Darauf in aufgeklebten Zeitungsbuchstaben:

Ein Kirchenmann im Karneval.
Sein Bischofsstab ′ne Wünschelrute.
Als Harlekin umschwirrt er überall
die Fastnachtsweiber, geil ist ihm zu Mute.

Die Folgen war`n ihm einerlei.
Er hurte rum ganz frank und frei.
So sicher wie das Amen in der Kirche schlägt
Medea zu und schafft Vergeltung, wenngleich spät.

„Kein Wort dazu!", entfährt es der Staatsanwältin. Sie ordnet an, dass der Leichnam unverzüglich in die Pathologie der Universität Bonn überführt wird. Mit einem Tuch bedeckt wird der Tote auf einer Trage durch das Spalier entgeistert schweigender Maskenträger zum Ausgang befördert und dann zum Heli, der sogleich abhebt.

Stotternd kommt der Reha-Betrieb wieder in Gang.

Derweil notieren die Polizisten Namen der Pflegekräfte und Patienten, die möglicherweise etwas beobachtet haben könnten. Herr Müller, notfallmäßig versorgt, hat keinen blassen Schimmer, was ihm widerfahren ist, dafür aber einen Brummschädel.

„Sie schöpften keinen Verdacht, als der vermeintliche Herr Müller auftauchte, Frau Scheib?"

„Kommt schon mal vor, dass sich jemand verspätet", antwortet Lisa dem Polizisten. „Zudem ist heute der erste Theapietag des Herrn Müller. Da ist der eine oder andere noch unsortiert. Zudem habe ich ihn noch nicht zu Gesicht bekommen, soweit das die Maske überhaupt zuließe."

„Verstehe", grummelt der Polizist. „Keine Auffälligkeiten, während Sie ihn versorgten?"

„Nein", antwortet Lisa, „viele reden dabei ohnehin nicht. So auch er."

„Seine kurze Entschuldigung, Frau Scheib? Versuchen Sie sich genau zu erinnern."

Lisa blickt dem Polizisten mit großen Augen ins maskierte Gesicht.

„Tiefe oder hohe Stimme?", fragt er. „Dialekteinschlag. Irgendwas Besonderes?"

„Hm", grübelt sie, „ein leichter Stotterer … ′aufge...ge...halt...ten.` Recht helle Stimme für einen Mann.′"

„Knie-OP?"

„Er trug eine schwarze Hose. Merkwürdig, dass mir das jetzt erst bewusst wird."

„Aha?"

„So ′ne eng anliegende, lange Stretchhose. Viel zu warm für die Jahreszeit."

„Und sein Schuhwerk?"

„Schwarze Schuhe. Passend dazu das dunkle T-Shirt."

„Irgendwie muss er doch hinausgefunden haben, Frau Scheib? Nichts bemerkt?"

„Ich betreue ja zwei Räume", gibt sie zu bedenken. „Die liegen nicht nebeneinander. Obendrein war ich mal kurz zur Toilette."

Der Polizist macht sich Notizen.

„Ach, noch etwas", bemerkt Lisa. „Er trug Einmalhandschuhe."

„Wie das?"

„A … A …. Allergie", erklärte er mir.

„Der wollte keine Spuren hinterlassen", vermutet der Polizist, vor sich hin grummelnd.

Offensichtlich hatte der Täter einen günstigen Zeitpunkt abgepasst, zwischen Therapiesitzungen; denn keine weitere Person, weder Patienten noch Therapeuten wollen etwas bemerkt haben. Lediglich eine Reinemachefrau will einen kräftigen Blonden gesehen haben, der zu fraglicher Zeit, wild mit Krücken fuchtelnd, den Flur im Erdgeschoss durcheilt habe. „Aus dem W … W … Weg du Sch … Sch … Schlampe!", soll er ihr zugerufen haben.

Die Zeitung mit den zwei großen Buchstaben vermeldet tags darauf:

Kardinal Opfer eines Rachefeldzugs?

Gut unterrichtete Quelle eines Reha-Klinikums in der Eifel ließ durchsickern, dass der umstrittene Kurien-Kardinal M. während einer Anwendung vergiftet wurde. Der Täter konnte entkommen. Allerdings scheint die Kripo eine konkrete Spur zu verfolgen. Wie aus Kreisen zu hören ist, könnte der Täter ein etwa vierzigjähriger Mann sein, der zum Kreis von Missbrauchsopfern im Zuständigkeitsbereich des früheren deutschen Bischofs M. gehört. Langzeitfolge des Missbrauchs ist möglicherweise ein Sprachfehler des Opfer-Täters, der nach Zeugenangaben stotterte.

Wilde Spekulationen über den Toten schießen ins Kraut. Der Kardinal soll Speerspitze liberaler Reformbewegungen des Synodalen Wegs gewesen sein, womit er sich mächtige Gegner in der Kurie eingehandelt habe, denen man durchaus einen Auftragsmord zutraue. Andere vermuten, er sei federführend in einen mafiosen Finanzskandal verwickelt, der einflussreiche Geldgeber ruiniert habe, die sich an ihm schadlos halten beziehungsweise rächen wollten.

Der konservierte Leichnam des Kardinals M. alias Falk Hansen wird eine Woche später mit Tamtam im Vatikan aufgebahrt und drei Wochen später zu Grabe getragen.

Die Elfenmaar-Klinik erhält eine großzügige Spende, anonym; auszuzahlen an die Mitarbeiter.

Die kriminalpolizeilichen Ermittlungen stellt man, nachdem Gras über die Sache gewachsen ist, ein. Der vermeintliche Täter bleibt unbehelligt.

Im November verschickt der Papst anlässlich einer Pressekonferenz im Flugzeug ein fliegendes Grußwort: „Ich sage den deutschen Katholiken: Deutschland hat eine große und schöne evangelische Kirche; ich will keine zweite …"

Rätsel um eine Tote

Die Augen der Toten starren zum Dorf hin. Ein Fernglas liegt in ihrer Linken. Mit dem Rücken lehnt sie am Stamm einer Eiche, als habe man sie dort zur Ruhe gebettet. Blutgetränkt das sandfarbene T-Shirt über schwarzen Jeans.

Der Radler, der sie, nur wenige Meter abseits des Schinderhannes-Radwegs, entdeckt hat, tippt die Hundertzwölf in sein Smartphone: „Marius Windhäuser mein Name. … Eine tote Frau. … Etwa fünfhundert Meter vor Pfalzfeld am Radweg Richtung Emmelshausen. … Okay. … Ich warte."

Dann fotografiert er die Tote: von vorne, von rechts und von links.

Dann geht er vor der Toten in die Hocke und schaut sie an. Eine schöne Frau. Er schätzt sie auf Ende dreißig. Brünettlockiges Haar. Warm ist es, sehr warm. Zum Glück scheinen Mücken und andere Insekten noch nichts bemerkt zu haben. Ein Eichelhäher schreit. Je länger Marius hinsieht, das blasse Gesicht mit der zierlichen Nase, flankiert von markanten Wangen, betrachtet, umso mehr gewinnt er den Eindruck, die Frau schon einmal gesehen zu haben. Vielleicht vor Jahren im Dorf?

Sie sieht recht wie ein Engelsbild auf dem tiefblauen Grund des Himmels aus. Er schließt die Augen vor Blendung und Wehmut. Da überfällt ihn ein *ungefühltes Grauen* und das Rauschen der Bäume kommt ihm wie drohendes Geflüster vor.

Aufgewühlt verlässt er den schaurigen Ort und schiebt sein betagtes Herkules-Rad, tatsächlich noch aus Stahl gefertigt, zur Holzbank unweit der Leiche. Dann vertritt er sich in Erwartung eines Streifenwagens auf dem asphaltierten Wirtschaftsweg, der parallel zur ehemaligen Bahntrasse verläuft, die Füße. Seine Gedanken stolpern in die Vergangenheit, in seine Pfalzfelder Kindheit: das Dorf, in dem er aufwuchs, das er jahrzehntelang gemieden hat, sein heutiges Ziel. Und just an diesem Tag muss er, kurz bevor er Pfalzfeld erreicht, auf eine Tote treffen. Zufall? Schicksal?

Da biegt ein Auto um die Ecke und bremst ab. Er traut seinen Augen nicht, wer da aussteigt: sein bester Freund in jungen Jahren; der wohnte im Nachbarhaus.

„Ich hab meinen Ohren nicht getraut, als man deinen Namen nannte", ruft Johannes und umarmt ihn. „Ein Fremder in der Fremde?"

„So habe ich ich mich bis vorhin tatsächlich gefühlt", gesteht Marius.

„Fremd ist der Fremde eben nur in der Fremde, befindet Karl Valentin", sagt Johannes.

„Gut, dich als ersten Menschen in der Heimat zu sehen, alter Freund."

„Mhm, stimmt nicht ganz", meint Johannes, „die Tote."

„Na klar", sagt Marius und zeigt mit dem Daumen über die Schulter hinter sich.

„Wo?", fragt Johannes.

Marius dreht sich um und ist fassungslos. „Sie ist weg", stottert er.

„Wie bitte?"

Marius stapft zu dem Baum, wo die Tote lag. Er zückt das Smartphone …

A

und hält die Aufnahmen, die er geschossen hat, Johannes, der ihm gefolgt ist, unter die Nase.

„Bianca Eich", stammelt der und kratzt sich am Hinterkopf. „Ich fasse es nicht!"

Marius schlägt sich mit der Hand gegen die Stirn. „Ich kam nicht drauf."

Im selben Moment fährt ein schwarzes 911er Cabrio vor, dem eine Frau in anthrazitfarbenem Hosenanzug entsteigt.

„Guten Tag Kommissar Winter", sagt sie, begrüßt ihn per Handschlag und richtet den Blick auf den ihr Unbekannten. „Doktor Windhäuser, ein Jugendfreund aus Pfalzfeld", beeilt Johannes sich, Marius vorzustellen, der Augen macht. „Er hat die Tote entdeckt und uns informiert, Frau Aumann."

„Wissen wir, wer sie ist?"

„In der Tat. Bianca Eich aus Pfalzfeld. Sie war weg und nun ist sie wieder weg."

„Wie bitte? Wollen Sie mich auf den Arm nehmen?"

Johannes sucht Marius` Blick; der zückt erneut sein Smartphone, um die Fotos der Toten herzuzeigen.

„Hat sie sich in Luft aufgelöst?", ätzt die Staatsanwältin, die es bei einem flüchtigen Blick bewenden lässt.

„Frau Eich ist seit einem Jahr von der Bildfläche verschwunden", informiert Kommissar Winter. „Von einer Lehrerfortbildung in Erfurt kam sie nicht mehr zurück. Weder ihr Mann noch ihre Tochter wollen wissen, wo sie abgeblieben ist. Und nun taucht sie wie Phönix aus der Asche auf, wird von Doktor Windhäuser tot am Radweg vorgefunden und jetzt ist sie wieder weg."

„Und Sie sind sicher, dass sie tot war?", will die Staatsanwältin von dem Zeugen wissen.

„Ja selbstverständlich", begehrt Marius Windhäuser auf. „Die Fotos lügen nicht."

Aumann zieht die Brauen hoch und ein spöttischer Zug fährt über ihr Gesicht, als wolle sie sagen: Fotos kann man manipulieren.

„Sie wissen, was zu tun ist!", fährt sie den Kommissar an und verabschiedet sich mit einem angedeuteten Nicken. „Halten Sie mich auf dem Laufenden!", ruft sie über die Schulter zurück, während sie zu dem Boliden schreitet.

„Au weia, was für ein Biest!", stöhnt Marius.

„Die hat Haare auf den Zähnen", seufzt Johannes und fährt den Schlitten ihres Mannes gerne spazieren."

„Woher weißt du …?"

„Dass du promoviert bist und sogar Uni-Prof? Marius, das wissen alle im Dorf. Und sind stolz und neidisch zugleich. So ist das nunmal im Dorf. Du hast dich zwar vom Acker gemacht, aber du bist nicht aus der Welt wie Bianca."

Den Hinweis „wie Bianca" begleitet ein Unterton, den Marius recht zu verstehen glaubt. Schließlich waren sie einmal zusammen jung gewesen. Was weiß oder ahnt sein Jugendfreund?

„Ich denke, wir haben uns viel zu erzählen, Johannes", sagt er und versucht seine Unruhe zu verbergen. „Heute Abend im Adler? Den gibt es doch noch, oder?"

„Ja, okay, neunzehn Uhr. Soleier mit hausgemachtem Kartoffelsalat gibt es, immer noch das einzige Gericht auf der ungeschriebenen Speisekarte."

„Ja dann ist doch alles in Ordnung, oder?"

B

um die drei Fotos, die er geschossen hat, Johannes, der ihm gefolgt ist, herzuzeigen.

„Verdammt!", entfährt es ihm. „Ich muss sie unbedachterweise gelöscht haben."

„Ist nicht dein Ernst", stammelt Johannes und kratzt sich am Hinterkopf. „Ich fasse es nicht!"

„Die können ja nicht im Orkus verschwunden sein, oder?", sagt Marius achselzuckend.

„Die Jungs von der KTU müssten das wieder hinkriegen", hofft Johannes. „Dafür braucht es dein Gerät."

Wortlos händigt Marius es ihm aus.

Im selben Moment fährt ein schwarzes 911er Cabrio vor, dem eine Frau in anthrazitfarbigem Hosenanzug entsteigt.

„Guten Tag Kommissar Winter", sagt sie, begrüßt ihn per Handschlag und richtet den Blick auf den ihr Unbekannten. „Doktor Windhäuser, ein Jugendfreund aus Pfalzfeld", beeilt sich Johannes, Marius vorzustellen, der Augen macht. „Er hat die Tote entdeckt und uns informiert, Frau Aumann."

„Wissen wir, wer sie ist?"

Kommissar Winter reibt sich über die Glatze, zupft sich am Ohrläppchen und räumt kleinlaut ein: „Sie ist nicht mehr da."

„Wie bitte? Wollen Sie mich auf den Arm nehmen?"

Johannes sucht den Blick von Marius; der legt dar, was seine Sicht der Dinge ist.

„Hat sie sich in Luft aufgelöst?", ätzt die Staatsanwältin.

„Hoffen wir mal auf die Kunst unsrer KTU", sagt Winter.

„Und Sie sind sich sicher, dass sie tot war?", will die Staatsanwältin von dem Zeugen wissen.

„Ja selbstverständlich", begehrt Windhäuser auf. „Die Fotos lügen nicht."

Aumann zieht die Brauen hoch und ein spöttischer Zug fährt über ihr Gesicht, als wolle sie sagen: Fotos, so es die überhaupt gab oder gibt. „Fotos", sagt sie, „kann man manipulieren."

„Sie wissen, was zu tun ist!", fährt sie den Kommissar an und verabschiedet sich mit einem angedeuteten Nicken. „Halten Sie mich auf dem Laufenden", ruft sie beim Abmarsch.

„Au weia, was für ein Biest!", sagt Marius.

„Die hat Haare auf den Zähnen", seufzt Johannes und fährt den Schlitten ihres Mannes gerne spazieren.

„Woher weißt du …?"

„Dass du promoviert bist und sogar Uni-Prof? Marius, das wissen alle im Dorf. Und sind stolz und neidisch zugleich. So ist das nunmal im Dorf. Du hast dich zwar vom Acker gemacht, aber du bist nicht aus der Welt wie deine Tote."

Den Hinweis „deine Tote" begleitet ein Unterton, der Marius verärgert. Worauf will sein Jugendfreund hinaus? Glaubt er ihm nicht?

„Ich denke, wir haben uns einiges zu erzählen, Johannes", sagt er und versucht seine Unruhe zu verbergen. „Heute Abend im Adler? Den gibt es doch noch, oder?"

„Ja, okay, neunzehn Uhr. Soleier mit hausgemachtem Kartoffelsalat gibt es, immer noch das einzige Gericht auf der ungeschriebenen Speisekarte. Ich bringe dein Smartphone wieder mit."

„Dann ist ja alles in Ordnung", knurrt Marius.

In Gedanken ist er bei der Toten: Wer hat die Leiche weggeschafft? Wohin? Warum? Hat die Tatperson ihn, Marius, beobachtet? War er ihr in die Quere gekommen? Wie erklärt sich das Fernglas in der Hand der Toten? Was wollte sie, den Blick nach Pfalzfeld gerichtet, beobachten? Blanker Zufall, dass er zum richtig falschen Zeitpunkt wieder auf dem Vorderhunsrück auftauchte? Zufall auch, dass Johannes, also Kommissar Winter zum Ort des Grauens gekommen ist? Fragen über Fragen.

C da tippt ihm jemand auf die Schulter. Er dreht sich um. Das Gerät fällt ihm aus der Hand und landet neben der Eiche auf dem bemoosten Boden, der es vor Schaden bewahrt. Die „Tote", die ein sandfabenes T-Shirt trägt, zeigt das blutgetränkte her und sagt: „Reife Leistung, oder?"

Als Frau Aumann anrückt, streckt sie ihr die Hand entgegen und raunt, mit einem schelmischen Grinsen im Gesicht: „Bianca Eich, Ihr Corpus Delicti, Frau Staatsanwältin."

D

stutzt, eilt zu seinem Herkules-Rad und fährt davon, ohne ein Wort zu sagen. Man hat nie wieder von ihm gehört.

Murnaus Grab

Wir Murnau-Geschwister sind allesamt auf der Beerdigung. Lene ist aus dem vierzehntausend Kilometer entfernten Tejakula via Skype zugeschaltet. Mein Bruder und ich sind vor Ort, Fabian im Sarg.

Der Spätsommer heizt allen gehörig ein, besonders heute.

Dass wir uns je verstanden hätten, käme keinem der sogenannten Trauergäste in den Sinn. Daher die scheelen Blickpfeile, die mir um die Ohren sausen. Lene sieht die Pfeile, ich sehe es in ihrem Gesicht, ihr linker Mundwinkel zuckt hoch und auch das linke obere Lid; kurze Momente, die mir ins Auge springen.

„So sind sie halt, Till", würde sie achselzuckend sagen.

Nun hat der Pfarrer seinen Auftritt. Er hatte uns konfirmiert. Hat er die vier Sätze, die ich ihm aufgetragen habe, so wie ich sie gemeint habe, parat? Falls nicht, mache ich die Fliege. Das kann er nicht wollen. Er sollte mich kennen. Gerade noch hat er die Kurve gekriegt, um meinen Abflug zu verhindern. Trauerfloskeln hat er sich Gott sei Dank erspart. Nahezu ungeschminkt hat er meine Hinweise serviert. Bahnhof und Wasserturm wurden ohne Not verramscht: Gemeinderatsmitglied Murnau hatte sich erneut quergestellt, wie bereits Jahre zuvor in der Bordell-Affäre. Dieses Mal war ihm sein Widerstand nicht gut bekommen: Verrat, Opportunismus, Duckmäuserei. Der Friedhof hat zu wenig Mäuselöcher.

Nachdem Fabian in die Grube gefahren ist, befleißigt der Schwarzkittel sich wie befreit des schönen Brauchs des Schäufelchens.

Leise lasse ich Sand auf die Kiste rieseln. Dann trete ich zur Seite und fixiere die da warten, um ihren jeweils unabwendbaren Gang nach Kanossa anzutreten. Nicht zur Trauerfeier zu erscheinen hätte niemand gewagt. Jeder Schritt auf dem Kiesbett knirscht, unüberhörbar, Schwerstarbeit. Schweiß perlt auf Stirnfalten. Die eine oder andere Hand, die sich mir entgegenstreckt, lasse ich in der Luft stehen. Kein Wort. Blicke nach unten, auf die Füße.

Nach quälend langen Minuten lichtet sich der Kreis ums Grab. Dann nickt der Pfarrer mir verstohlen zu und macht sich gebeugten Hauptes vom Todesacker, ohne noch einmal zurückzusehen.

Lene spitzt den Mund und verschwindet aus dem Bild.

Würdige Abgänge, denke ich mir.

Zufrieden nehme ich Platz auf meinem Klappstuhl. Die Szene haben wir uns vor nicht allzu langer Zeit vorgestellt, Fabian und ich. Nun ist sie Wirklichkeit geworden.

Eigentlich hasse ich Begräbnisse. Bei meinem eigenen würde ich gerne mit Abwesenheit glänzen. Wird eher nicht der Fall sein.

Ich schaue mich um. Eine Kamera ist gottlob nicht in Sicht. Was nicht selbstverständlich ist. Schließlich ist durchgesickert, dass ein Bruder des bekannten Filmemachers Till Murnau verstarb. Paparazza-Respekt ist in der Szene kaum zu erwarten.

Eine Krähe sitzt auf dem Grabstein Murnaus und starrt zu mir herüber, ohne sich zu rühren.

Durch Laubkronen blinken Sonnenstrahlen.

Die Plätze rund um Murnaus Grab sind natürlich nicht belegt. Das hätte keiner gewagt. Sie wussten um die noch offenen Rechnungen. Sie ahnten, wir kämen zurück, irgendwann.

Wind- und Grabesstille.

Als seien wir aus der Welt gefallen.

Zwanzig Jahre dürften es her sein, dass wir dieses elende Kaff verlassen haben, Murnaus Kinder.

Murnaus Grab ist verwildert. Die Krähe stört es nicht.

„Klar, dass ich in seiner Nähe unter die Erde möchte", hatte Fabian augenzwinkernd gesagt. Und ich stimmte ihm zu. Ein seltener Moment der Einigkeit. Knapp zwanzig Jahre hatten wir uns nicht gesehen. Showdown kurz vor Zwölf? Nein, es hätte auch mich erwischen können – oder Lene. Nun also Fabian, das Sandwich-Kind. Davon gingen wir bislang aus, wir, die drei Murnau-Geschwister.

Er wartete am gußeisernen Friedhofstor, der neue, vergleichsweise junge Bürgermeister Hendrik Vorschau. Vor sieben Jahren erst sei er hierher gezogen, sagte er mir. Und er habe sich gewundert, dass man ihn bei der kürzlichen Kommunalwahl aufs Schild gehoben habe. Der Bauer vom Hohenstocker Hof, der Kurt Reinhold, der habe ihn vorgeschlagen. „Hier muss aufgeräumt werden!" Die Forderung habe dem als Begründung ausgereicht, „Tabula rasa eben." Mit den Dörflern habe er, Kurt, nicht viel am Hut.

„Und dennoch ist man ihm gefolgt", stellte Vorschau verwundert fest.

„Weil er das Gute vertritt", antwortete ich, „wenige Rechtschaffene und Aufrichtige. Gewissensberuhigung für den Rest."

Kurt, Fabians Patenonkel, dieser erdige, knorrige Haudegen, der am Tag mit zehn Sätzen auskommt, wovon die Hälfte an seinen Hund namens „Hund" gerichtet sind, hat mir soeben als letzter kondoliert, mir warmherzig die Hand gedrückt, mir tief in die Augen geschaut, natürlich ohne ein weiteres Wort zu sagen. Dem Hendrik Vorschau nickt Kurt im Vorbeigehen zu, vermutlich gönnt er ihm sogar eine seiner noch zu vergebenden vier Tages-Sätze; dann stapft er davon.

Der Bürgermeister, der zweite Mensch, der mir nach unserer Rückkehr gutgetan hat, der an Fabians Grab zu meiner Überraschung stumm betete, wie mir schien, begleitet mich zum Leichenschmaus.

In gebotener Kürze hatte ich ihm einige Tage zuvor unsere Familien- und Dorfgroteske erzählt. Wie gebannt hatte er mir zugehört. Dem Wunsch, unseren Bruder Fabian auf dem Gemeindefriedhof zu beerdigen, hatte er zugestimmt, unbürokratisch, die Friedhofsordnung ignorierend.

Er scheint zu ahnen, dass ich ein Ass aus dem Ärmel zaubern, vielleicht gar einen gefährlichen Pfeil aus dem Köcher ziehen könnte.

Nach dem Leichenschmaus, der unfreiwilligen Selbstentblößung des verrotteten Dorfkörpers, des Corpus Delicti, bekennt er, sich für ´seine Mitbürger` zu schämen.

„Unerträglich!", stöhnt er.

Mein Vorhaben, mit dem ich sie verschreckt habe, verstehe er: „Eine vortreffliche Vergeltungsaktion!" Er sei gespannt, wie man sich verhalten werde, wenn demnächst das Aufnahmeteam samt Schauspieler anrückten.

Warum ich ihn dann erst fragte, was ihn ausgerechnet in unseren vertrackten Geburtsort verschlagen habe, ist mir, der ich am Schreibtisch sitzend, zu Papier bringe, was sich ereignet hat, immer noch unklar. Wie dem auch sei, seine Antwort kam schnell und unerwartet, weshalb ich das Drehbuch umschreiben muss.

„Murnaus Grab, das Grab auch meines Vaters."

Zurück im Hunsrück

Ihr Leben ist in eine Sackgasse geraten. Quälender Stillstand. Etwas muss geschehen.

Ein Unbekannter bleibt in der Fußgängerzone vor ihr stehen, um das Wort an sie zu richten: „Kennen Sie sich hier aus?", fragt er mit leicht zittriger Stimme.

„Ich wohne hier seit vierzig Jahren", antwortet sie

„Das Haus meiner Kindheit suche ich", sagt er. „Meine Eltern zogen weg; da war ich vier Jahre alt. Ein rotes Backsteinhaus am Simmerbach. Mehr weiß ich nicht."

Das baufällige Haus am Hang, das aufs Altenheim schaut?, geht es ihr durch den Kopf. „Ich zeig`s Ihnen", sagt sie und biegt Richtung Simmerbach ab. Er folgt ihr.

„Das dürfte es sein", sagt sie.

Er zückt sein Smartphone und fotografiert es. Dann sagt er, ohne dem Haus weiter Beachtung zu schenken: „Darf ich sie zum Dank zu einer Tasse Kaffee einladen?"

Sie schaut auf die Uhr und nickt. …

Er hilft ihr aus dem Mantel, rückt ihr den Stuhl zurecht und nimmt ihr gegenüber Platz. Seine dunklen Augen, überwölbt von ergrauten buschigen Brauen, suchen ihren Blick.

„Meine Mutter, hochbetagt und dement, hat mich gebeten, das Haus ausfindig zu machen. Das Foto könnte Erinnerungen auslösen, hoffentlich gute."

„Was darf ich Ihnen bringen?", fragt die Bedienung.

„Zwei Kännchen Kaffee?", fragt er seine Begleiterin.

„Gerne."

„Also zwei Tassen Kaffee, bitte!"

„Hab mich noch gar nicht vorgestellt", sagt er. „Ich heiße Leonhard Bischof."

„Das kann ich toppen", sagt sie augenzwinkernd, „Melanie Pabst."

Sie schaut auf seinen Ehering, er auf ihren. Beide schmunzeln.

„Bin zum ersten Mal seit fünfundsechzig Jahren wieder auf dem Hunsrück", sagt er.

Sie hebt die Brauen, als wolle sie sagen: Sie haben sich aber gut gehalten. Hätte ihn zehn Jahre jünger geschätzt, denkt sie. „Zurück zu den Wurzeln?", fragt sie.

„Zumindest bin ich gespannt gewesen, ob sich etwas in der Art in mir regen würde."

„Und, hat es?"

„Kann ich noch nicht mit Bestimmtheit sagen", meint er und lässt den Blick kreisen. Der dialektdurchwirkte Geräuschteppich über den Tischen des gut besuchten Cafés veranlasst ihn zu der Bemerkung: „Mit dem Alter redet Mutter zunehmend wieder mit Hunsrücker Zungenschlag."

„Und ich habe den nach vierzig Jahren noch nicht drauf", bedauert Melanie Pabst. „Vielleicht meldet sich bei mir ja auch mit dem Älterwerden der Einschlag meiner Heimat zurück."

„Lassen Sie mich raten", murmelt er, legt sein Kinn auf den Daumen und meint: „Sächsisch?"

„Gott bewahre!", entrüstet sie sich und sagt: „Schwäbisch."

„Ist nicht wahr!", entfährt es ihm. „Ich lebe in Biberach an der Riss."

„Da bin ich geboren." Mit großen Augen reiht sie diese vier Worte wie Buchstaben beim Scrabble bedächtig aneinander. „Erinnern Sie sich ans Café Keller?"

„Und ob", antwortet er mit leuchtenden Augen. „Da habe ich meine Frau kennengelernt."

Sein Blick auf den Ehering wirkt nun traurig, wundert sich Melanie.

„Kellers warme Schinkenhörnchen waren unschlagbar."

„Wie recht Sie haben", seufzt sie. „In jedem Café der Welt habe ich nach Schinkenhörnchen gefragt. In keinem wurde ich fündig. Der Dhein`sche Zwetschgenkuchen mit Sahne ist allerdings auch nicht zu verachten."

Ihr Blick geht zur Kuchentheke.

„Den probieren wir", schlägt er flugs vor und ordert ihn bei der Dame, die soeben den Kaffee auftischt.

„Was hat Sie ausgerechnet nach Biberach verschlagen, Herr Bischof?"

„Leonhard, ist das okay Melanie?", fragt er.

„Na denn, Leonhard", sagt sie und ein Lächeln umspielt ihre Lippen.

„Nun, ich ergatterte als Lehrer am dortigen Gymnasium eine der damals raren Planstellen."

„Unglaublich", stottert Melanie. „Aus demselben Grund schlug ich seinerzeit hier in Simmern Wurzeln. Bis vor Kurzem habe ich am hiesigen Herzog-Johann-Gymnasium Englisch und Französisch unterrichtet. Und du?"

„Hier endet unsere zufallsreiche Gemeinsamkeit", sagt er nachdenklich. „Deutsch, Mathe und Philosophie."

„Zwo Aaschblättcher uff äänem Haaf ", knurrt jemand am Nachbartisch; hinter einer *Bild*zeitungswand scheint er gelauscht zu haben. „Klara, mää geen!"

„Fehlt dir die Schule?", fragt Leonhard, den Hunsrücker Grantler ignorierend

„Mhm", räsoniert Melanie, meine Schüler schon und auch der eine oder andere Kollege. Aber die Schule? Nein."

„Ging mir auch so", sinniert er. „Korrekturen, Konferenzen, Klatsch und Tratsch, all das braucht kein Mensch mehr."

Obstkuchen mit Sahnehäubchen wird aufgetischt.

„Was hat die Schule vergessen gemacht?", fragt Melanie, genüßlich Sahne schleckend.

„Zweierlei", sagt er. „Ich lese Mutter und anderen Bewohnern im Altenheim vor. Auch Geschichten, die ich selbst geschrieben habe."

„Wunderbar!", sagt Melanie. „Du tust Gutes und wirst dafür belohnt, vermute ich. Leuchtende Augen meine ich."

„So ist es."

„Vielleicht sollte ich das auch probieren", flüstert sie. „Im Heim unterhalb vom Haus deiner Kindheit."

Leonhard nickt und meint: „Dabei habe ich zu meiner eigentlichen Passion gefunden, dem Schreiben."

„Oh, du bist Schriftsteller?"

„Hobby-Schriftsteller", lacht er. „Schreibend spüre ich meiner Kindheit und Jugend nach. Genauer gesagt den Fragen, die ich mir damals nicht gestellt habe. Erinnerungssplitter haben meine Phantasie aus dem Schwäbischen in den Hunsrück wandern lassen. Bei Youtube bin ich fündig geworden. Videos über den Schinderhannesradweg, dazu Fotos und Artikel über Orte und Sehenswürdigkeiten zwischen Emmelshausen und Simmern. Meinen fiktiven Heimatort Willmerod mit seinem Pfarrer Johannes Simon habe ich mit Figuren, die ich dem Leben abgeschaut habe, ausstaffiert; die meisten haben mich auf meinem Lebensweg begleitet. Auf deren Nachsicht hoffe ich."

Er zückt sein Smartphone, wischt über das Display und schiebt es Melanie über den Tisch zu.

„*Tod am Radweg*. Ich liebe Kriminalromane", bekennt sie. „Aber der Autor heißt Gerd Tesch?"

„Mein Pseudonym. Man kann ja nie wissen", sagt er.

„Dein Debütroman?"

„Habe dann noch einige Hunsrückromane und Geschichten geschrieben."

Bei diesen Worten klickt er eine andere Seite im Smartphone an: Gerd Tesch *Vorlesen im Altenheim. Kurze Geschichten und Ratespiele*. „Empfiehlt die *Stiftung lesen*", sagt er nicht ohne Stolz. „Wenn du magst, schenke ich dir gerne die beiden Bücher. Hab immer einige Exemplare im Auto."

„Würde mich sehr freuen."

„Hab mich übrigens für ein paar Tage im *Bergschlösschen* einquartiert", lässt er beiläufig fallen. „Schließlich will ich die realen Orte meiner literarischen Eingebungen aufstöbern."

„Ich würde dich gerne zum Besuch im *Hunsrückmuseum* einladen", schlägt Melanie vor. „Die Dauerausstellung *Ströher* wird dir gefallen. Morgen um vierzehn Uhr? Möchte dir gerne von dem Hunsrückmaler erzählen."

„Na klar", sagt er mit einem hintergründigen Lächeln, das sie nicht recht zu deuten weiß. Bei einem Schriftsteller muss man auf so manches gefasst sein, vermutet sie, wohl nicht zu Unrecht.

Kurz vor der *Tagesschau* überrascht sie die Türklingel. Wer sollte um diese Zeit noch bei ihr vorbeischauen wollen?

„Ja bitte?", flötet sie in die Sprechanlage.

„Entschuldige bitte, Melanie ..."

„Kein Problem, Leonhard", unterbricht sie ihn und betätigt den Türöffner.

Das alte Haus

Die Eingangstür des unscheinbarsten Hauses am Dorfrand ist, was sie immer war, eine gute, eine sturmerprobte, eine massive Holztür mit einem Eisenring in Griffhöhe statt einer Klingel.

Haus und Haustür haben dem vergangenheitsblinden Abriss- und Neubauwahn die Stirn geboten. Wer jetzt hier wohnt, wird mir sympathisch sein. Mit diesem guten Gefühl klopfe ich an. Ein schwarzbärtiger Mann mittleren Alters, eine behaglich schnurrende Angorakatze auf dem Arm, öffnet und schaut mich aus tiefblauen Augen an, neugierig, wie mir scheint.

„Ich bin Ben Reichard", stelle ich mich vor. „Vor vielen Jahren hab ich hier gewohnt, genauer gesagt, meine Kindheit verbracht."

Die buschigen Brauen des Mannes gehen nach oben und er lässt die Katze zu Boden gleiten. Sein faltiges Gesicht deutet ein Lächeln an. Mit festem Händedruck bittet er mich einzutreten. Ich ziehe den Kopf ein, die niedrige Holzdecke des schmalen Flurs habe ich in schmerzlicher Erinnerung.

„Sie haben es nicht vergessen", lacht er und fährt sich mit der Hand übers lockige Langhaar, das auf dem Hinterkopf in einem Knoten gebündelt ist.

Ich nicke und stehe in der guten Stube. Der vertraute Geruch des alten Eichenholzes schmeichelt nach mehr als zwanzig Jahren meiner Nase. Vor der Fensterfront die vertraute abschüssige Streuobstwiese, spätherbstlich entlaubt. Graupelschauer peitscht sie gerade aus.

„Sie haben kaum etwas verändert", wundere ich mich.

„Warum sollte ich", sagt er. Die Katze hat sich neben dem Bollerofen auf ihrer Decke eingerollt.

„Einen Kaffee?", fragt er und macht sich in der offenen Küche zu schaffen. Die Abtrennmauer hat er entfernt, geht es mir durch den Kopf.

„Gerne, aber ich will Ihnen keine Umstände machen", antworte ich.

„Justus heiße ich, Ben. Okay? ... Nimm Platz!"

Ich nicke und setze mich an den Tisch, gegenüber dem Ofen. Der berührt meine Erinnerung. An die warme Seitenwand des Ofens gelehnt, hing ich Großmutter Anna an den Lippen. Allabendlich las sie mir Märchen vor. Auch Großvater Rudolf saß dabei und ließ Rauchwölkchen aus seiner Pfeife aufsteigen, denen seine Augen versonnen folgten. Mein Blick geht zu der Wanduhr unter dem mächtigen Balken. In deren Uhrenkasten hatte sich das jüngste Geißlein vor dem Wolf in Sicherheit gebracht.

„Verstehe", sagt Justus schmunzelnd, als er den duftenden Kaffee serviert und meinen abwesenden Blick bemerkt.

„Ach ja", entfährt es mir. Ich führe die Tasse zum Mund und sage: „Nach dem Tod meiner Großeltern – bei ihnen bin ich aufgewachsen – habe ich das Haus verkauft, hab so mein Studium finanziert."

„Unverkäuflich!", winkt Justus ab

„Ich will noch einmal eintauchen in diese traute Zeit", entgegne ich schmunzelnd. „Die ist mir zunehmend entglitten, verstehen Sie, pardon, verstehst du?"

Er legt den Finger auf sein bärtiges Kinn, als müsse er nachdenken. „In der Erinnerung sind deine Großeltern wie verschwommene Gestalten eines Romans, den du irgendwann mal gelesen hast, oder?"

„Stimmt", stammle ich. ... „Als wär`s gestern geschehen."

Justus schaut mich fragend an, ich räuspere mich und zeige auf den knorrigen Apfelbaum, der dem Sturm trotzt. „Er beschützt Ajax. Vor ..." – ich überlege kurz – „ vor vierundzwanzig Jahren habe ich die treue Seele dort begraben, an einem warmen Frühsommerabend. Ich alleine. Mein über alles geliebter Schäferhund Ajax." Erneut räuspere ich mich. „Auf dem bin ich sogar geritten, als Kind." Ich greife in die Innentasche meiner Jacke, zücke ein zerknittertes Foto, das ich bei mir trage, und zeige es Justus. Er schaut zu dem Baum nach draußen, dann wieder auf das Foto, nickt und schweigt. ...

„Dürfte ich das Eckzimmer oben sehen, das kleine Zimmer, das auf meinen Apfelbaum blickt?", frage ich.

„Komm mit", antwortet er und wir steigen die enge, wurmstichige Holztreppe hinauf. Die knarzt, wie immer. „Mein

Schreibzimmer", meint Justus. „Ich lass dich mal `ne Weile alleine mit deinen Erinnerungen."

Behutsam schließt er die Tür der mit Büchern umrahmten Kammer. Kaum zu glauben. Rechts neben dem schießschartenartigen Seitenfenster steht er, wo er immer stand: der zerschlissene Lehnstuhl. In dem hatte ich, fünfzehnjährig, sie, die neunzehnjährige Elisabeth, geküsst. Ehrlicherweise hatte sie, ich räume es ja ein, die kecke Leiterin der Pfadfindergruppe aus Herford, mich verführt, glücklicherweise. Eine einzige Antwort hatte sie mir Monate später, nachdem ich ihr einen Liebesbrief nach dem andern geschrieben hatte, gegönnt. … Ich bin gespannt. Hinter der Fußleiste, die den Dielenboden umsäumt, in der linken hinteren Ecke versteckte ich den Brief, ungeöffnet. Mir fehlte der Mut, ihn zu lesen, damals. Mit dem Taschenmesser löse ich die Leiste ein wenig, klaube den zusammengefalteten Brief heraus und stecke ihn flugs ein, als ich kratzende Geräusche höre. Julius` Angorakatze macht sich an der Tür zu schaffen. Ich öffne, sie macht einen Buckel, schmiegt sich an meine Hosenbeine und folgt mir samtpfötig die Treppe hinunter.

Das Wetter hat sich beruhigt. Justus macht große Augen, als ich mich verabschiede. „Lass mich noch ein wenig über die Streuobstwiese streifen", sage ich und bedanke mich bei ihm.

Unter meinem Apfelbaum öffne ich den Brief: „Träum weiter, Beni!" Zwei Wörter und der kleine Ben, das war`s.

Mein Blick geht zurück, geht nach oben zu meinem Kinderzimmer. Justus steht am Fenster, eine Hand in der Hosentasche, die Pfeife im Mund. Aus der steigen Rauchwölkchen auf. Er winkt mir zu. Ich nicke, mache auf dem Absatz kehrt und schlendere zum Ausgang, mit dem befreienden Gefühl, damals nicht der gewesen zu sein, der ich geworden bin.

Ein Schriftsteller auf Abwegen – Fiktion schlägt Wirklichkeit

Johannes Hallers Akku ist leer; seinem Schriftstellerhirn fällt nichts mehr ein, sein Phantasiestrom ist ausgetrocknet, er hat sich sozusagen totgeschrieben. Auf ausgetretenen Pfaden will er nicht wandern. Er kann es sich leisten: Finanziell geht es ihm gut. Eine üppige Erbschaft sichert ihm Unabhängigkeit. Litte er bloß unter einer Schreibblockade, wartete er gelassen ab, führe mit dem Rad in der Gegend herum, alle Antennen aufnahmebereit. Meditativ hatte das bislang immer funktioniert. Aber nun? Endstation seines Schriftsteller-Daseins, seines Lebensinhalts? Er ahnt, dass nur die nackte Konfrontation mit kruder Realität, mit der Realität, die zu seiner Biografie gehört, ihn retten könnte, die Erkundung der Abgründe seines Lebens. Erfolgsstorys taugen nicht als Stoff seines bevorzugten Genres. Eine seiner wenigen Gewissheiten.

Schafft er es tatsächlich, Kontakt zu Fiona Orloff aufzunehmen? Zu seiner ehemaligen Schülerin, die, über beide Ohren verliebt, ihn entführt hatte, was einen handfesten *Hunsrückskandal* ausgelöst hatte. Er wird sie bitten müssen, ihn noch einmal zu entführen. Zugegebenermaßen eine verwegene Idee. Gescheiteres fällt ihm aber nicht ein. Seine Gedanken wandern zurück. Lässt sich Erlebtes noch einmal erleben? Diesmal mit umgekehrtem Vorzeichen? Er nicht mehr gefesselt, Fiona nicht mehr ver-rückt? Erhoffte Erfahrungsschnipsel, die sich zu einer neuen Geschichte auswachsen könnten, Glutkern gar eines Romans? Sein Strohhalm.

Wird man sein Verschwinden überhaupt bemerken? Eiskalt läuft es ihm über den Rücken. Wie sehr hat er sich seit Jahren vereinzelt! Viele Weggenossen sind nicht mehr da, sind gestorben, haben sich zurückgezogen, wohnen an fremden Orten: Zeugen seiner Vergangenheit, die so noch dunkler geworden ist, nah am Vergessen. Vor Jahren hatte sein Verschwinden Aufsehen erregt, war geheimnisumwittert. Daraus hatte er Kapital schlagen können. Aber heute? Allenfalls könnte eine ausgeklügelte Entführungs-Inszenierung medial etwas lostreten. Wenn schon keine Lawine, so doch vielleicht ein paar Steine? Auch in ihm? Wieder fühlen, was er beobachtet und denkt, und denken, was er fühlt. Das wünschte er sich so sehr. Als das Wünschen noch geholfen hat, schrieb jemand. Solche resignativen Töne will er nicht anschlagen. Wer nichts wagt, stumpft ab. Er, Johannes Haller, er wird Fiona finden. Gemeinsam oder gegeneinander werden sie den Stoff produzieren, aus dem er seine Story weben wird. Mögliche Titel schwirren ihm schon durch den Kopf: Späte Liebe? Verhängnis? Verstrickungen? Lüge und Scham? Einbildung? Entführung?

Er schaltet den Fernseher ein, den Ton aber aus. Er zappt durch sinnfreie Programme, in denen geballert, geprügelt und gevögelt wird. Eine schräge Szene nach der anderen flimmert über den Bildschirm. Seine Gedanken wirbeln durcheinander. Zum Lesen fehlt ihm die innere Ruhe. Der Rotweinflasche zeigt er den Mittelfinger. Wenigstens ein kleiner Triumph. Für den er sich im selben Moment schämt. Er flüchtet zum Schreibtisch, notiert Gedankensplitter, die ihm um die Ohren fliegen. Dann greift er zum *Hunsrückskandal*, um willkürlich eine Seite aufzuschlagen. Welchen Satz wird ihm der Zufall unter die Nase reiben? Er stößt auf das Eingeständnis seines gleichnamigen Protagonisten Johannes Haller: „Er kennt sich gut genug. Seine bürgerliche Selbstdisziplin, sie ist nur die Kehrseite seiner Gefühlsanarchie." Darum also muss er Fiona von Ardenne aufspüren!

Der Klingelton seines Smartphones erschreckt ihn. Eine unbekannte Telefonnummer im Display. Er zögert, ist versucht, sie wegzudrücken, nimmt dann aber ab.

„Hallo?"

„Doktor Haller?"

„Am Apparat."

„Eine gewisse Fiona Orloff hat mich gebeten, Sie zu kontaktieren."

Schlechter Scherz, denkt er sich. Hat jemand in seinen Kopf geschaut? An Zufälle glaubt er eigentlich nicht. Nun der zweite Zufall unmittelbar nach dem ersten. Was passiert da gerade? Er schnappatmet und fragt: „Wozu?"

„Frau Orloff möchte Sie treffen."

„Aha."

„Bald. Bevor es zu spät ist."

Johannes Haller schreckt aus seinem Tagtraum auf, versichert sich mit einem Blick aufs Smartphone, dass sein Wunsch Vater des Anrufs gewesen ist, und ruft sich zur Ordnung. Die Dinge dürfen ihm nicht entgleiten, bleut er sich ein. Er muss die Fäden in der Hand behalten. Welche Fäden?, fragt er sich sogleich. Er flieht auf den Hometrainer, radelt sich die Lunge aus dem Hals. Wenn er sich schon nicht spürt, muss es wenigstens weh tun. Was hat der Tagtraum ihm gesagt? Überraschenderweise hat ein Satz den Traum überlebt: „Bevor es zu spät ist." Zu spät wofür? Ist Fiona vielleicht sterbenskrank? Sein Hang, das Schlimmste anzunehmen. Erst als seine Beine streiken, steigt er vom Rad, schweißgebadet. Unterwegs ist ihm ein Gedanke zugeflogen: Was ist die Steigerung von fehlender Erotik? Antwort: Trauriger Sex.

Er blättert in seinem Tagebuch. 15. Januar 2000. Der Name Corinna springt ihm in die Augen. Namen sind Signale; sie führen zu einem verborgenen Weg.

Fiona oder Corinna? Die einzige Konstante seines Liebeslebens, zwei Seiten seiner Medaille. Zigfach bespielt, ohne eine dialektische Entwicklung. Ein kluger Mensch sagte einmal: Immer wieder das Gleiche tun und andere Ergebnisse erwarten, das sei Wahnsinn. Warum hat er sich nie eindeutig entscheiden können, entscheiden wollen? Sich in das jämmerliche Einerseits-Andererseits geflüchtet? In der Liebe gibt es kein Sowohl-als-Auch. Es gibt nur ein klares Ja zu seinem Schatten, zu seinem Spiegelbild. Das Ja muss er endlich in die Tat umsetzen. Ein befreiender Gedanke!

1.1.2023, 0 Uhr 19. *Eruption* intoniert *One-way-Ticket.*
One way ticket
Got my ticket
One way, one way
I`m trackin` on
I found my love
Yeah

Er stellt sich vor, wie Fiona in einem Café auf ihn wartet, den Kopf über ein aufgeschlagenes Buch gebeugt; ihr Haar, früher zum Pferdeschwanz gebündelt, nun zu einem Knoten gesteckt.

Als ich mich ihr nähere, blickt sie auf, legt das Buch beiseite und mustert mich mit durchdringendem Blick. Ihre Augenringe fallen auf. Sie schlafe schlecht, teilt sie mir später mit, drei bis vier Stunden, mehr nicht.

„Du bist alt geworden", sagt sie. Merkwürdig, wie rauh ihre Stimme geworden ist. Oder fiel mir das früher nicht auf? Vielleicht habe ich es auch nur vergessen.

„Ich bin alt", sage ich, um das Thema abzuräumen. Immerhin hat sie uns die Wie-geht-es-dir-Floskel erspart.

„Setz dich", sagt sie.

Ich setze mich.

„Habe mich vorbereitet", sagt sie und deutet auf den *Hunsrück-skandal*. Den habe sie im Bahnhofskiosk erstanden. „War ich wirklich so ein teuflisches Biest?"

„Ein bißchen", sage ich und spüre ein Lächeln in meinem zerfurchten Gesicht. „Die literarische Figur der Fiona von Ardenne, Kontrastfigur zur Kommissarin."

„Gibt es diese Corinna Schmidt im realen Leben?", will sie wissen.

„Meine Kopfgeburt, wie Fiona von Ardenne. Facetten von Frauen, die mir begegnet sind. Zudem hat sie das Temperament und den Ehrgeiz der gleichnamigen Professorentochter in einem Fontane-Roman."

„Fik … tiv also."

Fionas Zunge umspielt ihre Lippen. Da ist sie wieder, die verruchte Femme fatale; prickelnde, aber auch düstere Erinnerungen kriechen aus meinem verschütteten Gedächtnis.

„Ist nun einmal der Beruf, für den ich brenne."

„Hab`s auch probiert", seufzt sie. „Hatte kurzfristig Erfolg."

„Ich weiß", sage ich. „Hab mich für dich gefreut. Warum …"

„Ich bevorzuge das Leben", fährt sie mir in die Parade. „Du hast es schon immer umschifft."

„Drum brauche ich deine Hilfe", ergreife ich die Gelegenheit beim Schopf.

„Heißt?"

„Entführe mich ein zweites Mal."

„Wie bitte?"

„Entführe mich ein zweites Mal."

Sekundenlang schaut sie mich an. Möchte wissen, was ihr durch den Kopf geht. Glaubt sie, mich heute noch dominieren zu können? Verschaffte ihr das irgendeine Befriedigung? Was hat sie vor? Warum hat sie überhaupt einer Begegnung mit mir zugestimmt? Neugier? Spieltrieb?

Leicht theatralisch schüttelt sie den Kopf, sagt dann aber: „Okay. Du brauchst deinen Stoff."

Über ihre Lippen huscht ein Grinsen, das ich nicht recht einzuschätzen weiß. Interpretiert es das Wort „Stoff"? Sie hat es süffisant betont; als sei ich ein Drogenabhängiger. Bin ich einer?

Habe ich auch diese Szene geträumt?, fragt sich Johannes Haller. Nach der Rad-Strapaze legte er sich zum Ausruhen kurz aufs Bett. Seltsam: er und Fiona mutterseelenallein im Café? Nicht einmal eine Bedienung war da. Kein Geräusch, einfach nichts. Ein Café, das er nicht beschreiben könnte. Ein Unort.

Fünfzehnter Januar 2023: „Dr. Johannes Haller, der unter dem Pseudonym Gerd Tesch einige Hunsrück-Romane publiziert hat, wird vermisst. Sachdienliche Hinweise bitte an …"

Nachbarn treffen sich Am Stadtgarten in Simmern.

„Dä waa doch Leera am HJG, ore?"

„Hosd rääschd. Mey Dochda hod bey däm Unarischd gehad."

„Do wa doch mo wad. Beyna Abifeya. Son Schinooz hod däne domols endfüad."

„Wo dou dad sääst. Eysch erina misch aach doran, dungel."

„Un nou isa wiere verschwun. Nid se glaawe."

„Dunnakeil, do stimmd doch wad nid."

Adi Junker kratzt sich am Hinterkopf und richtet seine Mütze.

Zur gleichen Zeit, am Nachmittag des fünfzehnten Januar, betritt ein früherer Kollege Hallers die Buchhandlung am Simmerbach und schaut sich um.

„Guten Tag, Herr Dötsch. Sie suchen den *Hunsrückskandal*?"

Der Kunde schmunzelt, nickt und zieht die Brauen hoch.

„Sie müssen sich leider etwas gedulden. Die Nachfrage geht gerade durch die Decke."

„Dachte ich mir."

„Der Verlag hat eine Neuauflage angekündigt. Schätze in zwei bis drei Tagen."

„Legen Sie mir bitte drei Exemplare zurück", sagt er und murmelt beim Hinausgehen: „Alter Schwede."

„Auch um mich hat das Alter keinen charmanten Bogen gemacht", seufzt Fiona. Ein bitteres Lächeln liegt auf ihren Zügen.

Sie sitzt neben Johannes auf der feinsteingeflieste Terrasse des *Café der verlorenen Jugend*. Es ist sonnig, alle Tische sind besetzt; zumeist ältere Herrschaften, etliche ein Buch in der Hand, anscheinend Stammgäste.

„Ein Literaturliebhaber als Café-Betreiber. So etwas gibt es tatsächlich noch?", wundert er sich.

„Nicht in Simmern, aber hier", meint sie und fügt hinzu: „Der Erinnerungskünstler Patrick Modiano."

„Du kennst seine Romane?"

Mit dem Zeigefinger schiebt Fiona die Sonnenbrille hoch, um ihn vorwurfsvoll anzuschauen.

Sein Blick geht zu den Lesenden. „Mit dem Schmökern ist es so eine Sache", meint er, „manche brauchen dazu Gesellschaft, sonst kommt es ihnen wie Arbeit vor."

Fiona raunt: „Bereits bei meiner Geburt erschreckte mich meine eigene Stimme."

Sie schließt die Augen, legt den Kopf in den Nacken und atmet tief durch.

Johannes verspürt unerwartet den Drang, sie zu küssen. Was er natürlich nicht tun wird. Er wird ihr allerdings auch nicht den Gefallen tun zu widersprechen. Er kennt ihre Marotte nur zu gut, zusammenhanglos provokante Sätze, die sie irgendwo gelesen oder aufgeschnappt hat, fallen zu lassen und sich in Pose zu werfen. Auf solche Spielchen wird er sich nicht mehr einlassen.

Der Klingelton seines Smartphones fährt in seine Gedanken. Er überfliegt die Nachricht und berichtet: „Die Verlegerin lässt mich wissen, dass sich meine Romane zur Zeit gut verkaufen."

„Wundert dich das? Der Autor unauffindbar, vielleicht tot, vielleicht Opfer einer Entführung ..."

„Oder in geheimer Mission unterwegs", unterbricht er sie, „was auch immer. Auf einmal erinnert man sich an ihn. Soll mich das freuen?"

„Na ja, der Büchner-Preis wäre besser."

„Danke, verarschen kann ich mich selbst."

„Ich habe dich deinem Wunsch gemäß aus dem Verkehr gezogen, Johannes", spöttelt sie, „und was ist das Ergebnis?"

„Wir urlauben am Lago Maggiore, vertrödeln die Zeit – und nichts passiert", grantelt er.

„Was hast du erwartet, mein Freund?"

Ihre Stimme tonlos, unbeteiligt, ärgert er sich. Er zuckt mit den Schultern.

Da baut sich ein bleichgesichtiger Kleiderschrank, rothaarig, mit Bürstenschnitt und kalten grauen Augen, vor ihm auf. Er trägt eine zerbeulte Wildlederjacke, Leinenhose und derbe Militärstiefel. Er zischt: „Mitkommen." Der Ton duldet keinen Widerspruch.

Fiona lässt die Sonnenbrille über die Augen rutschen, zückt den *Hunsrückskandal* und vertieft sich in die Lektüre, als gehe sie das alles nichts an.

Haller hechelt neben dem Fremden her, der ihn nicht aus den Augen lässt. Ein wehmütiger letzter Blick zurück, doch Fiona Orloff ist von der Bildfläche verschwunden.

„Frau von Ardenne übernimmt ab sofort das Kommando", knurrt der Grobschlächtige, schiebt Haller unsanft in ein Hotelzimmer und verschließt es von außen. Wie betäubt lässt sich Johannes Haller auf das Doppelbett fallen. Da vibriert sein Smartphone, der Flugschreiber seines Lebens. Er verbietet sich einen weiteren Anfall von selbstmitleidigem Pathos und zwingt sich, in forschem Ton zu sagen: „Haller am Apparat."

„Ist es das, was du gewollt hast, Johannes?"

Eine Automatenstimme hat ihn durchschaut.

Der Hund war schuld

Der Hund war schuld. Seitdem der nicht mehr lebte, hatte Carla das Gefühl, allein zu sein auf der Welt, so still wars nun meistens um sie herum. Wie taubstumm kam sie sich manchmal vor. (1)

Eines Tages wurde ihr ein Kätzchen geschenkt, in einem Schuhkarton mit Löchern im Deckel. (2) Für eine Siamkatze seien Reis und Fisch die beste Ernährung, sagte man ihr. Der Fisch müsse entgrätet sein und der Reis sehr weich gekocht. Mit Freude widmete sie sich nun dieser Aufgabe und aus dem Kätzchen, das Purzelbäume schlug, wenn sie ihm leckeres Essen servierte, wurde nach und nach ein Katze. Bald wurde ihr bewusst: Eine Katze ist kein Hund. Immerhin: Sie lernte von der Katze, wieder außer Haus zu gehen.

Von den beiden Eingängen des Cafés nahm sie dann immer den schmalen, der Schattentür genannt wurde. Sie setzte sich an denselben Tisch, hinten in dem kleinen Raum. In der ersten Zeit sprach sie mit keinem. Dann knüpfte sie Bekanntschaft mit den Stammgästen. (3) Über Hund und Katze ließ sich reden.

Ungebeten gesellte sich eine Kettenraucherin zu ihnen. „Wer von euch", fragte sie mit borstiger Stimme, „hat schon einmal geträumt, ein Mörder geworden zu sein und sein gewohntes Leben nur der Form nach weiterzuführen?" (4) Der Schreck fuhr Carla in die Glieder. Sie hatte ihren sterbenskranken geliebten Hund mit einer Henkersmahlzeit abgespeist, einer Bockwurst, und ihn dann dem Tierarzt überantwortet, in der Hoffnung auf einen schnellen, hoffentlich schmerzlosen Tod. Sie war danach in ein Kino gegangen. Mitten im Film hatte sie eine Glocke läuten gehört. Sie war unschlüssig, ob es in dem Film war oder von draußen kam. Jedenfalls war es für sie ein Zeichen: Der Hund ist tot. Sie verließ das Kino und versuchte, eine Telefonzelle zu finden, um sich Gewissheit zu verschaffen. In der einzigen Zelle, die sie fand, lag dort der Hörer abgerissen auf dem Boden. (5)

Das Flirren der Staubkörner in der Hitze. Am Ende der Straße, am Horizont, eine Gestalt, die näher und näher kam und dennoch auf merkwürdige Weise in der Ferne blieb. (6) Carla dachte an ihren Vater. Als ihre Mutter ein paar Straßen weiter in eine andere Wohnung zog, blieb sie bei ihm. Das Haus, in dem sie wohnten, roch nach feuchtem Stein. Tagsüber druckte er Bücher. Abends vor dem Einschlafen stand er neben ihrem Bett und zeichnete mit einer glühenden Zigarette Figuren ins Dunkel, die in der Geschichte, die er ihr erzählte, eine Rolle spielten. Dann setzte er sich, nachdem er ihr heiße Milch und Honig gebracht hatte, an den Tisch und begann zu schreiben. Sie phantasierte sich weiter in die Geschichte des Vaters hinein. Im rhythmischen Gemurmel der Schreibmaschine schlief sie ein. Und wenn sie aufwachte, konnte sie durch die geöffnete Tür seinen kahlen Hinterkopf sehen und unzählige Zigarettenstummel. (7) …

Vater vererbte ihr den Hund; zudem eine goldene Taschenuhr, ein Haus voller Bücher und Geschichten und ein Notizbuch, das er aus grauem Papier gefaltet und in das er nichts eingetragen hatte als zwei Zeilen von Ron Padgett:

Das ging aber schnell.

Ich meine das Leben.

Dazu die Adressen von zwei ihr Unbekannten.(8)

Bisher ist es ihr nicht gelungen, sie ausfindig zu machen.

Eines Tages findet sie zwei Ansichtskarten im Postfach vor. Sie kann sich nicht erinnern, in den letzten Jahren jemals eine Karte erhalten zu haben. Wer schreibt heute noch Postkarten? Und jetzt gleich zwei? Die eine Karte, adressiert, aber unbeschriftet, zeigt eine Esplanade, bepflanzt mit Palmen, die sich unter einem zu blauen Himmel am Ufer eines zu blauen Meeres aneinanderreihen. (9) Die zweite mit derselben Esplanade lässt sie wissen: „Liebe Carla, uns ist zu Ohren gekommen, dass Sie einen Roman schreiben wollen. Beginnen Sie vom Ende her. Sobald Ihnen der letzte Satz einfällt, können Sie anfangen. Unser Vorschlag: Der Hund war schuld."

Ein laienhafter Versuch zu verstehen, wie ein maschineller Textgenerator funktioniert. Er bedient sich der Anfangssätze von Erzählungen und Romanen.

Manfred Pieske, Tante Franz von dem Berge
Natalia Ginzburg: Borghesia. Das Lied vom Bürgertum
Patrick Modiano: Im Cafè der verlorenen Jugend
Peter Handke: Die Stunde der wahren Empfindung
Peter Handke: Die Angst des Tormanns beim Elfmeter
Angelika Klüssendorf: Sehnsüchte
Zöe Jenny: Das Blütenstaubzimmer
Peter Härtling: Nachgetragene Liebe
Anne Serre: Im Herzen eines goldenen Sommers

Zitate meines Lebens

Ich bin ein Mensch, der seine Rituale liebt. Ersetze „liebt" durch „pflegt", mahnt mich mein strenges Über-Ich. Ich folge seinem Rat. Was oft genug nicht der Fall (gewesen) ist; doch das ist ein anderes Thema, von dem ich bei Gelegenheit erzählen werde.

Rituale strukturieren meinen Alltag, von früh bis spät. Feste Zeiten, vertraute Orte und Vorgänge bieten Halt. Es beginnt mit dem Morgengebet: Dank, Fürbitte, Hoffnung. Moment: „Es beginnt?" Bin ich ein „Wortfrüher", wie Canetti ihn nennt, der etwas sagt, bevor er nachgedacht hat? Worte kullern ihm einfach so aus dem Mund. Deshalb also: Ich beginne … und schlafe mit einem ähnlichen Gebet, das zum Abschluss den Tag Revue passieren lässt, ein. Mein guter Schlaf ist ein sanftes Ruhekissen. Revue? Eine Parade oder gar eine künstlerische Szenenfolge war mein Tag in aller Regel nicht. Da mache ich mir nichts vor. Muss auch nicht sein, denke ich mir. Zumeist bin ich zufrieden, den Tag ohne Blessuren und ohne Langeweile hinter mich gebracht zu haben; zudem hat jeder Tag einige Farbtupfer in petto. Ich muss sie nur erkennen, manchmal erst im Nachhinein beim spätabendlichen Erinnern.

Heute, Montag, der zweite Januar 2023, ist Mona, die Frau F. vertritt, in meiner Wohung zugange. Frau F. besucht ihre Tochter in Neuseeland.

Den Rücken mir zugewandt, wippt Mona auf den Zehenspitzen vorm Fenster, das sie putzt, auf und ab; von meiner Warte aus ein Scherenschnitt, ein Schattenspiel, beweglich, schweigsam. Bis ich mich aus der Deckung traue, allen Mut zusammennehme und ihr auf den Kopf zu sage: „Sie erinnern mich an eine junge Frau, in die ich als junger Mann sehr verliebt war."

Wie in Zeitlupe dreht sie sich zu mir herum, mustert mich, ein Lächeln huscht über ihre vollen Lippen und sie bläst sich eine Strähne aus dem hitzigen Gesicht. „Erzählen Sie mir davon?"

„Davon" sagt sie, nicht „von ihr". Große dunkle Augen schauen mich erwartungsvoll, wie mir scheint, an.

„Setzen wir uns", sage ich und rücke ihr den Stuhl vor dem Esstisch zurecht.

„Sie waren meine erste Liebe", bekenne ich, das Kinn auf dem Daumen, unumwunden.

„Die erste Liebe soll ja fürs Leben prägend sein, sagt man", sagt sie stirnrunzelnd.

„So ist es", stimme ich versonnen zu. „Sie hießen Lisa, eigentlich Elisabeth. Aber Lisa war dein Kosename. Ich darf dich duzen?" Versonnen nickt sie.

„Also Lisa aus Herford. Ein Jahr älter als ich und Jahre erfahrener als ich."

Bei diesem Hinweis ziehen sich die Brauen der jungen Frau, die mir aufmerksam zuhört, zusammen und ihre Augen verengen sich zu Schlitzen, schießschartenähnlich.

Merkwürdig, dass mir diese Beobachtung erst jetzt, da ich die Szene aufschreibe, so recht ins Bewusstsein rückt.

„Du warst, achtzehnjährig, Leiterin einer Jugendgruppe, die auf der Wiese neben dem Restaurant meiner Eltern auf dem Nenzhäuserhof kampierte. Was für ein Hitze-Sommer 1967!

Ich strich die Lattenzäune, die das Schwimmbecken zwischen Restaurant und Wiese umgrenzten. Schweiß und Farbpartikel gingen eine toxische Liaison ein, die der Haut nicht guttat. Mein nackter Oberkörper war tiefbraun imprägniert, mein Gesicht fast schwarz. Als unsere Blicke sich begegneten, funkte es blitzartig. Wir verabredeten uns für den Abend. Das Schwimmbad reservierte ich für uns beide, nur für uns beide. Eines der Ferienhäuser meiner Eltern war zufällig zwei Tage nicht vermietet. Ich hatte den Schlüssel. Du führtest Regie. Ich lag auf dem Bett, du saßest auf der Bettkante. Deine Finger umkreisten meine Brustwarzen, wanderten hin und her und immer weiter gen Süden.

Das Lebensgefühl der Sechzigerjahre oszillierte für Jugendliche, also für uns zwischen Aufsässigkeit und Melancholie. Ein paar Tage teilten wir diese Gefühlsmelange miteinander; auf einer Woge der Zärtlichkeit schaukelten wir ein Weile. Mein tragbares Tonbandgerät spielte Beatles-Songs: *And jour bird can sing.*

Die Pilzköpfe sollten Recht behalten, leider:

You tell me that you`ve heard
Ev`rys sound there is,
And your bird can swing,
But you can`t hear me.

„Leben Sie deshalb alleine?", fragt Mona lauernd, Mona, die eigentlich Judith heißt und gerade Abitur gemacht hat, wie mir Frau F. sagte; allerdings erwähnte sie nicht, wo Mona zur Schule ging. Auf dem Hunsrück jedenfalls nicht.

„Gute Frage", sage ich. „Die Antwort wüsste ich gerne."

„Frau F. hat mir gesagt, Sie hätten einiges zu erzählen", sagt Judith augenzwinkernd und ich bedanke mich, dass sie mir aufmerksam zugehört hat. Dann mache ich mich auf den Weg zu meiner Physiotherapeutin.

Als ich eine Stunde später zurückkomme, bin ich neugierig. Wenn Frau F., die gewissenhaft und umsichtig die Wohnung reinigt, dieselbe verlässt, glänzen Boden, Fliesen, Küche und Bad. Doch die Ordnung der Dinge ist jedesmal dahin. Dem geheimen Code hinter der scheinbaren Zufallsmaskerade meiner Gegenstände, viele Zitate meines Lebens, ist Frau F. über die Jahre hin nicht auf die Spur gekommen.

Und nun? Welch eine Überraschaung! Alles blitzeblank, ohne dass die Ordnung der Dinge aus den Fugen geraten wäre.

Die Zinnsoldaten, Erbstücke meines Großvaters, suchen tatsächlich nach wie vor den Blick Karl Friedrich Ströhers mit Stahlhelm, der aus dem gleichtiteligen Selbstportrait an der Stirnwand auf sie herabschaut. Der Dyson-Staubsauger, Schützenpanzer meiner Haushaltsbrigade, lehnt unter dem Ströher-Selbstbildnis an der Wand und stiert auf das sperrigste Möbel im Zimmer: die Hochkommode, Traditionsstück meiner Familie.(1) Auf dem Schachbrett stehen die Figuren in der richtigen Spielanordnung; nur Dame und König sind vertauscht: Versehen oder Absicht? Der Sache werde ich nachgehen. Die Kommunikation der Topfpflanzen, ohnehin geprägt von einer Geheimwissenschaft, die selbst ich nur ansatzweise verstehe, ist nicht gestört, obwohl Judith auch die Töpfe fein säuberlich abgewischt hat. Der vom Staub befreite Fernseher zeigt nach rechts, also nicht zur Bücherwand hin, die er fürchten muss – oder umgekehrt, je nach Wertschätzung. Meine Miniaturautos, Replika der Wagen, die ich fuhr, schauen durchs Fenster Richtung Straße. Nicht dass sie in Reih und Glied stünden, nein, sie folgen einander in der zeitlichen Abfolge, in der ich sie chauffiert habe. Der Bartschneider im Bad ruht wie üblich zwischen Rasierer und Haarbürste, worauf man tatsächlich kommen kann. Das Tempur-Kopfkissen liegt funktionsgerecht mit dem Wulst nach vorne auf dem Bett, weshalb ich das neue Spanntuch nicht von unten nach oben wenden muss wie bei Frau F. Hat Judith etwa ein fotografisches Gedächtnis? Fotografiert haben wird sie meine Dingwelt wohl kaum. Oder fließen ihr gar magische Kräfte zu? Ich bin gespannt, wie es beim nächsten Mal sein wird. Ich werde mir etwas einfallen lassen, um sie auf die Probe zu stellen.

Was ist nur aus Lisa geworden? Bei dem Gedanken sucht eine Ahnung in mir nach Worten, die sich zu einer Frage entwickelt, die ich Judith stellen werde, ja stellen muss. Ihre Antwort glaube ich zu kennen.

(1) Theos Hochkommode. In: Gerd Tesch „Gestern ist heute", Kontrast-Verlag, Pfalzfeld 2018: 103-106

Anekdote zum Verständnis der Forschungsmoral

Diese Nuss wollte ich unbedingt knacken. Raimund, mein langjähriger Freund und WG-Kumpel, Student wie ich, der hatte sich gegen zwanzig Uhr zum Kneipenbummel mit Rudi und Ernst verabschiedet. Ich hatte vorsorglich den Wasserkessel auf die Kochplatte gestellt, randvoll, schließlich rechnete ich mit stundenlanger anstrengender Gedankenarbeit und dafür waren schon einige Tassen Kaffee vonnöten. In dieser Nacht sollte der Knoten platzen – und ich um ein Haar das Zeitliche segnen.

Als Raimund gegen zwei Uhr eintrudelte, muss es fürchterlich gerochen haben. Davon hatte ich nichts mitbekommen. Schließlich hatte ich meine Geistesblitze zu Papier gebracht und war auf neue, aufregende Forschungsfragen gestoßen.

„Bist du nun völlig durchgeknallt!", wetterte er.

Entgeistert starrte ich in seine blutunterlaufenen Augen.

Er torkelte Richtung Toilette, ließ einen Eimer bis zur Halskrause volllaufen und kippte das Wasser über Kessel, Elektrokocher, Marmorplatte und Holzuntertisch beziehungsweise das, was von alledem übrig geblieben war.

Da roch auch ich es. Dampfschwaden brausten auf und stechender Rauch fuhr mir in die Nase. Der Metallkessel war zerknautscht, die Kochplatte durchgeschmort, die Marmorauflage zersprungen, die Holzplatte darunter verkohlt. Raimund hatte die Fenster aufgerissen und sank nach seiner Feuerwehraktion in unser zerschlissenes Sofa.

„Und du hast nichts gemerkt, nichts gehört, nichts gerochen, nicht einmal heiß ist es dir geworden?", knurrte er kopfschüttelnd. Fahrig fingerte er sich eine *Marlboro* aus dem Zigarettenetui, um sie dann gewohnheitsmäßig mit dem Filter auf der seitlichen Armlehne festzuklopfen. Mit dem Kerzenlicht entzündete er die Zigarette, deren überstehender Papierrand für einen Moment aufflackerte. Er nahm einen tiefen Zug, hustete und genehmigte sich einen weiteren Schluck über den Durst. Dann streckte er sich aus und fing kurz darauf an zu schnarchen.

Ich schüttelte den Kopf, nahm ihm den Glimmstengel aus der Hand und drückte ihn im Aschenbecher aus. Die Bachmann machen wir hier nicht, ging es mir durch den Kopf. Ich bettete seine Beine auf die Couch und deckte ihn mit meiner Tigerdecke zu. Dann blies ich das Kerzenlicht aus und gönnte mir endlich einen tiefen Schluck aus der Sprudelflasche. Die hatte ich doch tatsächlich seit dem frühen Abend nicht mehr angerührt. Wie ausgetrocknet war mein Hals. Ich warf noch einen kurzen Blick auf die Formel, die ich dem Abend abgerungen hatte, war mit dem Ergebnis zufrieden, schloss die Fenster und ging zu Bett. Der Abend, die Nacht, sie hätten schlimmer enden können, dachte ich mir; man kann nun mal nicht alles gleichzeitig erledigen.

Heute, sechsundvierzig Jahre später, weiß ich, dass ich damals schon der war, der ich geworden bin.

Zimmerwechsel

Nach der Geburt Leas, unseres Wunschkindes, bezogen wir in der hinzugekauften Dreizimmerwohnung das neue Schlafzimmer. Praktische Gründe sprachen dafür. Kein einziges Mal schliefen wir in den fünf Jahren, die unsere Ehe sich noch hinschleppen sollte, in diesem neuen Zimmer miteinander. Der verheißungsvolle Hinweis von Leas Mutter: „Lass uns *Nachtcafé* gucken!", hatte ausgedient.

In Küche, Bad und Wohnzimmer hatten wir gelegentlich Sex, selten genug.

Im neuen Schlafzimmer baute ich, der Mann mit den zwei linken Händen, den neuen Kleiderschrank auf, den ich passgenau hatte anfertigen lassen: echte Handwerkskunst, ein Schmuckstück für die Ewigkeit, dachte ich. Immer wieder störte sie mich bei der Arbeit, drückte mir Lea in die Arme, weil sie das eine oder andere augenblicks zu erledigen habe. Kein Wunder, dass sich der Aufbau in die Länge zog. Was sie mir ankreidete. Aber sie ließ dann Tage verstreichen, bis sie den Schrank einräumte, fahrig und lustlos.

Schalldichte Doppelglasfenster im neuen Schlafzimmer; eine lautlose Automatik im Zuführ-Korridor, die alle Lampen vor und hinter einem ein- und ausschaltet; LED-Leuchten wie Glühwürmchen an der frisch geweißten Decke, vom Bett aus zu dimmen; auch dessen Kopfteil gehorcht einer Fernbedienung, ebenso der versenkbare Fernseher an der Stirnwand, neuestes Modell. Was will man mehr, dachte ich.

„Stumm und kalt", sagte sie.

Wohlige Vertrautheit und vertraute Geborgenheit des alten Schlafzimmers stellten sich in dem neuen niemals ein.

Die wattebauschige Wolke, Gerüche, Geräusche, Klänge des alten Zimmers, waren wie weggeblasen. Sie ließen sich nicht in einen Koffer zwängen und in das neue hinübertragen. Der Läufer vor unserem Bett ist nicht mehr derselbe, schon gar nicht vor dem nagelneuen Bett; borstig seine Flusen. Der Weckruf des Hahns am Morgen klingt fremd, fremd auch der Glockenklang der Stephanskirche. Der Fußboden wärmt nicht mehr unsere nackten Füße.

Statt auf die Dachschräge, an der ich mir immer wieder mal den Kopf gestoßen habe, starre ich auf steile Wände. Regen trommelt nicht mehr in beruhigendem Rhythmus gegen das in die Schräge eingelassene Klappfenster. Licht und Schatten entwickelten nur im alten Zimmer magische Kräfte.

Musik aus dem Wohnzimmer schmeichelt nicht mehr unseren Ohren. Das dickbauchige Weinglas, aus dem wir beide des Abends unseren Rotwein süffelten, steht nicht mehr auf dem Nachttischchen. Das Handtüchlein liegt nicht mehr in der Schublade,

Wie unsichtbare Magnete haften meine Erinnerungen an Boden, Decke, Tür und Wand unseres langjährigen Refugiums. Schritte des Nachts zu Toilette oder Küche störten nun.

Mein Erinnerungsteppich ist löchrig zwar, aber uferlos; er passt nicht durch die Tür. Er existiert recht eigentlich nur im alten Schlafzimmer. Wollte ich ihn einrollen, zerbröselte er oder wüchse sich zu einem Monstrum aus. Lass es!, grummelt er. Eigenwillig spielt er mir Erinnerungen aus glücklichen Zeiten zu, ob ich es will oder nicht. Reflexartig fange ich seine Erinnerungsbälle auf, ohne zu wissen, was ich mit ihnen anfangen soll. Meine Mitspielerin hat schließlich das Spielfeld verlassen.

Game over.

„Ich sollte das alte Schlafzimmer versiegeln". sage ich.

„Oder es untervermieten", meint mein Freund.

„Bevor es musealisiert", ergänze ich.

„Du brauchst dringend einen Tapetenwechsel", rät er.

„Mach dir keine Gedanken", grummle ich, „sind nur Gefühle."

Am Abend beim Wein

„Du hast gehofft, mit ihr alt zu werden, mein Freund?", sagte ich.

Mit weit aufgesperrten Augen starrte er mich an. Ich wollte Thomas nicht verletzen. Du weißt, ich mag ihn. Die Frage rutschte mir einfach so raus.

Nach endlos langen Sekunden antwortete er mit einer Frage: „Du kennst Platons Kugelmensch, Leonhard?"

Den Mythos dunkel in Erinnerung, sagte ich, froh, dass er mich nicht im Schweigen hängen ließ. „Es geht um erotisches Begehren, oder?"

„Nun", sagte er und bettete den Kopf auf seinen eingerollten Handrücken, „ein Wesen mit zwei Gesichtern und jeweils vier Armen und Beinen. Bis Zeus sie zerschlug, waren sie eins. Zeus rabiater Akt schuf den modernen Menschen: zweiarmig, zweibeinig – ein Mängelwesen. Immer auf der Suche nach der verlorenen anderen Hälfte."

Diese andere Hälfte habe ihn, wie Thomas hilflos sagte, tags zuvor verlassen. Deshalb seine Einladung zum Wein. Ohne Vorwarnung. Einfach so, sagte er resigniert. Kein Abschiedsbrief, nichts. Sein Ideal symbiotischer Zweisamkeit, das ich, wie du weißt, nie so recht verstanden, gleichwohl immer bewundert habe, hat sich im wahrsten Sinnes des Wortes in Luft aufgelöst. Du kannst dir vorstellen, wie er leidet. Wenngleich ich seine geradezu obsessive Fixierung auf Mona nicht verstehe. Ich habe sie zumeist als kühl, wenn nicht gar kalt und egozentrisch erlebt. Nun ja.

Mir kam ein anderer Mythos in den Sinn. Der rankt sich um ein Insekt. Könnte seine traurig-melancholische Stimmung etwas aufhellen, dachte ich mir. Der Mythos spießt den Knotenpunkt von Affekten, Bildern und Begierden auf.

Thomas schlurfte aus der Küche, mit einer zweiten Flasche Rotwein und Käsewürfeln bewaffnet.

„Kannst du etwas mit der Gottesanbeterin anfangen?", fragte ich.

Er nippte an seinem Glas und bat mich zu erzählen.

„Nun, die menschenähnliche Gestalt dieses Insekts, vor allem aber das Verhalten des Weibchens haben immer schon die Phantasie beflügelt", beleerte ich ihn und leerte mein Glas mit einem Zug.

Thomas schenkte nach. Dabei sagte er: „Jetzt erinnere ich mich. Das Männchen wird … während oder nach der Paarung? Keine Ahnung. Jedenfalls wird es vom Weibchen verschlungen."

„Die Gottesanbeterin symbolisiert die dämonische Geliebte", sagte ich.

„Mona ist nie eine Gottesanbeterin gewesen, Leonhard", wies er mich brüsk zurecht.

Ich gab mich noch nicht geschlagen. „Die Gottesanbeterin verwirklicht in der tatsächlichen Welt der Natur, was in der Gefühlswelt virtuell bleibt."

„Du meinst", grübelte er, „der Mythos vertrete eine Art tierischen Instinkt?"

Was ich bejahte.

„Mhm. Ich versuche dir zu folgen", grummelte er. „Mit Mona und mir hat das aber beileibe nichts, aber auch gar nichts zu tun, mein Freund."

„Der Mythos reinszeniert den realen Akt als Phantasma", erklärte ich.

„Wenn du damit ein Trugbild meinst", sagte er, „dann stimme ich dir zu. Hilft mir gerade aber nicht weiter."

„Ich bin Lehrer, bin dein Freund, aber kein Seelendoktor", gab ich zu bedenken.

Eine lange Weile blickte er in sein Glas, das er hin und her schwenkte; fast schwappte der Rorwein über.

„Nach meinem Studium wusste ich schon, weshalb ich Augenarzt und nicht Psychotherapeut werden wollte."

„Ich erinnere mich", sagte ich.

„Nicht des Geldes wegen", sagte er, mich genau beobachtend.

„Ich weiß", sagte ich, „kleines Fach, da kennt man sich dann aus."

„Mit Mona", seufzte er, „mit Mona habe ich mir eingebildet, meine irrlichternden Streifzüge durch Beziehungsdschungel hinter mir lassen zu können. Ein für allemal."

Bei diesen Worten klingelte es.

Thomas Brauen schossen hoch. Seine Nasenflügel begannen zu zittern.

Ich trank mein Glas leer.

Kaum, dass ich ausgesprochen habe, läutet es an meiner Haustür.

Meine eingebildete Freundin

oder

Irrnis und Wagtum

Hoffen ist klüger,
schlafender Sünder.
Aufatmen auch,
falls verzogen der Rauch.

„Liebesgeflüster?"
Ihre Frage klingt düster.
Bußfertig er nickt.
Kratzbürstig sie zickt.

„Unfassbar!", ruft Maja und zeigt auf den Mülleimer, aus dem Fetzen fliegen. „Ich hasse Krähen."

„Und ich Tauben", sage ich. „Die haben erneut auf meinen Balkon geschissen."

„Krähen fressen Tauben", belehrt Maja mich.

„Ich werde mein altes Luftgewehr reaktivieren", sage ich.

„Und dir den Zorn der Tierschützer einhandeln?", mahnt Maja.

„Auch wenn ich die Taubenkiller aufs Korn nehme?"

Sie zuckt mit der Schulter und fragt: „Stehen die nicht unter Naturschutz?"

„Vorsicht!", rufe ich und ziehe sie mit einem Ruck zur Seite. Um ein Haar wäre sie in einen Hundehaufen getreten.

„Verdammt!", ärgert sie sich. „Wir sollten eine Partei gründen, die sich krähen-, tauben- und hundefreie Wohngebiete und Radwege auf die Fahnen schreibt."

„Die Fünf-Prozent-Hürde würden wir locker überwinden", frotzele ich.

„Diese politische Spaßbremse gehört ohnehin abgeschafft", meint Maja.

Wir beschleunigen unsere Schritte.

„Eine Bekannte hat angefragt, ob ich nächsten Sonntag Zeit habe. Sie sei da auf dem Hunsrück", sage ich beiläufig.

„Die Theaterschauspielerin aus der Klinik?"

Maja überrascht mich. Lisa erwähnte ich allenfalls mal en passant. Eigentlich bin ich gerade dabei, eine zu mir passende Freundin auszuphantasieren, also keine lolitahafte junge Geliebte, die mir zu guter Letzt auch noch mein Spiegelbild stehlen könnte; eine literarisch reizvolle Aufgabe, dieser fiktiven Freundin eine glaubhafte Biografie zu erfinden.

„Ja, Lisa", kommt es mir flugs über die Lippen, bevor die spontane Antwort in mein Bewusstsein eingedrungen ist. Lisa, knieoperierte Rekonvaleszentin an meiner Reha-Tischgruppe, hatte auch die verführerische Gräfin Orsina „verkörpert", wie sie uns schmunzelnd erzählte; muss lange her sein, war mir durch den Kopf gegangen. Immerhin, Lisas Schauspielkarriere bietet Möglichkeiten einer schillernden Biografie, denke ich mir. Delikate Varianten. Maria Stuart oder Elisabeth?

„Und?"

„Muss ich noch drüber nachdenken. Vielleicht eher doch Maria."

„Was redest du da?"

„Entschuldige, war in Gedanken."

„Hat die auch einen Nachnamen?"

Gerade biegt ein Lastwagen mit der Firmenaufschrift *Elsen* in die Straße vor uns ein, die den Radweg quert.

„Stuart, äh, Elsen meine ich", sage ich.

„Ja was denn nun?"

„Elsen, Lisa, also Elisabeth Elsen, um genau zu sein."

Maja stoppt, dreht sich zur Sonne hin, die durchs Laubwerk am Wegesrand blinzelt, und lehnt sich mit dem Rücken an mich an.

„Sonnenanbeterin", sage ich lächelnd und umarme sie, wie immer, wenn sie diese Pose einnimmt.

Erneut müssen wir einem Radfahrerpaar ausweichen. Dann spazieren wir weiter, Majas wie immer leicht unterkühlte Hand in der meinen.

„Wo waren wir stehengeblieben?"

„Lisas Besuch."

„Ach ja", sagt Maja und beschleunigt ihre Schritte.

„Besser als Bundesliga glotzen", murmele ich.

Majas Smartphone: *On the road again*. Sie wischt über das Display und drückt den Anruf weg.

„Was hast du gesagt?", fragt sie.

„Nicht wichtig", antworte ich.

Schon wieder kreuzen Radfahrer auf.

„Ich habe übrigens mal recherchiert", sage ich, „wegwerfen, aber Weg. Also kurzer versus langer Vokal."

„Und?"

„Interessiert dich das wirklich?"

Beim letzten Spaziergang hatten wir darüber gerätselt. Maja zuckt mit den Achseln.

„Na dann", sage ich, „ursprünglich, also germanisch dasselbe Wort, wurde im Mittelhochdeutschen vom althochdeutschen Substantiv *wec* das Adjektiv *enwec* „auf dem Weg" abgeleitet; heute bedeutet es „von einem Ort entfernt„ beziehungsweise „sich entfernend".

„Passt zu deinem aktuellen Verhalten", entfährt es Maja.

„Etymologie als Erkenntnisquelle", spöttele ich.

„Eher Kommunikationsmedium", korrigiert sie mich. „*Weg*schieben, *weg*schubsen, *Weg*werfartikel."

„Gewagte These", sage ich und kokettiere mit einem Kalauer: „*wege*lagernder Veganer."

„Ha, ha", meint sie und kontert: „*Gew*alt, *Gew*inner, Verlierer."

„Genug der Sophisterei", lenke ich ein.

„*Gew*iss", sagt sie und prustet los.

„*Gew*öhnlich", sage ich, „*gew*innen wir beide."

„Wir sollten uns beeilen", ruft sie und zieht sich die Anorakkapuze über den Kopf. Erste Regentropfen kündigen *Gew*itter an.

Am Samstag simst Maja: „Morgen elf Uhr in E?"

„Besser vierzehn Uhr", antworte ich, „Wetter online."

„Okay", simst sie zurück, „muss aber um achtzehn Uhr wieder zuhause sein."

„Ich auch", antworte ich. „Ist eben so."

Anscheinend haben sowohl die Augenweide-Figuren eines Modemagazin, das mir beim Friseur in die Hände fiel, meine Phantasie beflügelt als auch die Flasche Primitivo am Abend. Ich bin nunmal kein Roboter. Nur so erklärt sich mir, was ich geträumt habe. Eine Diva in grauem Bleistiftrock und grauem Jackett schält sich schlangengleich aus dem Fond einer schwarzen Limousine. Oberhalb der Grauzone umso markanter das Geheimnis ihres Gesichts: maskenhaft und aufwühlend, distanzierend und besitzergreifend zugleich. Kalt glotzen mich Glasaugen eines Zobels an, dessen Fell die Schultern der Grazie umschmiegt.

Eine zweite Frau, deren Kopf wie bei einem abgeschnittenen Foto nicht zu sehen ist, an den Kühler des Luxusschlittens gelehnt: auf hellem, getüpfeltem Kleid in Brusthöhe zwei dunkelrote Riesentomaten wie Frischobst; weiter unten ein blauschwarzes Dreieck, wie Schambehaarung nach außen geschlagen.

Maja wäre um eine Spitze wie „Lustmolch" nicht verlegen.

Gestern Abend gegen zweiundzwanzig Uhr simste sie: „Morgen elf Uhr in E?"

Ich überlegte gerade, ob ich eine Flasche meines Lieblingsrotweins öffnen sollte, entschied mich aber dagegen; wusste ich doch, dass ich mir beim Aufwachen am nächsten Tag dafür dankbar sein würde.

Ich antworte erst jetzt, nachdem ich in den Frühnachrichten von russischen Massakern in der Ostukraine gehört habe: „Kurzfristiger Physio-Termin um zehn Uhr vierzig. Könnte also erst gegen zwölf Uhr in E sein."

„Ist mir zu spät. Zerstückelt den Tag."

„Stimmt", antworte ich. „Ist nunmal so."

„Guten Morgen, habe sehr schlecht geschlafen, war mehrfach wach, habe Regenradar geschaut. E sieht nicht gut aus. Eigentlich soll es den ganzen Tag über immer wieder regnen. Ich fürchte, das klappt heute nicht. Sehr schade. LGM" (6.30 Uhr)

„Vielleicht zwischen 10 und 11 Uhr, dann geringe Regenwahrscheinlichkeit, aber windig." (08.10 Uhr)

„Zu unsicher???" (08.22 Uhr)

„Dann kümmere ich mich jetzt eben mal ums Frühstück." (08.29 Uhr)

„Guten Morgen, bin jetzt erst aufgestanden. 11 Uhr E? Meine Wetter-App meldet da keinen Regen. LG" (09.30 Uhr)

Schlechter Schlaf und Wetterkapriolen haben für Katzenjammer bei Maja gesorgt. Unser Spaziergang bei einigermaßen angenehmen Temperaturen ohne Regen scheint daran wenig ändern zu können.

„Ich liebe diese Aussicht", sage ich und zeige über das Tal hinweg Richtung Lingerhahn. Das Dorf auf der gegenüberliegenden Seite, hoch über der nebelverhangenen Senke bekommt tatsächlich einige Sonnenstrahlen ab. Meine Emphase ist schlichtweg geschauspielert, nur um etwas zu sagen, das stimmungserhellend wirken könnte, denn Maja ist durchaus empfänglich für landschaftliche Schönheit. Nicht aber an diesem späten Morgen.

Vielleicht, denke ich mir, kann das zweite Frühstück auf der Terrasse des Cafés in Emmelshausen etwas bewirken? Essen bessert Majas Laune erfahrungsgemäß auf. Um sie auf andere Gedanken zu bringen, schlage ich einige belanglose Dinge an, wie die überraschende Aufwärtsbewegung des Dax, der seine Talfahrt hinter sich gelassen haben könnte. „Ich bitte dich", nörgelt Maja, Schatten unter den Augen, und zieht eine Flunsch. Es scheint keine belanglosen Dinge zu geben. Meine Ratlosigkeit nimmt Fahrt auf, als Margot aufkreuzt, ausgerechnet Margot. Allein der Name ist eine Eiterbeule.

Am Abend, als ich im Schlafanzug auf der Bettkante sitze, auf die Spätnachrichten warte und noch ein Glas Rotwein trinke, versuche ich im Rückblick den Punkt zu überdenken, an dem uns dieser schöne Spätsommertag wegrutschte. Das Unheil nahm seinen

Lauf, als Margot, wie immer Kaugummi kauend, uns zu einer weiteren Tasse Kaffee nötigte. Ich hätte entschieden ablehnen sollen, weiß ich doch, dass meine intrigante Cousine allzu gerne Misstrauen sät. Und Majas psychische Verfassung ist aktuell ein wahrlich aufnahmebereiter Nährboden. Prompt ließ Margot ihr Giftkorn fallen: „Man hat dich unlängst mit einer Unbekannten beim Italiener gesehen, Till; eifrig plaudernd, aber auch schweigend ins Gespräch vertieft." Margots Glupschaugen sprangen hin und her zwischen mir und Maja, die, bevor der Kaffee aufgetischt würde, zur Toilette ging.

„Was soll das? Spionierst du mir neuerdings hinterher?", fragte ich.

„Tja, deine Freundin hat die Wahrheit verdient", ätzte Margot. Ihre Schläfe bewegte sich im Rhythmus des Kaugummikauens.

„Als ob ich was mit Lisa hätte", sagte ich grinsend.

„Lisa also", sagte Margot grinsend.

„Lisa Elsen", ergänzte Maja, zurück auf ihrem Platz neben mir. „Tills Reha-Bekanntschaft. Schauspielerin."

„Ach, du weißt Bescheid?", sagte Margot mit einem Unterton, der offenließ, ob Ironie, Enttäuschung oder Verärgerung mitschwang.

Maja jedenfalls schien Ironie wahrnehmen zu wollen und meinte: „So ist er nunmal, dein lieber Cousin." Bei diesen Worten tätschelte sie meine Hand.

Nun, der Kaffee war schnell getrunken, Margot putzte die Platte und wir beide drehten noch eine Abschlussrunde durch den Stadtpark. Meinen zugegebenermaßen halbherzigen Wunsch, nicht in den Zankapfel zu beißen, den uns die geschwätzige, missgünstige Margot zugeworfen hatte, ignorierte Maja bisswütig.

Lange liege ich wach. Gelegentlich höre ich ein merkwürdiges Geräusch; als jage ein Wiesel auf dem Dachboden eine Ratte. Als sich das Geräusch zu wiederholen scheint, bin ich mir nicht mehr sicher, ob ich es tatsächlich höre oder mir nur einbilde. Im Traum zerfleischen sich dann Wiesel und Ratte auf meinem Dachboden in einem grausigen Gemetzel. Seltsamerweise ist es still, als ich am Morgen aufwache. Allerdings hat sich im Flur unter der einklappbaren Deckentür ein Haufen Sägemehl aufgeschichtet, der, kaum merklich, anwächst, weil es durch die Seitenspalten zwischen Decke und Tür stetig Nachschub gibt; schneeflockengleich segeln Mehlflocken herab. Ich benachrichtige den Hausmeister. Als er kommt, ist der Sägemehlhaufen weg und der Dachboden spurenfrei.

Um zwanzig Uhr dreißig tagsdrauf, nach einer erneuten Ukraine-Sondersendung, schauen wir, jeder bei sich zuhause, den *Tatort, Der Mörder in mir*. Ein Jedermann erfasst, weil er während der abendlichen Heimfahrt bei strömendem Regen einen Moment unachtsam ist, einen Obdachlosen, der sein Fahrrad den Straßenanstieg hochschiebt. Statt nach dem Angefahrenen zu schauen, der sechs Stunden später elendig am Straßenrand versterben wird, fährt er weiter. Die Mitarbeiterin einer Autowaschanlage, alleinerziehende Mutter in prekären Verhältnissen, kommt hinter die Geschichte, verschweigt sie aber gegenüber den ermittelnden Kommissaren. Jeder der Beteiligten lebt nach dem Motto: Was geht mich das an!
„Warum hat sie nichts gesagt?" (21.47 Uhr)
„Opportunismus oder doch Mitgefühl?", simse ich. „Die Sympathiesteuerung des Films fand ich raffiniert. Nicht unbedingt zugunsten der ermittelnden Kommissare, oder?" (21.55 Uhr)
Die Antwort warte ich nicht ab. Müde sein und schlafen können ist mein Privileg. Wenigstens das.
„Gleichgültigkeit. Opportunismus erst in der Situation, in die sie das letztlich gebracht hat." (07.28 Uhr)

„Hi, habe einen *Polo* bekommen und mit dem die erste Fahrt hinter mir, es ging so lala. Der Wagen ist halb voll getankt – der Monteur meinte, ich würde ja nicht viel fahren. Mein Auto soll, wenn es schnell geht, am Mittwoch, sonst am Donnerstag fertig sein. Heute waren wir beim Griechen. Müllers waren auch da und kamen an unseren Tisch. Für Donnerstag ist die Prognose besser als für morgen. Könnten wir uns z.B. in Traben-Trarbach treffen? Ich fühle mich mit dem Auto unsicher. Habe immer noch dies blöde Ohrrauschen, Versuche trotzdem einzuschlafen. LG" (17.47 Uhr)

„Guten Morgen, die Nachricht eben habe ich gestern Abend fehlgeleitet an Rolf Theis. Ist ja zum Glück nicht sehr verräterisch." … (08.09 Uhr)

„Guten Morgen, ja okay.

Ich rufe dich nach meinem Arztbesuch am frühen Nachmittag an. Da können wir eine Uhrzeit ausmachen.

PS: Ist mit übrigens kürzlich auch passiert: Lisa hat mich zu einem Theaterbesuch in Bonn eingeladen. Ein brandaktuelles Stück werde gegeben, eine Literaturadaption, *Die erfundene Frau* betitelt. In drei Wochen. Lust mitzufahren?

Die Info wollte ich dir zukommen lassen. Sie landete fehlgeleitet bei Monika. Ist eben so passiert."

Nachrichten melden Luftschläge der Russen auf zivile Objekte in Kramatorsk, Mykolajiw und Saporischschja. Die Separatisten in den besetzten Gebieten Luhansk und Donezk betreiben Kampagnen für schnellen Beitritt zu Russland.

Unseren neuerlichen Spaziergang eröffne ich mit einer Überraschung:

„Du wirst nicht glauben, wer mir gestern im Bioladen begegnet ist."

„An der Käsetheke?"

„Deine Doppelgängerin", sage ich, ihren Sarkasmus weglächelnd.

„Die glotzt mich jeden Morgen in der Früh an", schlagfertig sie.

„Ich meine nicht dein Spiegelbild", sage ich, „nein, tatsächlich dein Double."

„Und du hast sie mit deinem Smartphone abgelichtet, vermute ich."

Auf ihren ironischen Einwurf vorbereitet, mein computeraffiner Neffe hat ganze Arbeit geleistet, halte ich ihr das Gerät unter die Nase. „Heimlich gemacht", sage ich.

„Gut gefakt", versucht sie mich abzubügeln.

„Mit dem Rücken zu mir", sage ich, „ zeigtest du auf den Ziegenkäse. Deine Haare, deine Kopfform, dein Po. Als du dich umdrehtest …"

„Märchenerzähler", unterbricht Maja mich harsch.

Ich vergrabe meine Hände in den Hosentaschen. Nach einem Kilometer Schweigen sage ich: „Das war`s dann wohl für heute."

Sie reagiert mit einer abrupten Kehrtwende und eilt davon.

Ich setze mich auf eine nahegelegene Bank, wo wir des Öfteren gemeinsam schweigen, zücke mein Smartphone und starte meine Toptitel. *On the road again.* Ich strecke meine Füße aus und genieße die Sonne, die durchs schwankende Blattwerk blinzelt.

In *The wings of the nightingale* fährt ein Anruf: „Ich warte auf Rosas Terrasse. Habe das Übliche bestellt."

„Wer ist die Frau?", fragt Maja in einem etwas lauten Flüsterton.

„Dein Double?", frage ich.

Achselzucken ersetzt Antwort.

„Keine Ahnung. Hab ihr mein Kärtchen zugesteckt."

„Zufall?"

„Dass ich ihr meine Adresse gegeben habe?"

„Veralbern kann ich mich selber." Majas ovalgeschnittene Augen blitzen mich an.

Ich stoße mit dem langen Löffelchen in den mit Blaubeeren gespickten Eisberg. Maja führt das Kaffeelöffelchen zum gespitzten Mund.

Rosas Lebensgefährte schaut herüber und meint, den Blick zum Himmel gerichtet: „Gewitter könnte aufziehen."

Dunkle Wolkenberge kopulieren. Dazwischen nur noch wenige blaue Flecken.

„Übrigens", knurrt Maja, „was soll das mit dem gemeinsamen Theaterbesuch?"

„Ich dachte, du freust dich", sage ich und ziehe meine Brauen hoch.

„Hast du vergessen, dass ich dann in Paris bin?"

„Ach ja? Gut, dass du mich daran erinnerst. Immerhin habe ich dann ja eine Alternative."

Sie erwidert nichts. Oder doch, wenngleich nur mit ihrem Blick aus zusammengekniffenen Augen, den ich allzu gut kenne. Maja ist eine gute Beobachterin und eine noch bessere Zuhörerin, aber ...

Die Pause, die entsteht, etwas peinlich, da ich uns beobachtet fühle, beende ich mit den Worten: „Gestern hat mich meine Nachbarin überrascht. Sie wollte vom Balkon springen."

Mich überrascht, dass Maja mich überrascht anschaut. Sie kennt mich doch lange und gut genug, um zu wissen, dass ich mir mal wieder was ausdenke, um sie bei Laune zu halten. Dabei ist die Sache mit der Nachbarin nur zum Teil ersponnen. Tatsächlich war es so: „Sie stand an der Balkonbrüstung", berichte ich, „wippte hin und her und beugte sich auf einmal derart nach vorne, dass ich befürchtete, sie kippte nach unten weg. Ich wollte schreien, brachte aber keinen Ton über die Lippen. Da stürzte ihr Ehemann auf den Balkon, riss sie zurück und ohrfeigte sie links und rechts, woraufhin sie ihm heulend in die Arme sank."

„Ist nicht wahr", stammelt Rosas Lebensgefährte, der mit offenem Mund zugehört hat. „So `ne ähnliche Situation habe ich auch schon einmal beobachtet. Du erinnerst dich Rosa?"

Rosas Gesicht läuft rot an, sie springt auf und verdrückt sich hinter ihre Theke. Er gluckst und hält sich, theatralische Falten auf der Stirn, grinsend die Hand vor den Mund.

Wie soll man Frauen nur verstehen? Die Frage ist schon gedacht, doch ich beiße mir noch rechtzeitig auf die Zunge.

Maja hat genug. Auch sie springt auf und stakst wortlos davon.

In aller Seelenruhe lege ich einen Zehn-Euro-Schein auf den Tisch, nicke Rosas Lebensgefährten, der mir zuzwinkert, zu und schlendere in Richtung Parkplatz, wo Majas roter Flitzer gerade zur Straße hin abbiegt.

„Verrücktes Wetter", höre ich mich statt einer Begrüßung sagen, als wir uns tagsdrauf wieder zum Spaziergang treffen.

„Ein Wettergespräch? Ich bitte dich!"

Wie sie das wieder sagt!

„Worüber lachst du?", fragt sie.

„Nichts, ich muss nur gerade an etwas denken", antworte ich. Majas Vorwurf habe ich erwartet.

Ich verlege mich vorerst aufs Schweigen, sinne dem Klack-Klack-Klack ihrer Absätze auf dem Asphalt nach. Vermutlich denkt sie sich überhaupt nichts, jedenfalls nichts, das mit dir zu tun haben könnte, denke ich mir. Sie zeigt keinerlei Anzeichen, reden zu wollen. Was mich wahrlich nicht überrascht. Maja schweigt, weil sie lieber zuhört. Meinen Sermon kenne ich ja, denkt sie dann, denke ich mir. Sie schweigt aber auch, weil sie nicht gerne etwas von sich preisgibt. Sie schweigt manchmal, weil sie mich nicht verletzen will, vermute ich jedenfalls. Oft schweigt sie, weil sie mit ihren Gedanken woanders ist und nicht weiß, was sie sagen sollte.

„Glaubst du, dass Bücher aus denselben Gründen gelesen werden, derentwegen sie geschrieben wurden?", frage ich nach einer gefühlten Viertelstunde.

„Wie kommst du denn auf diese bescheuerte Idee?", ätzt sie.

„Nun", sage ich, „die Sache mit der Frau und ihrem Mann auf dem Balkon?"

„Und?" entgegnet sie schnippisch.

„Kern der Kurzgeschichte, die ich gestern Abend schrieb. Möchtest du sie lesen?"

„Nein", sagt sie, um sich sogleich zu korrigieren. „Aber ja doch. Ich will schließlich dein Argumentationsgerüst nicht schon beim Aufbau einstürzen sehen!"

„Mit deiner Generosität hab ich gerechnet", sage ich. „Nun, warum solltest du sie gnädigst lesen wollen?"

„Was ist der Ohrfeiger für ein Typ? Warum handelt die Nachbarin so verdammt irrational? Und das gleich doppelt!"

„Aha", frohlocke ich, „so bescheuert, wie du behauptest, ist meine Idee nun wohl doch nicht."

„Amüsant, dir beim Rechthabenwollen zuzuschauen", sagt sie augenrollend. „Mit welchem Titel hast du dein Werk denn ins Schaufenster gestellt?"

„Dein Vorschlag?"

Meine Gegenfrage beantwortet sie prompt: „Der erfundene Mann."

Maja hat mich ausgekontert. Mit einem Gesichtsausdruck, auf den ich mir beim besten Willen keinen Reim machen kann, hat sie mich ausgekontert.

„Dein Titel?", hakt sie lauernd nach.

„The nothing women", murmele ich.

Den Triumph in ihren Augen habe ich mir redlich verdient.

Am frühen Morgen des nächsten Tages, der Hahn des Nach-
barn hat mich noch nicht geweckt, fährt ein *Bing*-Ton in meinen
Traum, in dem ich Freund M. soeben mitgeteilt habe, Maja einen
Vorschlag machen zu wollen. In meinen Entschluss hinein, den ich
also im Traum gerade M. mitgeteilt habe, klopft es an die Tür und
Maja öffnet, steht mit einer Tüte Frühstückbrötchen im Rahmen.
Da fällt ein Schuss und sie sinkt zu Boden. Im Nu bildet sich eine
Blutlache. Dann das *Bing meines Smartphones.* Verschlafen taste ich
nach dem Gerät.

„Hat geklappt, habe endlich wieder schlafen können. Fühlt sich
gut an. LG Maja".

Heute, Jahrzehnte nach der Zeit, in die mein Traum zu passen
scheint, hockt der Schütze hinter einer Zeitungswand, schießt ein
Gedanke mir durch den Kopf, den ich mir Minuten später unter
der Dusche wasche.

Zu Weihnachten, überlege ich, versonnen das Frühstücksei köp-
fend, werde ich Maja einen Edelfüller mit Tintenfässchen und ein
in grünes Leder gefasstes, abschließbares Notizbuch schenken, dessen Mini-Schlüssel ein dünnes silberfarbiges Halsband ziert. Habe
ich kürzlich in einem Schaufenster gesehen. Oder war es die Szene
in einem Film? Ich hoffe, sie wird mir den Zaunpfahl nicht um
die Ohren hauen. Ich stelle mir vor, wie sie überlegt, was sie hin-
einschreiben könnte. Da fallen mir schon Sätze ein, zum Beispiel:
Raben fressen Singvögel. Und diese intelligenten Biester plagen
nicht einmal Gewissensbisse. Oder so: Till ruft vor dem Zubett-
gehen grundsätzlich seine Mails nicht auf, weil es nichts gäbe, das
nicht bis zum Frühstück warten könne. Diese Unart hat sich schon
mal als fatal erwiesen.

Ich stelle Bedingungssätze auf, um Handlungsalternativen aus-
zuprobieren. Gedankensport. Wappne mich mit Antwortsätzen.

Noch schimmert das Gras von der Feuchte des Morgennebels.
Aber der Himmel ist schon blau und wolkenfrei. Wir tragen mit
Rosa Tisch, Stühle, Kissen und Wolldecken aus dem Schatten
ihres Kiosk zu einem Plätzchen am Rande des Rundwegs, wo die
Herbstsonne bereits eine unerwartete Kraft entfaltet. Die Rolle
des Lockvogels gefällt Maja. Eigentlich heißt sie Lore. Doch seit

kurzem will sie mit ihrem Zweitnamen angeredet werden. Was ich nicht verstehe, aber gut.

Ein nabelfreier Teenager macht ihre Mutter auf uns aufmerksam, der diese Mode zwar weniger schmeichelt, aber beim Näherkommen registriere ich den Stolz in ihren Augen; vielleicht Resultat eines Missverständnisses zwischen ihr und ihrem Spiegel, schmunzle ich in mich hinein. Rosa zwinkert uns zu, als sie weitere Stühle und Tische platziert. „Das Gleiche", ordert die Tochter bei Rosa und zeigt auf unseren Tisch. Immerhin, signalisiere ich Lore Maja mit einem Augenaufschlag.

Zwei Buchenblätter segeln herab und landen neben dem Eisberg, den Rosa serviert hat.

„Viel zu früh", sage ich.

„Hitze und Trockenheit", erklärt Maja.

„Meinte unser Bio-Lehrer auch", sagt die Blonde mit dem freien Bauchnabel vom Nachbartisch.

„Freistunde?", fragt Maja. „Gott sei Dank", stöhnt es zurück. „Hallo!", rufen zwei Stimmen. Mitschülerinnen, wie sich Sekunden später herausstellt, und eilen heran, um sich zu Mutter und Tochter zu gesellen.

Majas Smartphone meldet sich.

„Nein!", knurrt sie und legt auf.

„´Hören Sie mich?` In die Falle tappe ich nicht hinein", lässt sie mich wissen.

„Wieder was gelernt", sage ich, zücke mein Gerät und schieße ein Foto. Nicht von Maja, sie mag das nicht. Nein, von der hellgrün leuchtenden Krone des Kastanienbaums, dessen Sonnenseite im tiefblauen Himmel badet. Im Hintergrund räkeln sich Camper auf Klappstühlen vor ihren Wohnmobilen.

„Wäre das auch mal was für uns?", frage ich, die Augen mit Handschirm vor bltzenden Sonnenstrahlen schützend.

„Wenn ich mir vorstelle, wie wir am Morgen unsre müden Glieder strecken und Regen gegen die Scheiben prasselt, dann ..."

„ ´... dann weiß ich, wie albern du meinen Gedanken findest", sage ich. „´Wohnmobil` ist ohnehin ein paradoxes Wort, oder?"

Maja wischt Kekskrümel vom Tisch.

„Zweites Frühstück?", fragt sie, als wir unsren obligaten Spaziergang hinter uns haben.

„Gerne."

Sie stiefelt zur Theke, während ich mit Tempotaschentüchern den regennassen Terrassentisch reinige. Sonnenstrahlen blitzen durch die zerklüftete Wolkendecke. Wespen fühlen sich eingeladen, mich zu ärgern. Als Maja das Tablett auf den Tisch schiebt, stürzen sie sich auf die Konfitüre. Kurzerhand platziert sie das Schälchen zwei Tische weiter. Die Wespen folgen ihr. An Käsebrötchen finden sie weniger Gefallen. Versunken in gedankenreiches Schweigen, genießen wir das zweite Frühstück. Maja ist ohnehin nicht redselig, geht es mir durch den Kopf. Leutselig ist sie auch nicht. Sie ist aber nicht schüchtern. Noch weniger ist sie das Gegenteil von alldem. Das mag ich an ihr.

Unvermittelt dreht sie den Kopf zu mir, wobei sie ihn zugleich leicht nach hinten rückt, und überrascht mich mit der Frage: „Glaubst du, es geht vorwärts?"

„Klimakatastrophe? Zweistellige Inflationsraten? Rezessionsgefahr? Ukrainekrieg? Flüchtlingskrise? Omikron? Ich bitte dich!", antworte ich.

„Ich meine es grundsätzlicher", sagt sie.

„Heißt?"

„Kannst du dir vorstellen, dass die Zeit kein Zukunftsstrahl ist, sondern umkehrbar? Dass sie sich also auch rückwärts bewegen könnte?"

„Kann ich mir nicht vorstellen", antworte ich. „Also ganz klar nein."

„Sehe ich zwar auch so", meint sie, „aber ein Argument ist das beileibe nicht."

„Es ist eben so", sage ich leicht genervt.

„Es ist eben so, sagst du immer", entgegnet sie vorwurfsvoll.

„Ist mir da etwas entgangen?", sage ich. „Wann sollte ich ´Es ist eben so` gesagt haben?"

„Mindestens jeweils einmal bei unseren letzten Spaziergängen", sagt sie.

„Also allenfalls des Öfteren, bestimmt nicht immer."

Ich will mich nicht weiter streiten, ob bei, sagen wir drei- oder viermal in einer Woche, nicht eher „selten" oder „manchmal" zutreffend wäre. Eines ist mir klar: Wir streiten nur vordergründig um Worte. In Wahrheit steckt ein Machtkampf dahinter. Ich habe keine Ahnung, warum und wie wir in diese Sackgasse geraten sind und wie wir aus diesem Schlamassel wieder herausfinden können. Maja ist streitsüchtig. Mutmaßlich wird sie dasselbe von mir denken. Da wir kaum einmal mit Freunden Kontakt haben, müssen wir uns an den eigenen Haaren aus dem Sumpf ziehen, fürchte ich. Hoffe ich, denn Maja will ich nicht verlieren.

„Nehmen wir mal an, dass die Zeit keine Einbahnstraße ist", sage ich. „Was würde das bedeuten, für dich persönlich meine ich?"

„Abschied von unserer beschissenen Gegenwart", rutscht ihr die Antwort wie auf Knopfdruck über die Lippen.

Meint sie uns beide oder meint sie die objektiven Zeitumstände? Ihr Pokerface verweigert die Antwort. Ich drücke mich davor, nachzuhaken. Das ist eben so, muss ich mir eingestehen.

Mit einem treffsicheren Schlag erledigt Maja die Wespe, die soeben unbotmßig um unsere gemeinsame Cappuccino-Tasse schwirrt. Ich lächle ihr zu; Maja meine ich, nicht die Wespe, die sich auf dem Boden windet.

„Abschied in die Vergangenheit?", frage ich. „In welche?"

„Wie wäre es, wenn wir darüber gemeinsam nachdächten?", schlägt sie zu meiner Überraschung vor. Sie liebt den reinen Konjunktiv.

„Heute Abend bei Rotwein?", fange ich den Ball im realen Spielfeld auf.

„Ist okay."

Ein lange vermisstes Lächeln huscht über Majas Profil.

„Freue mich darauf", sage ich und hoffe trotz oder wegen des zu erwartenden Blicks in den Rückspiegel auf den einen, den erlösenden Augenblick als Sprungbrett in die Zukunft. Meine Phantasie nimmt Fahrt auf, wenngleich gezügelt durchs Tempolimit der Erfahrung geplatzter Träume. Den Schlüssel zum Wolkenkuckucksheim hat Herr Achtsam, der humorlos geerdete Hausmeister des Alltags, im Restmüll entsorgt.

Nun könnten wir uns mit gelassener Zuversicht auf das Abenteuer einlassen, das im Morgen schlummert; unser Wagnis in Vorfreude auf Lebensintensität statt seriell oberflächlicher Ablenkungen.

Das stolze Gespann blauer Pferde galoppierte mit uns, die wir, eingehüllt in wärmende Wolldecken in der Schlittenkutsche sitzen, zum Grandhotel „Zuversicht", Geheimtipp unverbesserlicher Romantiker; frei Haus der Blick auf taubengraue Nebelbänke. Nach deren Auflösung glitzerten in der Ferne durchgestylte Hochglanzsilhouetten von Illusionstheaterkulissen, die wir hinter uns gelassen haben.

An welcher Weggabelung bin ich, sind wir falsch abgebogen?

Die Frage schwirrt mir durch den Kopf, als Maja klingelt. Eilfertig öffne ich die Tür, helfe ihr aus dem Mantel und geleite sie ins Wohnzimmer, wo zwei halb gefüllte dickbauchige Gläser mit Rotwein warten. Maja kommt gerne schnell zur Sache, wir kennen uns lange genug.

Wie sie mir gegenüber sitzt, im taubenblauen Plisseekleid, wie es die Außenministerin bei ihrer Vereidigung trug; Majas Ausschnitt allerdings deutlich größer. Gezielte Uneindeutigkeit, denke ich. Maja überlässt nichts dem Zufall. Sie hat ihr Outfit wohl bedacht, Anlass, Zeitpunkt, Situation und meine von ihr unterstellte Gestimmtheit einkalkulierend.

Wir stoßen miteinander an, trocken der Gläser Klang. Ich meine zu hören, dass eigentümliche Wörter wie „Stunde der Wahrheit" ihr soeben durch den Kopf gehen, obwohl sie die keineswegs ausspricht. Maja ist gewiefte Taktikerin durch und durch; ihre Manipulationskünste weiß ich gleichwohl einzuschätzen. Ich spräche entweder zu laut oder zu leise, zu langsam oder zu schnell. Solche Bewertungen hat sie stets im Repertoire, um unangenehme Redepausen zu überbrücken.

Sie glaube nicht an den Zufall, hatte sie bei unserem ersten Rendezvous gesagt; ist Jahrzehnte her. Und doch habe ich diesen Satz nie vergessen. Weil er von Anfang an einen solchen Ernst über unsere Zweisamkeit spannte, von dem ich mich lange nicht befreien konnte. Damals, also vor sage und schreibe mehr als einem Vierteljahrhundert war ich dem nicht gewachsen, hatte ich einige

Monate zuvor doch erst eine langjährige Beziehung beendet, die mich aufzufressen drohte.

„Zweisamkeit", was für ein Gegenwort zu „Einsamkeit"! Beim Schreiben merke ich erst, welch gewichtige Bedeutung Wörter haben, die wir einfach so dahin sagen. Zweisamkeit ist gut, sie erklärt die Sehnsucht, welche ich trotz allem von Anbeginn an verspürt habe, die wortlose Wahrheit meiner Empfindungem. Was ich natürlich nie zugeben würde, allenfalls in Sätzen anklingen lasse, die klingen, als wären sie ein Spiel. Ich tauche tief ein in Majas grüne Augen und behaupte, Katzen zu mögen; die seien, anders als Hunde, nicht domestizierbar.

Auf die Schwundstufe von Zweisamkeit, fällt mir soeben ein, kann ich verzichten: jeder für sich alleine im selben Raum oder lähmendes Schweigen bei Tisch. Ein trauriger Anblick. Allenfalls in Gesellschaft mit gemeinsamen Freunden mehr oder weniger ungezwungenes Geplänkel?

„Hallo Till!", fährt Maja, die mich beobachtet hat, in meine mäandernden gedanklichen Abschweifungen hinein. Überrascht von ihrer Gegenwart, schaue ich sie an.

„Ich glaube auch nicht an den Zufall", bekenne ich.

Sie hebt die Brauen, erinnert sich wohl kaum an damals, denke ich, die Eindringlichkeit unseres ersten Zusammenseins erinnernd, als sei es gestern erst gewesen. Majas Pausensätze fehlen mir. Drum stoße ich erneut mit ihr an. Gib dir einen Ruck, sagt die Stimme in meinem Kopf, die gelegentlich zu mir spricht, wenn, was zumeist der Fall ist, niemand da ist.

Die Fakten: Wir hatten uns aus den Augen verloren. Heirateten beide. Meine Frau verstarb bei der Geburt unseres Sohnes. Majas Mann hat, wie sie mir sagte, die Beziehung zu seiner Geliebten beendet und ist nun oft zu Hause. Sie habe aber nicht das Gefühl, er sei zu ihr zurückgekehrt. Ob sie das überhaupt noch wolle, bezweifle sie. Was ich bezweifle. Nun ja. Im vergangenen Jahr erst hatten wir das Liebesnest der beiden ausfindig gemacht; das toxische Türschildfoto bewahre ich seither auf, für Maja. Ich könnte es jetzt also wegwerfen. Oder doch nicht. Man würde nach einem solchen Halbsatz eigentlich ein Fragezeichen erwarten. Indes habe ich mir Fragezeichen abgewöhnt, wenn es um Maja geht oder um

Maja und mich. Trotzdem steht die Frage im Raum. Im Raum steht das große Fragezeichen in den Augen Majas. Geduldig wartet sie, dass ich sage, was ich mit dem hingeworfenen Gedanken gemeint habe: „Ich glaube auch nicht an den Zufall."

„Du erinnerst dich nicht mehr", stelle ich fest.

Da sie beim ersten Anlauf, wie ich mich zu erinnern glaube, die Brauen gehoben hat, zuckt sie nun mit den Achseln.

„‚Ich glaube nicht an den Zufall.‘ Deine Schicksalsbeschwörung, als wir uns vor zig Jahren zum ersten Mal begegnet sind."

Majas Gesicht läuft rot an. Doch sie sagt nichts. Sie nippt an ihrem Rotweinglas, ohne etwas zu sagen, ohne einen ihrer Pausenfüller in Anschlag zu bringen. Ich nehme es als ein gutes Zeichen wahr. Wenngleich, bei ihr weiß man nie, was sie denkt oder gar fühlt.

„Heute weiß ich: Du hattest Recht", sage ich, mehr zu mir selbst als zu Maja.

„Und deshalb haben wir die Hälfte unseres bisherigen Lebens liegen lassen", sagt sie. Ihr Brustkorb hebt und senkt sich wie ein Blasebalg. Resignation, Bedauern, vielleicht auch ein Hauch von Ironie, ja gar von Selbstironie höre ich in Majas Satz. Glücklicherweise wirft sie mir nicht die Schuld an unserem Versäumnis, Scheitern, unseren Fehlern vor die Füße.

In die Schweigepause hinein stolpert ihre Frage: „Und was machen wir nun?" Nichts Borstiges ist in ihrer Stimme.

Ich stehe auf, greife ins Bücherregal. In Hanna Johansens *Kurnovelle* steckt ein Blatt. Ich lese Maja vor, was ich aufgeschrieben habe.

Der Entschluss

Warum irritiert mich das generische Maskulinum der Überschrift gerade? Ich räuspere mich und fange nochmals an.

Ihr Entschluss

Sie schaut ihn aus großen Augen an, schüttelt den Kopf.
Sie wendet sich ab und steigt die Treppe hinauf.
Sie versorgt das Nötigste in ihrer Reisetasche und schultert den vorbereiteten Rucksack.

Sie geht, bewaffnet mit entschiedenem Willen, Rucksack und Tasche die Treppe hinunter.

„Das wird dir noch bitter aufstoßen!" Ein Warnruf hinter der Zeitungswand.

Sie lässt die Haustür hinter sich ins Schloss fallen, steigt in den betagten Golf und fährt los.

Gegen die Tränen kann sie nichts machen.

Er ist nicht überrascht, ist nicht verwundert.

Er nimmt sie in den Arm.

Er versorgt Rucksack und Reisetasche im zur Hälfte geräumten Kleiderschrank und fragt: „Kaffee?"

„Rotwein!", sagt sie und lässt sich in den veloursledernen Sessel fallen.

Er kredenzt den Wein, sie stoßen an, er streicht ihr über die Wange. Dann tippt er in sein Smartphone. Warm and tender love.

„Vertrau mir!", sagt er.

„Ich hab Hunger", sagt sie. „Lass uns was kochen."

„Lass uns was kochen", sagt Maja.

Überraschenderweise wartet Maja beim nächsten Spaziergang mit einer Geschichte auf, die sie gelesen und die sie sehr beeindruckt habe.

Eine alte Frau wurde gefragt, was der glücklichste Augenblick ihres Lebens gewesen sei. Die Frau habe lange gezögert, schließlich habe sie, verlegen lächelnd, gesagt: Ihr sechzehnjähriger Bruder, den sie, siebzehnjährig, im Frühjahr 1945 ohne Wissen der Eltern und Geschwister wochenlang im Heuschober versteckt und versorgt habe, habe am Tag der Kapitulation, bleichgesichtig, aber mit sicherer Hand auf dem Hof ein Huhn gefangen, geschlachtet, gerupft und ausgenommen. Das Huhn habe sie ihm dann zubereitet und er habe es mit Heißhunger alleine gegessen. Die ganze Familie habe Gewehr bei Fuß gestanden und ihm zugeschaut, ohne dass ein Wort gefallen sei. Der Bruder, der, obwohl der Jüngste, früh verstorben sei, habe ihr immer wieder davon erzählt und sie müsse sagen, der glücklichste Augenblick ihres Lebens sei des Bruders Huhnessen gewesen.

„Hm", sage ich, „was willst du mir mit dieser Geschichte sagen?"

„Ich denke darüber nach", antwortet Maja nach einer Weile, „wie es sein wird, wenn ich alt sein werde, alt und alleine."

Ich bleibe stehen und schaue ihr verwundert in die Augen.

„Dann helfen einem glückliche Erinnerungen, oder?", sagt sie.

In Gedanken vertieft, gehen wir weiter. Mir fällt Onkel Fernando und seine Fleischwurst ein. Doch ich möchte Majas Nachdenken jetzt nicht unterbrechen.

Da sagt sie: „Zwei Fragen stellen sich mir: Was macht einen Glücksmoment aus? Und: Wird aus einem Glücksmoment auch eine glückliche Erinnerung?"

„Zu deiner Geschichte", denke ich laut nach; „die Siebzehnjährige war glücklich, den geliebten Bruder vor dem Krieg bewahrt zu haben. Den Glücksmoment, als er das Huhn verspeist, den erinnert sie bis ins hohe Alter. Auch weil sie sich dem jüngeren Bruder wohl besonders verbunden fühlte."

„Glücksmoment und glückliche Erinnerung daran haben mit einer guten Beziehung zu tun, also damit, dass man jemanden mag", sagt Maja versonnen. „Mhm. Hin und wieder fühle ich mich durchaus glücklich, wenn ich auf der Terrasse bei Sonnenschein in eine spannende Romanhandlung eintauche und einen exzellenten Rotwein als stillen Begleiter habe."

„Und daran wirst du denken, wenn du alt und einsam sein wirst?"

„Einsam habe ich nicht gesagt", sagt Maja.

„Nun gut, also alt und alleine."

„Wohl kaum", räumt sie ein. „Dass ich mich jetzt über etwas freue, bedeutet nicht, dass daraus eine glückliche Erinnerung wird, die mich später trösten könnte."

„So ist es", sage ich. „Glücksmomente sickern nicht einfach so ins Gedächtnis. In der Summe ähnlicher Augenblicke wie beim Lesen allenfalls als ein vages Gefühl, oder?"

„Könnte sein", murmelt Maja. „Eine existentielle, eine Überlebenserfahrung wie in der Geschichte mit Bruder und Schwester, die vergisst man nicht."

„Besonders dann nicht, wenn man sie geteilt hat", sage ich.

„Glückserinnerungen", sagt Maja, „weil man sie gemeinsam erlebt hat, mit Menschen, die einem wichtig sind."

„Und die", vermute ich, „diese Erinnerung selber nicht vergessen werden."

Ohne es bemerkt zu haben, sind wir vom Radweg abgebogen und haben auf unsrer Bank Platz genommen.

„Kann man glückliche Erinnerungen auch vergessen?", fragt Maja ins Schweigen hinein. „Nicht demenzbedingt, meine ich?"

Ich überlege und da erinnere ich mich an den unerwarteten Satzgewinn im Tennisspiel mit einem Freund.

„Und?", sagt Maja. Sie hat die Beine übereinandergeschlagen und wippt mit einem Fuß.

„Ich denke nach", sage ich.

Als Tischtennisspieler, der zwar Ballgefühl, aber null Technik fürs Tennisspiel hatte, gelang mir ein Satzgewinn gegen einen selbsternannten Könner. Doch der Preis war hoch: zwei Wochen heftige Schmerzen im rechten Oberarm, der mir das Überkopfspiel übel genommen hatte. Und das während eines Urlaubs.

„Wenn die Begleitumstände des Glücksmoments unschön sind, glaube ich", sage ich, „verweigert unser Gedächtnis ihm die Aufnahme."

„Da ist etwas dran", sagt Maja. Nachdenklich verzieht sie den Mund und ihre Stirn legt sich in Falten.

„Meine allerliebste Puppe zerfetzte der Boxer des Nachbarn. Keine schöne Kindheitserinnerung."

Ich lege den Kopf zurück, verschränke die Hände im Nacken und schaue nach oben, wo ein Milan einsam seine Kreise zieht. Ein leichter Wind streichelt mein Gesicht,

„Was sind bis jetzt deine glücklichen Erinnerungen?", frage ich Maja.

„Die Geburt meines Sohnes habe ich spontan vor Augen", füge ich hinzu, „aber weitere Glücksmomente? Da muss ich schon nachdenken. Mhm. Der Besuch meines Patenonkels mit Frau auf deren Hochzeitsreise. Nach einer Lungenentzündung war ich, neunjährig, monatelang zur Kur. In Achern im Schwarzwald. Einen blauen Sattelschlepper hatten sie mir als Geschenk mitgebracht. Mein

ʼPattʻ, um den mich die Freunde beneideten, wusste, womit er mir eine Freude machen konnte. Der Schlepper erinnerte mich jahrelang an den wunderbaren Überraschungsbesuch. Ich räumte dem Wagen den prominenten Platz in meiner Trophäensammlung ein: neben meinem ersten Milchzahn, den ich mir selbst extrahiert hatte, vor die Sportpokale, die über die Jahre lästige Staubfänger wurden.ʻʻ

Andere Glücksmomente bringen sich in Erinnerung, die ich aber für mich behalte. Die Magister-Abschlussprüfung meines Sohnes: Als ich vor dem Seminargebäude auf ihn wartete, kam er mit gespielt vergrämter Miene auf mich zu und drückte mir das Bewertungsdokument in die Hand. Ich öffnete die Mappe und meinen strahlenden Augen begegnete er mit einem breiten Grinsen im Gesicht. Oder der Moment, als ich meinen Debütroman *Tod am Radweg* in Buchform in der Hand hatte. Wie hätte Vater sich still gefreut; er liebte Kriminalromane und -filme. Meine erste Autorenlesung auf der Frankfurter Buchmesse. Eine denkwürdige Deutschstunde, in der meine Schüler im gemeinsamen Dialog *Vor dem Gesetz* entschlüsselten. Ein Fußballtor, mit dem ich kurz vor dem Abpfiff meiner Mannschaft den Aufstieg sicherte. Mutter schaute begeistert zu, Vater fehlte wie immer, was ich Jahre später erst verstand.

Jede Erinnerung, denke ich, kann zu einer Geschichte werden und diese wiederum zu einer Erinnerung. Im Laufe der Zeit vermischen sich Erlebtes und Erfundenes mehr und mehr, bis sie nicht mehr zu unterscheiden sind. Deshalb wird auch manches erinnert, was niemals gewesen ist. Das mindert nicht den erzählerischen Reiz, ganz im Gegenteil: Die Erlebnisfiktion kann unerwartete Assoziationsräume öffnen. All das trägt dazu bei, dass ich mich meiner Identität versichere; die ist nunmal einerseits mehr als die Summe der Fakten meiner Biografie, andererseits aber auch weniger. Es ist mir ein Rätsel, wie mein Identitätsfilter funktioniert, wie und warum er welche biografischen Fakten favorisiert oder aussiebt, sie gut oder schlecht bewertet. Drum schreibe ich, um das Geschehene als Erzählung zu begreifen. Dabei habe ich die Erfahrung machen dürfen, dass für mich glückliche Erinnerungen wahrhaftiger sind als unglückliche. Oder mache ich mir da selbst etwas vor? Weil es mein Leben, mein Dasein aufwertet, positiv in die Vergangenheiit zu schauen?

Maja spitzt den Mund, spreizt die Finger und mustert die frisch lackierten Nägel. Sie ringt nach Worten und massiert mit den Zeigefingern ihre Schläfen.

„Mir fallen spontan nur Unglücksmomente ein", bekennt sie irritiert.

Ich ahne, woran sie denkt. Wundere mich aber. Denn Maja ist eine Verdrängungskünstlerin. Wehmut ergreift mich bei der Erinnerung an Zeiten des Glücks, die unwiderruflich dahin sind. In manch durstigen Träumen taste ich nach dem Verschwundenen, verfalle dem lockenden Nachglanz der Bilder in meinem Gedächtnis.

„Schon komisch", sagt Maja, als wolle sie eine unliebsame Erinnerung beiseite wischen, und fährt sich mit der Zunge über den Mund. „Wir verwöhnten Wohlstandsbürger haben so vieles, aber so richtig glücklich sind wir eher nicht, oder?"

„Ich bin zufrieden", antworte ich trotzig. „Das reicht mir."

„Wenn hin und wieder Glücksmomente hinzukommen", flüstert sie und legt eine Hand auf meinen Arm, mit sanftem Druck. „Mir fällt ein altes Lied ein", sagt sie, „Marlene Dietrich hat es gesungen:

Wenn ich mir was wünschen dürfte,
wünscht` ich mir ein wenig Glück.
Denn wenn ich gar zu glücklich wäre,
hätt` ich Sehnsucht nach der Traurigkeit."

„Lass uns am Abend zusammen kochen", sage ich lächelnd und wir stapfen Hand in Hand zurück.

„Gemeinsame Kocherlebnisse als erinnerungswürdige Farbtupfer im Alltag", raunt sie und ich lege den Arm um ihre Schulter.

Ein Glücksmoment.

Der Spinnenkäfig

In der Traum-Wirklichkeit meines Halbschlafs packte der Eindringling meinen Hals. Todesängstlich würgend, wollte ich seine Hand greifen, da wachte ich auf und … er war weg. Zuschlagen aus dem Hinterhalt und bei Gegenwehr sich in Luft auflösen – wie billig! Was für ein Feigling!, ging es mir durch den Kopf – da hörte ich, wie die Haustür zuschlug. Der Knall hallte im Treppenhaus nach. Ich sprang auf, hastete zu meiner Wohnungstür, riss sie auf und wurde blitzartig von einer Faust niedergestreckt.

Schweißgebadet schoss ich in die Höhe, undurchdringliches Schwarz. Ich tastete nach der Leseleuchte neben dem Bett, da durchfuhr ein brennender Schmerz meine Fingerkuppen, die an etwas Heiß-Harzigem festzukleben schienen. Minutenlang lag ich wie gelähmt, wagte mich nicht zu rühren. Nach und nach zeichnete sich vor den Augen die Silhouette einer Riesenspinne ab, die meinen zitternden Körper mit Beinen wie Käfigstangen umschloss. Die Rechte klebte an einer Käfigstange fest. Kein Gefühl mehr im Arm.

In die bleierne Stille hinein läutete die Kirchenglocke. Eine Krähe schrie; von fern antwortete eine zweite, eine dritte Krähe meldete sich. Die Riesenspinne regte sich nicht.

Eingezwängt, verzweifelt ob der aussichtslosen Lage, erschöpft, schwanden mir die Sinne.

Die Spinnenstäbe rückten nun zusammen, der schuppige Spinnenbauchpanzer senkte sich millimeterweise, embryogleich rollte es mich ein, schrumpfte es.

Aus heiterem Himmel ein ohrenbetäubender Knall, ein entsetzlicher. Dann knisternde Stille.

Minuten, Stunden später? Auch jedes Zeitgefühl hat mich verlassen.

Da klopft es an die Schlafzimmertür.

„Guten Morgen."

Maja, den Wohnungsschlüssel in der Hand, steht in der Tür.

„Habe mir schon Sorgen gemacht", sagt sie, die Stirn gekräuselt.

Entgeistert quäle ich mich aus der Decke und schaue in den Spiegel, um mich zu vergewissern, kein Käfer zu sein.

„Ich stelle mal Kaffee auf", höre ich Maja sagen.

Mit dem Drehstock bugsiere ich die Jalousien hoch. Die Finger meiner Rechten kleben nicht.

Schneeflocken tanzen vor dem Fenster. Es beruhigt mich, ihnen zuzuschauen. Es geht auf den Winter zu.

Ich freue mich auf einen Spaziergang mit Maja.

Was wird sie zu meinem Traum sagen?

Namen

Mit ihrem Vornamen ist sie eins, sie mag ihn, seine Selbstlaute, eingebettet in weiche Mitlaute, die man mit der Zunge fühlen kann, sie mag den melodischen Klang ihres Namens. Proust hat ihn sinnlich geadelt. Ihres Vaters zwiespältiger Erfahrung verdankt sie ihn. Unglückserinnerung wich dem Neubeginn.

Ich hingegen bin lange Zeit allenfalls mit meinem Nachnamen einverstanden gewesen, mit dessen Kürze, Prägnanz und Schärfe. Eine akustische Zumutung ist allerdings die Dental-Kollision mit dem Endlaut meines Vornamens. *Hätt ich ihn schriftlich, so zerriss`ich ihn.* Ohnehin stört mich seit eh und je die Kurzform des väterlichen Vornamens, mit der ich leben muss, selbst wenn sie dem Familiennamen schmeichelt. Bereits als Kleinkind musste ich die bittere Erfahrung machen, dass mein Vorname auch zu einem Kosenamen nicht taugt. Eine Tante, sonst vor keiner Verniedlichung zurückschreckend, hatte es mal mit einem *-ilein* versucht, es aber eingedenk der als peinlich empfundenen Reaktionen Gott sei Dank wieder seinlassen. Immerhin schien sie gespürt zu haben, dass mein Vorname nicht zu einem Kind passt. Je mehr ich mich dem Alter des Zynismus nähere, um so mehr freunde ich mich mit ihm an. Wie dem auch sei. Nicht einmal hinter meinem zweiten Vornamen möchte ich mich verstecken: Der erste römisch-deutsche König der Habsburger ist für mich trotz der ihm nachgesagten Bescheidenheit und Bodenständigkeit kein wünschenswerter Fluchtpunkt am nebelverhangenen Namenshorizont.

Warum nicht die Namenssignale in unserem Sinne verändern?, frage ich mich. Vielleicht so: Leonhard heiße ich; taugt auch als Nachname.

„Ihr Mann ist bereits in der Sauna, Frau Leonhard", sagt der Hotelier am Rezeptionstresen.

Kaum habe ich die Pointe zu Papier gebracht, blicke ich auf das langstielige, dickbauchige Rotweinglas vor meiner Nase - keine habsbugertypische Adlernase - und kurve mit dem Zeigefinger über den Rand des Kelchs; Sirenenklang flüstert mir zu: „Schon wieder soll ich daran schuld sein, dass du mich, dich und deine Gefährtin in einer Kurzgeschichte verwurstest?"

Ich werde ein paar Worte, die ich soeben umkurvt habe, nebst Gattungshinweis in den Textgenerator *Neuroflash* einspeisen. Bin gespannt, was er ausspucken wird.

Irgendwie erinnert mich das Unterfangen an meine Schulzeit, in der ich übrigens T. genannt wurde, der Anfangsbuchstabe meines Nachnamens, ausgesprochen wie das Getränk,

Als Quartaner schrieben wir Reizwortgeschichten. Ich freute mich, zu vier vorgegebenen Wörtern eine Geschichte zu ersinnen, eine der seltenen Gelegenheiten, den wilden Strom meiner ausufernden Phantasie für meine Lehrerin, in die ich mich verliebt hatte, auszufabulieren. Sie war meine ideale Leserin – und sie konnte lesen! Und wie freute ich mich, wenn sie meine Geschichte vorlas.

Ich höre, wie jemand meinen aussortierten Namen ruft. Seine Stimme kenne ich, bevor ich mich umdrehe und in seine Augen schaue, die mich aus dem heruntergekurbelten Fenster eines Opel GT fixieren.

Er müsse mich mit jemand verwechseln, rufe ich. „Ich bin nicht der, den Sie meinen."

Meine Name sei Leonhard.

Familienjargon

„Worte haben ihr eigenes Gedächtnis", sagt Albert nachdenklich, während sie Amelies Wunsch, gemeinsam ins elterliche Haus in Willmerod einzuziehen, abwägen. „Gefüttert wird es aus dem unendlichen Reservoir der Situationen, Zusammenhänge und Erfahrungen, in denen wir Menschen Wörter verwenden. Vollgesogen ist das Wortgedächtnis mit Sehnsüchten, Geheimnissen und Erinnerungen."

„Wusste gar nicht, dass du sprachphilosophisch unterwegs bist." Sie klingt spöttisch, aber auch verwundert, denn ihr Lebensgefährte neigt sonst nicht zum Dozieren. Er ist eher der Zuhörer; eine Kunst, die er beherrscht.

„Na ja, bislang hast du von ‚Familiengefängnis' und dergleichen gesprochen", meint er. „Solche Bilder schreiben sich oft stärker ins Gedächtnis ein als reale Erlebnisse."

„Si. Mag sein. Oft passen die Wörter nur unzureichend zu dem, was wir erleben. Die Metapher ‚Familiengefängnis' aber passt zu meinen frühen Erlebnissen; sie ist ein Magnet, der Verschüttetes ans Tageslicht hievt: eingekerkert im Luxusbunker, umzingelt von ausgesprochenen und unausgesprochenen Erwartungen, von Geboten und vor allem von Verbotsschildern, strafbewehrten, versteht sich."

Alberts Blick tastet den Raum ab, als suche er die Schilder. Er handelt sich einen Knuff in die Seite ein.

„Sie sind weg", stellt Amelie lapidar fest, „sonst wäre der Gedanke, wir könnten hier heimisch werden, sinnlos."

„Da bist du dir sicher?"

„Mittlerweile ja", antwortet sie, „oder siehst du einen Elefanten im Zimmer?" Sie lässt ihren Blick kreisen.

„Kluger Hinweis", kommentiert Albert und schiebt mit den Handflächen Luft zusammen. „Aber auch ein gefährlicher."

„Weil?"

„ ... ‚Familiengefängnis' und ähnliche Worte Dinge wie ein Virus aufspüren, um sie zu infizieren."

„Du meinst, sie manipulieren unsere Wahrnehmung und bewirken so, dass wir jeder Kleinigkeit eine übermäßige Bedeutung beimessen?"

„Vor allem in der Erinnerung. Da sind das dann alles durch Ansteckung verseuchte Dinge."

„Das sehe ich ganz anders", begehrt Amelie auf. „Erinnernd sehe ich Dinge nun in einem hellen Licht, die ich in meiner Kindheit und Jugend nicht einordnen konnte, auf die ich mir keinen Reim machen konnte. Jetzt verstehe ich sie endlich."

„Könnte sein", murmelt Albert, meint dann allerdings: „Vielleicht erschafft deine Erinnerung aber auch erst ein Monster namens ,Familienelefant', eine Kopfgeburt sozusagen?"

„Nicht in meinem Kopf", pariert Amelie den Einwand. Sie legt ihr Kinn auf dem Daumen der Rechten ab, den Ellenbogen aufgestützt. In die Pause hinein, beide in Gedanken vertieft, sagt sie, Alberts sprachphilosophischen Ausgangsgedanken aufgreifend: „In jeder Familie gibt es Worte, die für Aufwallung sorgen. Sie erinnern uns schlagartig an etwas Angenehmes oder Unangenehmes, an Verdrängtes, Tabuisiertes, Mysteriöses, in der Familienhistorie meine ich."

„Woran denkst du zum Beispiel?"

„Migräne."

„Oha!"

„Das Wort löst einen Reflex aus; es zieht den zweiten Weihnachtstag aus dem vollgestopften Keller unseres Familiengedächtnisses."

„Wie das? Wessen Migräne?"

„Mutters emotionale Erpressung; funktionierte wie auf Knopfdruck. Pünktlich nach dem Mittagessen, dreizehn Uhr. Mit schmerzverzerrtem Gesicht stand sie auf und zog sich ins Schlafzimmer zurück. Wir waren nun stets gefordert. Wir alle, Vater, sechs Kinder, später zudem die Angeheirateten und die Enkel; wir alle mussten die ausgeklügelt inszenierte Weihnachtsharmonie über den Tag retten: Des legendären Nachmittagskaffees dritten Akt galt es zu meistern; es galt die Migräne im Strom der Huldigungen zu ertränken, Mutters aufopferungsvollen, mustergültigen Festablauf galt es zu würdigen. Ihre Miene hellte sich stets auf, sobald sie ihren Frankfurter Kranz – noch so ein Familiending –, den sie für den sechsundzwanzigsten Dezember reserviert hatte, wenn sie den einem jeden auf den Teller hievte, wohl wissend, wie auch er in höchsten Tönen gelobt werden würde. Keiner hätte es gewagt, sich dieser Kalorienbombe zu verweigern. Keiner."

„Perfekt ausgeheckt", murmelt Albert.

„Jeder klebte beim Tischgeplauder dann seine persönliche Briefmarke der Dankbarkeit vernehmlich in Mutters Sammelalbum."

„Akustisch", vergewissert sich Albert.

„Wie denn sonst?", mäkelt Amelie. „Über die Jahre hin entwickelte sich unter der Hand ein Wettbewerb um das originellste Motiv: komödiantische Rollenspiele auf der familiären Festplatte."

„Schöne Geschichte", glaubt Albert feststellen zu dürfen.

„In meinem Gedächtnis", fährt Amelie fort, „hat sich eine familiäre Litfaßsäule aufgebaut, gespickt mit unseren Motivmarken. Manchmal frage ich mich, welches Motiv Mutter selbst aufgeklebt haben könnte. Lesende Frau am Fenster vielleicht."

„Ironie", merkt Albert an, „schafft Abstand, oder?"

„Mag sein", sagt Amelie. „Ein anderes Bild: Jeweils am zweiten Weihnachtsnachmittag bliesen wir einen familiären Luftballon auf; den schmückten wir, beklebten wir mit unseren Briefmarken."

„Wann platzte er?"

Albert spricht so langsam, als horche er seinen Worten hinterher.

„Gute Frage", räsoniert sie. „Ich weiß es nicht, vielleicht erst nach Mutters Tod. Jedenfalls segelten in der Folge Schnipsel auf uns herab. Wir haben es verpasst, sie aufzusammeln, zusammenzusetzen und einzuordnen. Leider."

„Weil?"

„Weil wir ignorant gewesen sind, weil wir nicht kooperiert haben, weil wir uns so einer Chance begeben haben; der Chance, unseren Sehnsüchten, die wir hatten und haben, auf die Spur zu kommen. Vielleicht ..." Amelie macht eine Pause, denkt nach, seufzt und sagt: „Vielleicht hätte sich zwischen uns Geschwistern mehr Verbindendes als Trennendes offenbart. Wenngleich, einige wollen sich partout nicht erinnern." Bei diesem Gedanken schaut sie achselzuckend ihren Partner an.

„Du solltest aufschreiben, was du mir erzählst", meint Albert.

„Das, mein Freund", sagt sie, „das überlasse ich dir."

„Briefmarken mit wechselnden Motiven, Litfaßsäule, Luftballon", sinniert er und fragt: „Nur deine Phantasien?"

„Nein, nein", sagt Amelie, „das waren und sind Zauberwörter in unsrem familiären Setzkasten."

„,Heulsuse' war so ein Wort bei uns", erinnert sich Albert, dem Gespräch eine andere Wendung gebend. „Heulsuse, ein bitteres Signalwort. Als Junge so tituliert zu werden, ich kann dir sagen, da suchte man das Mauseloch."

„Stimmt", sagt Amelie überrascht, „vor allem meine Brüder fürchteten es. Verletzbarkeit oder Kränklichkeit zu zeigen war verboten. Dem Verdacht, ,sich anzustellen', begegnete man, indem man ,die Pobacken zusammenkniff'. Gefühle zu zeigen war ohnehin verpönt – auch für uns Mädchen, auch und vor allem außerhalb der Familie. Da hatte man gefälligst Enttäuschung, Ärger, Wut, Trauer, aber auch überschwängliche Freude und dergleichen unter Verschluss zu halten. ,Den Ball flach halten!', hieß es. Mhm, deswegen fallen mir kaum familiäre Wörter für Gefühle oder gar Gefühlsausbrüche ein. Seltsam, jetzt erst wird's mir so richtig bewusst."

„Vielleicht weil ihr keine familiären Gefühle entwickelt habt, entwickeln konntet?"

„Wenn du Einfühlungsvermögen und Wertschätzung meinst oder gar Zärtlichkeit und Liebe, Albert, so kann ich nur sagen: Fremdwörter!"

„Wer einen Hund streichelt", seufzt er, „der kriegt Flöhe. So eine der schneidigen Redewendungen, oder?"

„Gefühle wurden so ironisiert."

„Eine seltsame Art, dem Eingeständnis echter Gefühle auszuweichen", sagt Albert, „als habe man Angst vor ihnen."

„Zeichnen oder malen, Musik und Gesang ermöglichten es, Gefühlen ein wenig freien Lauf zu lassen", sagt Amelie.

„Bei festlichen Anlässen, in der Kirche, im Chor?"

„So ist es, mein Freund", sagt sie. „Ansonsten ..."

„Ja?"

„Ich kann mich nicht erinnern, dass Vater oder Mutter mich mal in den Arm genommen hätten."

Da umarmt Albert sie, küsst sie zärtlich und sagt: „War vielleicht schwierig mit sechs Kindern. Umarmt man eines, fühlt sich das andere vernachlässigt."

„Da ist was dran", räumt sie ein. „Auch weil man instinktiv vergleicht und glaubt, feststellen zu müssen, dass die Mutter die jüngere Schwester herzlicher umarmt hat."

„Eigentlich erstaunlich, wenn ich die Selbstdisziplin, also die Gefühlskontrolle, die man euch abverlangt hat, mit dem heutigen Wokeness-Gedöns vergleiche ...", murmelt Albert.

„Ätzend, dieser egomane Befindlichkeits- und Betroffenheitskult", pflichtet Amelie ihm bei. „,Organisierte Weinerlichkeit' nennt eine kluge Journalistin diesen albernen Kult. Als reiche es zur Rechtfertigung eines Anspruchs zu sagen: Ich fühle mich nicht wahrgenommen, ich fühle mich verletzt, missachtet oder auf den Schlips getreten. ‚Zart besaitet', hätten meine Eltern gespöttelt. ‚Haben die keine anderen Probleme!', hätten sie kopfschüttelnd gesagt."

„Und hätten damit Recht gehabt", meint Albert. „Die Selfie-Manier ist übrigens die Kehrseite derselben Medaille."

„Wir wurden dazu erzogen, alles zu verheimlichen, was Neugier und Neid hätte wecken können."

„Und was hätte weitererzählt werden können", vermutet Albert, um dann anzufügen: „Habitus, Markenkleidung, Restaurantbesuche, Urlaube und dergleichen Signale mehr ...",

„... durften nicht thematisiert werden", fällt ihm Amelie ins Wort. „Nike, Bogner, Boss also Tabuwörter?"

„Wie gesagt, nicht thematisieren", sagt Amelie mit einem Flunkern in den Augen, „nicht auffallen."

„Ohne sich gemein zu machen", fügt Albert hinzu.

„Stimmt."

„Distinktionsmerkmale, die Standeszugehörigkeit und Abschottung zugleich signalisieren."

„Du kennst dich aus, mein Freund", lobt Amelie. „Ich hätte eine Gesellschaftsnase, attestierte mir mal eine Freundin."

„Und meinte damit dein Gespür für die feinen Unterschiede."

„Was sich zum Beispiel bei Schulfesten zeigte", bejaht Amelie. „Die Freundin gab zu, sich in einem Kostüm unsicher, ungeschützt zu fühlen. Sie sei da in ständiger Alarmbereitschaft."

„Weil sie sich von prüfenden Blicken beobachtet fühlte", erklärt Albert. „Ihr hingegen wusstet euch bei der Abiturfeier souverän zu bewegen; mit selbstsicherer Leichtigkeit, die man euch beiläufig in unterschiedlichen Gesellschaftsräumen nahegebracht hat: festliches Outfit als zweite Haut, fester Händedruck, selbstbewusster Blickkontakt, leichtgängiges Smalltalk-Besteck."

„Sich hinter Masken, Manieren und Umgangsformen verschanzen, das haben wir tatsächlich verinnerlicht", merkt Amelie selbstkritisch an und bläst sich eine Haarsträhne aus dem Gesicht. „Merkt keiner, der den Code nicht draufhat."

„Hast du übrigens eben auch an solche Rituale gedacht, Amelie", fragt er, „als du die Familienhistorie erwähnt hast?"

„Nein, nein, da war ich auf einer ganz anderen Spur", sagt sie und ihre Miene verfinstert sich. „Die familiäre Angstvokabel schlechthin kam mir in den Sinn."

Wie aus der Pistole geschossen schlägt das Wort ‚Steuerfahndung' ein.

„Wie das?", wundert sich Albert.

„Nun, Vaters Bruder Emanuel, ein unangenehmer Mensch; als Teilhaber der Firma hatte er die Fahnder mit dubioser Finanzakrobatik auf den Plan gerufen. Unser Vater musste die Suppe auslöffeln – übrigens wieder eine typische Redewendung. Die selbstredend auch wörtlich galt."

„Die Suppe auslöffeln. Auch bei uns zuhause ein Muss", sagt Albert, „Kriegsgeneration eben."

Amelie registriert, wie ihr Lebensgefährte ins Gestern abtaucht. „Und?", ermuntert sie ihn zu berichten.

Er beißt sich auf die Unterlippe; dann sagt er: „Gespräche bei Tisch waren unerwünscht. Daran erinnere ich mich schmerzlich."

„Wie das?"

„Ich opponierte. Da setzte es was."

„Ist nicht wahr!" Amelie macht große Augen.

„‚Ruhe! Sonst hör ich nicht, wenn ich satt werde.' Eine Variante ging so: ‚Ruhe jetzt – sonst schmeiß ich alles aus dem Fenster!'"

„Wie bitte?", entfährt es ihr.

„Der Befehl des Vaters versetzte mich ein ums andere Mal in Rage."

„Na klar!"

„Eben nicht."

Amelie starrt Albert mit halboffenem Mund an.

„Ich hatte Vater nicht verstanden. Meine jüngeren Geschwister schon gar nicht."

„Du sprichst in Rätseln."

„Die bittere Erfahrung des Siebzehnjährigen, mit leerem Magen im Schützengraben zu bibbern. die hatte ich, nun ebenfalls siebzehnjährig, einfach nicht auf dem Schirm. Und ausgerechnet wir, seine bei üppig gedecktem Tisch quasselnde Brut: Die wusste diesen Luxus nicht zu schätzen. So musste er es empfinden. Kränkung und sprachlose Wut suchten ein Ventil, verschafften sich Bahn und scheinbare Entlastung in einer abstrusen, in einer für uns paradoxen Begründung. Auch Mutter fehlten die Worte, es uns zu erklären. Unser ‚erwachsener' Sohn verplempert kostbare Zeit mit ‚Belanglosigkeiten'. Das wird er ihr vorwurfsvoll unter die Nase gerieben und Fußball und Tischtennis damit gemeint haben, vermute ich. Diesen ‚Unsinn' wollte er mit einem väterlichen Zuschauerbesuch nicht auch noch absegnen."

„Das erste Mal, dass du`s auspackst", stellt Amelie irritiert fest. „Was für eine Erfahrung! Da fällt bei mir der eine oder andere Groschen. Ich muss darüber nachdenken. … Dennoch, darf ich für`s Erste zu meiner Geschichte zurückkehren, Albert?"

Er lächelt und nickt.

„Wochenlang schwebte das waffenstarrende Wort ‚Steuerfahndung' wie ein Damoklesschwert über Firma und Familie; sorgte für mächtig dicke Luft – wieder so eine Familienmetapher. Noch heute meidet jeder die ‚Steuerfahndung'."

Albert scheint zu ahnen, dass Amelie noch andere Wörter der Familienhistorie unter den Nägeln brennen; er lässt ihr Zeit, in sich hineinzuhorchen.

„‚Springbrunnen' und ‚Gartenlaube', zwei weitere Reizvokabeln, keine Frage", seufzt sie und zeigt durchs Fenster auf den Gartenpark, wo gerade der Gärtner zugange ist.

Albert legt die Stirn in Falten, als wundere er sich über Amelies Hinweise, die in sonderbarem Kontrast zum vergifteten Wort ‚Steuerfahndung' stehen. Da ihr Blick nach innen geht, wartet er ab, fragt nicht nach.

„Familiär beschwiegene Reizthemen: Körperlichkeit und Sexualität. Sie entfachten stumme Dialoge angesichts des Springbrunnens mit den nackten Marmorfiguren. Sie blickten auf die Gartenlaube im Schatten der mächtigen Eichengruppe."

Wuchtige, gleichwohl anspielungsreiche Wörter. Die sechszehnjährige Amelie hatte sie ihrem Tagebuch anvertraut. Dazu ominöse Andeutungen: „stumme Dialoge unter uns Kindern", womit auch Cousins, Cousinen und Freunde gemeint waren. Nichtfamilienmitglieder waren allerdings im Elternhaus nicht allzu gern gesehen. Indiskretionsgefahr.

Als eines der Hausmädchen, unbotmäßig darin blätternd, in die Aufzeichnungen vertieft, von der Mutter erwischt wurde, riss sie es ihr aus der Hand, ohrfeigte sie und drohte ihr mit sofortigem Rausschmiss, sollte sie auch nur eine Silbe verlauten lassen. Dann las die Mutter selber Amelies Notizen. Zornig zitierte sie die verruchte Tochter herbei, um sie zur Strafe einen geschlagenen Nachmittag in der Abstellkammer der Laube einzusperren. Ein Warnzeichen an die Geschwister.

Albert springt das Madonnengesicht über dem mütterlichen Sekretär ins Auge und er schüttelt leicht den Kopf. Amelie bemerkt es, langt nach dem Bild, zerrt es aus dem Rahmen und zerreißt es in Stücke.

„Reden ist Silber, schweigen ist Gold, handeln befreit", meint er.

Sie nickt und, während sie die Schnipsel im Mülleimer entsorgt, denkt sie laut nach: „Schwingt nicht in allem Gesagten Ungesagtes mit?"

Albert hebt die Augenbrauen.

„Euer Schweigenmüssen bei Tisch?"

„Mhm", räsoniert er, „gewiss gibt es Äußerungen, die eigentlich nichts mitteilen, die nur disziplinieren, manipulieren, unterjochen wollen, Amelie. Doch was steckt hinter solchen Machtwörtern?"

„Mit Machtwörtern und Kampfbegriffen könnte ich aus dem Stehgreif ein Vokabelheft füllen", sagt sie mit einer wegwerfenden Handbewegung.

„Lass uns mal den Blickwinkel wechseln", schlägt er vor.

„Nur zu", meint sie.

„Welches Wort hat in deiner Familie einen positiven Begleitton?", fragt er, Amelies Familienschatten und die trübe Stimmung, die heraufzuziehen droht, beiseite schiebend.

Amelie spitzt den Mund und ein Lächeln entspannt ihre Gesichtszüge.

„,Das ist aber auch schön', sagt sie nach kurzem Nachdenken und klärt den verdutzt Dreinschauenden auf: „Dem Nikolaus, den jeweils am sechsten Dezember ein etwas linkischer Bekannter unserer Eltern gab, dem schlüpfte die Floskel reflexartig über die Lippen, wenn er den Kindern die Geschenke von Oma überreichte: ,Das ist aber auch schön.' Wobei die eigenartige Intonation des im Hunsrücker Platt beheimateten Nikolaus dem Spruch unfreiwillig zur komischen Wirkung verhalf, vor allem das langgezogene ,auch', begleitet von wildem Augenrollen. Mit offenen Mündern saßen unsere Kinder hier auf dem Chaiselongue", sagt sie und klopft auf den velourledernen Sitzbezug. „Si, noch heute zitieren wir den Spruch bei jeder passenden und unpassenden Gelegenheit, sehr zur Erheiterung von uns allen."

Amelies Augen leuchten.

„Dein gehäuftes ,Si' fällt mir auf", bemerkt Albert.

„Was dich nervt?", entgegnet sie leicht verstimmt. Resolut fährt sie sich über den Mund und erklärt: „,Mitbringsel' aus unserem Feriendomizil am Comer See; ,affig', meinte mein Verflossener naserümpfend. Es passe so gar nicht zur dialektalen Färbung unseres Familekts, ja es wirke geradezu albern."

„Ansichtssache", meint Albert und reibt sich übers Kinn. „Unsere Muttersprache leidet bestimmt nicht, wenn fremde Einsprengsel hie und da anklopfen, oder?"

Amelies Augenaufschlag signalisiert: vermintes Gelände.

„Muttersprache!", empört sie sich prompt.

„O, sorry, ist mir so rausgerutscht. ... Wenngleich ..."

„Wenngleich?", fährt sie ihm in die Parade.

„Wenngleich die Muttersprache uns alle nach der Geburt in der sprachlichen Heimat willkommen geheißen hat."

Er legt eine kleine Pause ein, setzt seine Brille ab und faltet sie zusammen, als ließe sich Vernünftiges nur formulieren, wenn man nach innen statt nach außen schaut, um dann im Brustton der Überzeugung fortzufahren: „Von meiner Mutter habe ich das erste Wort vernommen; sie war die Erste, der ich zugehört habe, ihr glückliches Gesicht über der Wiege. ‚Mama' war vermutlich mein erstes Wort. Den Klang von Mutters Stimme habe ich nach wie vor wohltuend im Ohr. Er ist für mich Heimat, da fühle ich mich daheim. 'Muttersprache' - welch ein wunderschönes deutsches Wort für das Wertvollste, das wir neben Körper, Geist und Seele unser eigen nennen dürfen. Auch den Schatz der Muttersprache sollten wir hegen und pflegen. Er möge uns bis in den Tod erhalten bleiben; bis wir Mutter Erde zurückgegeben werden. Gibt es Tröstlicheres?"

Albert schaut seiner Lebensgefährtin fest in die Augen. Die haben sich auf ihn geheftet. „Das frage ich dich, Amelie, selbst wenn du anderes mit dem Wort assoziierst."

Unmerklich zuckt sie zusammen und wird um einen Schein blasser. „Muttersprache?" entfährt es ihr. „Ein verlogenes Klischee wie Vaterland."

Albert überspielt den abfälligen Einwand. „Weißt du, welch erstes Wort deinem Mund entschlüpft ist?"

„Bei uns zuhause ist nichts entschlüpft", sagt sie ungehalten. „Solche Banalitäten waren kein Thema."

Bedauerst du es?, fragt Alberts Blick.

Eine Antwort bleibt aus. Schweigen dehnt sich aus.

Mit lächelnder Liebenswürdigkeit umschließt er Amelies Hände: „‚Gedöns' war das Familienwort bei uns zu Hause", erinnert er sich und seine Stirn kräuselt sich. „Unser Großvater tat damit Dinge ab, die ihm zutiefst zuwider waren. Wir benutzen es für alles Wichtigtuerische, alles Marktschreierische."

„Du hast das Wort vorhin benutzt", wundert sich Amelie.

„Aha?"

„Wokeness-Gedöns", sagtest du.

„Mhm. .. Das Wort ‚Gedöns‘ ist mir anscheinend so in Fleisch und Blut übergegangen, dass ich es automatisch gebrauche."

Ein tiefer Atemzug hebt Amelies Brust. „Manchmal muss das familiäre Signalwort nicht einmal ausgesprochen werden, um sogleich die Gemüter aufwallen zu lassen", sagt sie, Reste ihrer Verstimmung hinunterschluckend, alldieweil das Gedöns noch in ihrem Kopf nachklingt.

„In unserer Familie genügt der Anblick penibel gekämmter Teppichfransen, Trebla", gesteht sie. Sie hat sich die Marotte zu eigen gemacht, ihn je nach Situation so anzureden. Ein Machtpoker. Alberts rückwärts gelesener Vorname eröffnet ihr obendrein diese Option, ermöglicht ihr die Illusion. die *Werther*-Assoziation auszublenden. Nicht noch einmal!, denkt sie sich.

„Verstehe, was du meinst", sagt er und ein leicht spöttischer Zug fährt über seine Lippen. „Es gibt Situationen, da sprechen die Leute geradezu auffällig nicht von einer Person oder Sache."

Amelie nickt wie abwesend; unschöne Szenen scheinen ihr inneres Auge zu passieren.

„Das Leben ist nicht ordnungsgemäß", braust sie auf. „Was lebendig ist, ist chaotisch."

„Was Hilflosigkeit auslösen kann", sagt Albert. „Werden Menschen deshalb Pedanten?", fragt er sich.

Amelie zuckt mit den Achseln, meint dann aber: „Oder Machtmenschen, Trebla."

„Nicht oder", sagt er, „sondern und."

Amelie stimmt ihm zu und wechselt das Thema: „Überhaupt, in unserer großen Familie wurde dauernd und über alles Mögliche gesprochen - nur nicht über Entscheidendes. Das ‚ziemte‘ sich nicht. Noch so ein Familienwort, fällt mir gerade ein, ein Fassadenwort. Wir glaubten die Gründe nicht zu kennen für das, was sich nicht ziemte; in Wahrheit waren sie im Nebel verborgen, im Nebel des für uns damals Unformulierbaren. Unfassbar!"

„Euch fehlten, ich hab`s schon mal gesagt, Wörter, um Gefühle auszugraben: Scham, Schuld und Angst, Ekel, Wut und Hass. Sie in Worte zu fassen ..."

„... und sie so vielleicht bewältigen zu können, sie vom langen Schatten einer ominösen Macht zu reinigen", fällt Amelie Albert ins Wort.

„Es gibt allerdings Worte", gibt er zu bedenken, „die zerfallen einem wie Hofmannsthals Lod Chandos ´im Munde wie modrige Pilze`."

Amelie schaut ihn aus weit geöffneten Augen an, so als rätsele sie, worauf er gerade hinauswolle.

„Weihrauch, Beichte, Fegefeuer", sagt sie. „Solche Worte fallen mir da schon ein. Grund genug, sich aus der Kirche Klauen zu befreien, oder?"

„Vielleicht sollten wir uns von den Teppichen trennen", schlägt Albert, der aufgestanden ist, wie aus heiterem Himmel vor und sein Blick lugt durch die geöffnete Tür ins ‚Herrenzimmer'. Das vornehme Wort setzt er mit den Zeigefingern in der Luft in Anführungszeichen.

„Du stimmst meinem Vorschlag also zu?", fragt Amelie resolut.

„Mich quälen hier weder ungute Erinnerungen noch belastende Worte", ruft er über die Schulter zurück, denn er ist bereits halb zur Tür hinein.

Sie ist Albert gefolgt. Er dreht sich um und meint augenzwinkernd. „Auch hier ist keine Elefantin." Bei diesem Wort streichelt er ihr über die gerötete Wange. Sie lehnt sich an seine Schulter und seufzt: „Ohnehin werden wir uns von vielen Dingen im Haus trennen müssen."

„Ich vermute, du willst bereits zur Jubiläumsfeier der Firma dein – oder darf ich sagen, unser? – neues Zuhause präsentieren."

„So ist es", antwortet sie auf einmal aufgeräumt, geht zum barock verzierten Schreibtisch ihres Vaters zurück und klappt den Laptop auf, um mit Albert nach Möbelalternativen Ausschau zu halten.

„Corona lässt zur Zeit kaum Besuche in Ausstellungshäusern zu", bemerkt sie.

Albert nickt und nimmt ebenfalls auf dem Plüschzweisitzer Platz, den Arm um ihre Schulter gelegt. Nach einer Weile gemeinsamen Schweigens sagt er: „Sehr passabel das Ganze."

Überrascht richtet sich Amelie auf, blickt ihn an und fordert: „Sag das bitte noch einmal!“

„Sehr passabel“, wiederholt Albert verblüfft.

„Das sagte unser Vater gelegentlich“, erinnert sich Amelie, „das größte Lob, das ihm in unserer Familie über die Lippen kam.“

Der Elefant im Raum

„Sagt dir Iwan Kirilows Fabel *Der Wissbegierige* etwas?"

Fabian, zum Brunch bei seinem Freund, schaut gerade, die wärmende Tasse umklammert, den Kaffeduft genießend, versonnen dem Tanz der Schneeflocken vor dem Fenster der großen Küche zu. Kopfschüttelnd sucht sein Blick Thomas, der ihm gegenübersitzt.

„Nun, ein Mann besucht ein Naturkundemuseum und inspiziert jedes Insekt und alle Kleinexponate, übersieht aber den präparierten Elefanten im Raum. Kürzlich hat mich Clara damit konfrontiert."

„Vor lauter Bäumen siehst du den Wald nicht!, will sie dir damit sagen, oder?"

„Passt das zu mir?", antwortet Thomas mit einer Gegenfrage.

„Eher nicht", beruhigt ihn Fabian und setzt die Kaffeetasse ab. „Jedenfalls habe ich dich bislang nicht als Detailhuber erlebt."

„So einfach ist die Sache allerdings nicht", meint Thomas und gießt Kaffee nach. „Clara hat mich nicht ohne Hintergedanken der Fabel ausgeliefert."

„Du überraschst mich, mein Freund. Hintergedanken und ausgeliefert, das sind Wörter" – er kleidet sie in der Luft mit Anführungszeichen ein –, „die passen nicht zu meinem Bild von euch beiden."

Thomas` Gesicht läuft rot an und sein Mundwinkel zuckt, bevor er eingesteht: „Wir sind Fassadenkünstler."

„Nur nach außen hin?"

„Gute Frage, Fabian. Hm, ich glaube, wir machen uns auch wechselseitig oft etwas vor."

„Mangels Partnerin bin ich absoluter Laie in Beziehungsfragen", räumt Fabian unverblümt ein und verschränkt die Arme vor der Brust.

„Beruflich Profi, privat ebenfalls Laie", raunt Thomas. „Welchen Elefanten sehe ich verdammt nochmal nicht?"

„Wenn`s nicht der Wald ist, dann vielleicht etwas, das zumindest übermäßig groß ist; vermute ich mal."

„Aber warum sollte ich es nicht sehen?"

„Denk an dein biblisches Pendant, denk an den zweifelnden Jünger Thomas."

„Aha?"

„Jesus muss ihm auf die Sprünge helfen, ihm seine Wundmale zeigen, bevor er ihm sagt: „Selig sind, die nicht sehen und doch glauben."

„Ein interessanter Hinweis, aber Clara hat mit Religion eher nichts am Hut."

Fabian fährt sich über die Glatze, kratzt sich am Hinterkopf, dann fragt er: „Gibt es irgendetwas, das euch wichtig ist, das du jedoch ignorierst?"

Thomas zuckt mit den Achseln.

„Oder ein Tabuthema, das ihr umschifft, das Clara aber unter den Nägeln brennt?"

Thomas Stirn legt sich in Falten. Er steht auf und tigert im Raum hin und her. Unvermittelt bleibt er vor Fabian stehen, stützt sich auf der Tischplatte ab und stammelt: „Claras unausgesprochener Kinderwunsch. Der könnte sich hinter dem Elefanten verbergen."

„Der Elefant lebt nicht mehr", gibt Fabian erstaunt zu bedenken. „Er ist ein Artefakt."

„Damit hast du Recht, leider", grübelt Thomas mit verfinsterter Miene, um dann wie aus heiterem Himmel zu fragen: „Bei dir kein Elefant im Raum?"

Die Einladung

Osman erwartet mich mit einem breiten Lächeln im Gesicht; als habe er damit gerechnet, ja gehofft, dass ich heute zum Einkauf käme. Beim letzten Mal hatte er mir auseinandergesetzt, was seinen deutschen Freunden abgehe: Respekt den Eltern, vor allem dem Vater gegenüber.

Ich schiebe den Wagen durch die Reihen des Getränkemarkts und belade ihn: Wasser, Wein und Dosen mit Nahrungswaren aus der Region. Osman hilft beim Einladen in den Kofferraum des X 1, dessen seidigen Sechszylinder er nicht zum ersten Mal in allerhöchsten Tönen lobt.

„Kommen Sie doch am Sonntag mal ins Hunsrück-Stadion", sagt Osman, der Spielertrainer der Simmerner Mannschaft, und fügt, ohne dass ein humoriger oder gar ironischer Begleitton anklänge, hinzu: „Wir spielen da gegen die Türken."

Mit seinen tiefschwarzen Augen sieht er mich an und ich merke, wie sehr er meine Zusage erwartet.

„Könnte klappen", sage ich. „Bis dann."

„Wie konntest du nur so blauäugig sein!", schimpft Maja, als ich nach dem Spiel, das Osmans Mannschaft zwei zu drei gegen Türkgücü Simmern verloren hat, mit einem Veilchen auf dem linken Auge bei ihr aufkreuze. Sie reicht mir einen Eisbeutel zum Kühlen.

"War ein rechter Glatzkopf", berichte ich achselzuckend. „Die Türken haben mich verteidigt und den Kerl zum Teufel gejagt."

Tauwetter

Klimatisierte, stickige Luft schlägt mir entgegen. Links vorne die Check-in-Schalter in grellem Neonlicht; rechts, nach hinten versetzt, der Ankunftsbereich. Wie angewurzelt bleibe ich stehen, starre auf die geschäftige Meute. Kein Ton dringt an mein Ohr. Als sei ich unfreiwilliger Teilnehmer eines Stummfilms. Ein Junge löst sich aus dem Menschengewusel. Unsere Blicke kreuzen sich. Er eilt auf mich zu.

Da tippt mir jemand auf die Schulter; eine, wie ich glaube, bekannte Stimme, eine traurige Stimme. Sie flüstert mir in die Stille hinein zu: „Sieh an, der Herr Leonhard! Zeuge seiner eigenen Vergangenheit. Wortloses Sehen und Erinnern?"

Oder frage ich mich das selbst, mit den Worten eines anderen? Niemand ist hinter mir.

Wer hat mir unlängst diesen Gedanken eingeflößt, der nicht nur schöne Bilder aufflackern lässt? Ohne es zu wollen, hoffe ich jedenfalls, hat er mich dem Gedanken ausgeliefert. Seither geistert er in meinem Kopf herum, ich werde ihn nicht mehr los, er strapaziert mich, zerrt an meinen Nerven; kaum hab ich ihn weggeschubst, kreuzt er unvermittelt wieder vor meinem inneren Auge auf, lacht mich an, lacht mich aus, lacht sich tot; ich möchte ihn auskotzen, wegspülen, auslöschen, doch er klebt an mir, ist mit mir verwachsen, auf eine geheimnisvolle Weise ist er Teil von mir, ich muss dies Geheimnis enträtseln, nur dann kann ich ihn loswerden. – Vielleicht.

Ich atme Wölkchen in die eiskalte Luft, die durchs geöffnete Fenster hereinströmt. Ein letzter Zug, dann schnippe ich den Zigarettenstummel in den Schnee.

Schreiben könnte helfen. Dem leeren Blatt Papier vertraue ich mich an und lasse meinen Bleistift laufen, wissend und darauf vertrauend, dass es Augenblicke im Leben meiner Figuren gibt, die wie der beherzte Schnitt mit einem scharfen Messer den Knoten durchtrennen. Wenige Worte, dem Anschein nach bedeutungsarme, können magische Momente heraufbeschwören. Etwa so:

Tauwetter setzt ein. Es deckt nach und nach alles auf, was der Schnee vor dem Blick versteckt hat. Auch das Schwarz-Weiß-Foto, das ich seit eh und je bei mir habe. Seit meinem Autounfall auf eisglatter Straße zu Beginn dieses Winters ist es verschwunden gewesen.

Mit dem Taschentuch befreie ich es vom Schmutz, um in den Bolzplatz meiner Kindheit abzutauchen. Klein und rechteckig das Foto, das der Patenonkel, genannt „Patt", mit meiner würfelförmigen Kamera, das erhoffte Geburtstagsgeschenk, geschossen hatte. Nur acht Bilder fanden auf einer Fotorolle Platz; da galt es auszuwählen. Eine eingefrorene Szene. Was hat sie mir heute noch zu sagen? Wofür steht sie?

Gestochen scharf der Hintergrund, als wäre das Foto gestern geschossen worden: der aufgeschüttete Erdwall vor dichter Baumkulisse, das windschiefe Holz-Tor, das wir gezimmert hatten: Kurt und ich; Kurt, der wenige Tage nach der Aufnahme Opfer eines betrunkenen Autofahrers wurde. Vor dem Fußballtor der Zehnjährige in Lederhose, abgewetzten Turnschuhen und knallrotem Hemd; er jongliert den Ball, die Hände balancierend ausgebreitet.

Seltsam, dass mein Gesicht, selbstbewusst sein Ausdruck, wie mir scheint, verblasst; je genauer ich hinschaue, umso mehr. Ich betrachte das Bild, bis ich mir eingestehen muss, nicht in den Kopf des Jungen eindringen zu können. Gibt es eine wirkliche Erinnerung an sich selbst?, frage ich mich. Dennoch steigt ein wohliges Gefühl in mir auf: den Ball beherrschen, ihn im Spiel auf Bahnen schicken, die meine Mitspieler in eine gute Schussposition bringen. Oder den ruhenden Ball direkt verwandeln. Hundertfach geübt, mit Kurt als Torwart. In dem einen oder anderen Spiel erfolgreich umgesetzt. Der gemeinsame Torjubel. Totale Gegenwart, freudvolles Hier und Jetzt, Vorher und Nachher und alles Störende, Bedrückende für zwei Stunden aus dem Kopf. Welch eine Befreiung! Details habe ich vergessen, die Atmosphäre ist mir in Erinnerung geblieben. Hin und wieder umarmt sie mich. Bei Wind und Wetter den trainierten Körper spüren, mit lässigen Bewegungen den Gegner austanzen, den Ball streichelnd zum Mitspieler passen, beflügelt vom Applaus der Zuschauer.

Die meisten, die in diesen Jahren dabei waren, leben nicht mehr. Stumme Zeugen meiner Vergangenheit. Unser Leben hängt am seidenen Faden, auch an dem eines verstörenden Beschweigens. Bin einer der wenigen Überlebenden von all jenen, die unsere Zeitgenossen waren. Drum sollte ich sie besuchen, sollte wieder einmal zum Friedhof gehen, jetzt da der Frühling naht.

Mit diesem Vorsatz im Gepäck meldet sich mein Gedächtnis. In grellem Neonlicht der Junge: Johannes, mein elfjähriger Sohn. Er schreitet an mir vorbei, ohne mich eines Blicks zu würdigen, zurück aus London, wo er in den Sommerferien ein dreiwöchiges Sprachbad genossen hat. Auf dem Heimflug nach Frankfurt ein hübsches Mädchen, etwas älter als er, anscheinend beeindruckt, dass er das Abenteuer alleine bestanden hat. Ein besorgt wartender Vater störte da nur. Bei aller Ge- und Verspieltheit der Situation hatte ich die Anmut einer Melancholie verspürt, die mein Sohn mit ironischer Gefasstheit damals bereits in sich trug - ohne sich jemals darin zu gefallen.

Der Dachs

Lange bin ich sein willfähriges Opfer gewesen. Ohne Frage selbst verschuldet. Meine Überzeugung ließ ich korrumpieren, meine Langmut missbrauchen. Warum habe ich seine Launen zumeist klaglos ertragen, wenn auch zähneknirschend? Wie oft habe ich ihn angestarrt wie das Kaninchen die Schlange, wenn sein betörendes Gift mich betäubte, mich lähmte. Vielleicht lullte seine langweilige Alltäglichkeit, seine sprichwörtliche Schläfrigkeit mich ein. Kein Ruhmesblatt, ich gebe es zu. Keine Ausrede also. Nur zu gerne ließ ich mich beruhigen, wenn er mal einen Zwischenspurt einlegte. Auf dem Jahrmarkt der Rechthaberei jubelte man ihm dann zu. Seinen parkettsicheren Hofpredigern ging ich auf den Leim, ein ums andere Mal. Damit ist nun Schluss.

Klug ist der Mensch, der empfohlen hat, jemandem ein neues Leben zu erfinden, wenn ihn Fragen zu seinem bisherigen Leben bedrängen. Überprüfen werde das ohnehin niemand. Ich versuche es.

Endlich habe ich mich von ihm getrennt. War leichter, als ich dachte. Welch eine Befreiung! Das hoffe ich jedenfalls. Ich lasse ihn jetzt links liegen - nein, rechts, denn dort gehört er hin. Schubladen habe ich immer schon geliebt. Ordnung muss sein. Nichtsdestotrotz: Ab jetzt werde ich ihm im Nacken sitzen, tagein, tagaus.

Meinem Rachefeldzug haben sich bereits andere angeschlossen - und ihm den Rücken gekehrt. ‚Abverkauf‘ nennt man das in seinem Revier. Er hat ignoranterweise ein Grundprinzip seines Systems ignoriert, nämlich die Verteilung seiner Vorräte jenseits augenblicklicher Bedürfnisse. Das fällt ihm jetzt vor die Füße. Wir werden ihm keine Ruhe gönnen. Sein Schattendasein, das schützt ihn nicht mehr. Von Nacht- und Nebelaktionen haben wir alle die Nase gestrichen voll. Auf derselben wollen wir uns nicht mehr herumtanzen lassen. In jedem noch so gut getarnten Fuchsbau werden wir ihn aufspüren. Wenn er Fett ansetzt, setzen wir Bandwürmer auf ihn an. Magert er ab, kriegt er den einen oder anderen wurmstichigen Knochen vor die Füße geworfen. Mit der Zeit werden seine Glieder zerbrechlich und seine Organe krank. Ersatz wird es nicht geben. Organtransplantation ausgeschlossen. Und Prothesen? Die kann er sich abschminken. Er wird mit dem überleben müssen, was er hat und ist. Kontakt mit Artgenossen werden wir unterbinden. Das passt in unsere Zeit. Niemand wird ihm helfen. Es herrscht das Gesetz des Dschungels. Das hat er immer hochgehalten. Sein jämmerliches Dasein entschädigt uns vielleicht für erlittene Schmach. Vielleicht. Das ist alles. Mehr will ich nicht, mehr wollen wir nicht.

Neugierig sind wir allerdings, was seine schmierigen Hofprediger anstellen werden. Nicht, was das Ergebnis anlangt. Das steht fest wie das Amen in der Kirche: Wer kraftlos vor sich hin dümpelt, der wird recht bald im Dschungel verschwinden. Das ist ein ungeschriebenes Gesetz. Interessant wird sein, wie sich die Aasgeier vom Acker machen werden. Ich habe da meine Vermutung, wo neuer Nektar lockt. Mögen Geier den überhaupt? Egal, bestimmt ließe er sich eintauschen. Schmarotzer überleben immer. Einen Fehler machen sie nicht, nämlich von irgend etwas nur ein Exemplar zu besitzen. Sie wissen nämlich, dass Gewissheit nicht zu haben ist.

Fauxpas

Selten ist er sich so fremd gewesen, sich selbst so abhanden gekommen. Warum hat er die Warnsignale nicht wahrhaben wollen? Ist es diese gewisse Sentimentalität, die Maja, seine kritische Lebensfreundin, ihm gelegentlich attestiert hat, diese rührselige Empfindsamkeit, der er sich nicht so leicht erwehren kann? Oder haben Entzug, Neugier und Spieltrieb ihn unvorsichtig werden lassen?

Carl Leonhard, seit Kindesbeinen Carlo genannt, packt seine sieben Sachen zusammen, während Duschgeräusche aus dem Bad herüberschwappen und die Peitsche des Frühherbstregens übertönen, der gegen die Fensterscheibe klatscht. Bei Julias munterem Singsang „Morgen hast du keine Sorgen" schleicht er bloßfüßig aus dem Schlafzimmer, schlüpft im Flur flugs in seine Klamotten und zieht die Wohnungstür leise hinter sich zu. Was ist er doch für ein elender Feigling! Er erschrickt über sich selbst. Sozial unbegabt, hat Maja ihn einmal treffsicher charakterisiert. Genervt von Dingen, von denen er sich bedrängt fühlt? Das redet er sich ein, obwohl er es besser weiß. Dünne Ausreden hat er sich und Julia jedenfalls erspart. Ärgerlich nur, dass er Eva Manesses *Lässliche Todsünden* hat liegenlassen. Julia bedachte sein Mitbringsel mit einem abfälligen Augenaufschlag und warf es achtlos auf die Kommode. Dort liegt es, heute, morgen, übermorgen, ungelesen, vermutet er.

Zwei Straßen weiter hat ein Bistro bereits geöffnet. Er blickt auf seine Uhr, die aber nicht am Arm ist; er hat sie, um rascher aus der Wohnung zu kommen, schnell in die Hosentasche gesteckt. Jetzt ist es acht Uhr sieben.

Gerade will er sich über das Sandwich hermachen, da meldet der Klingelton des Smartphones den Eingang einer SMS. Angesichts seines derangierten Äußeren schickt ihm die taffe Bedienung hinter der Theke einen spöttischen Blick zu; er erinnert sich an den Elfjährigen, der er war, als er regelmäßig auf den letzten Drücker, unausgeschlafen und nachlässig gekleidet, das Hemd noch halb aus der Hose hängend, in den Schienenbus sprang. Außen und Innen korrespondierten damals schon, geht es ihm durch den Kopf und er zupft sich am Ohrläppchen.

Julias Empörung erwartend, streicht er übers Display. „Gut, dass du uns Peinlichkeiten erspart hast", muss er lesen. Kurz und knapp.

Um neun Uhr wird die aktuelle Kunstausstellung der Stadt öffnen.

Er wird vor ihrem Selbstporträt stehen und sich im selben Moment unwirklich fühlen, als träumte er. Das Bild wird die reale Frau der letzten Nacht überschatten, je länger er hinschaut, umso mehr. Auf einer Ruhebank wird er für zwei, drei Minuten wegnicken, wie ein Fahrgast in einem Zug, mit halboffenem Mund und verrutschtem Gesicht. Ein Wärter wird ihn mit hörbarem Hüsteln aufwecken. Beschämt wird er die Platte putzen, ein letzter Blick auf das Bild *Die Frau am Fenster*. Es erinnert ihn an Edward Hoppers Gemälde *Eleven A.M.*

Sie werden sich wiedersehen, allen gegenteiligen Beteuerungen zum Trotz. Da ist er sich sicher.

Nachdem er ausgeruht hat, nimmt er an einem Ecktisch der Hotelterrasse Platz. Die Hände im Nacken verschränkt, lehnt er sich zurück und blinzelt in die Sonne. Der Kellner serviert Kaffee. Dessen aromatischer Duft beflügelt die Gedanken. Den ersten Satz der Geschichte, die ihn beschäftigt, notiert er in seine Kladde: „Können Sie sich einen Ort vorstellen, wo etwas geschieht, das Sie nie und nimmer für möglich gehalten hätten?"

„Kann ich, Leonhard", hört er eine bekannte Stimme in seinem Rücken. Von ihm unbemerkt, ist Julia aufgekreuzt und hat ihm über die Schulter zugeschaut, wie sein Füller übers Papier geeilt ist.

Er springt auf, rückt ihr einen Stuhl zurecht und ordert eine zweite Tasse Kaffee. Lautlos zählt er bis fünf, um, da er sich ertappt fühlt, eine hastige und unkluge Reaktion zu vermeiden.

„Ich notiere?", sagt er und zückt sein Schreibgerät.

„Da stiehlt sich jemand davon ..."

Bei diesem Anfang hebt sie die Brauen, was er als Aufforderung versteht, den Satz fortzuschreiben: „ ... um ihr Selbstbildnis in Augenschein zu nehmen, an dem er sich nicht sattsehen kann."

„Erstaunlich", sagt sie. „Ein Mann der Tat und des Wortes zieht ein Artefakt dem lebendigen Original vor, oder?"

„Bett und Bild sind zwei Seiten derselben Medaille", entgegnet er.

„Bin gespannt, wie`s weitergeht, Leonhard", sagt sie und nippt an der Tasse heißen Kaffees, die gerade serviert wurde.

„Nun", sagt er, „die Frau am Fenster, in sich gekehrt, nackt auf einem blauen Plüschsessel, nach vorne geneigt, flüsterte mir zu: ´Ich warte.` Ich sprach zu ihr: ´Auch wenn es wenig tröstlich zu sein scheint, in endgültiger Schwermut so dazusitzen, glaube mir, du hast dich von der Vergänglichkeit befreit, für immer und ewig.`"

„Aha", kommt es Julia spöttisch über die Lippen. „Einen philosophischen Betrachter hatte ich beim Malen eher nicht auf dem Schirm."

„Da schreckte mich der Ausstellungswärter auf", sagt Leonhard, ihren Einwurf ignorierend. „Ich verabschiedete mich von der geheimnisvollen Frau am Fenster. In der Garderobe, wo ich meinen Trenchcoat holen wollte, raunte mir eine Stimme zu: ´Sie glauben allen Ernstes, einer Frau auf die Schliche kommen zu können, der sie nicht gewachsen sind? Wissen Sie überhaupt, mit wem Sie es zu tun haben?` Ich schaute mich um, aber da war niemand. Nun sitze ich hier, um die Frau am Fenster" – er macht eine Pause und fixiert ihre grünen Augen – „um sie zu fragen, warum sie sich, mit Schuhen, aber unbekleidet, selbst porträtiert hat."

„Bin gespannt, was du vermutest", sagt sie.

„Ich vermute, ihr Blick geht sehnsuchtsvoll zurück. Darüber will ich schreiben. Ich kann mir vorstellen, was sie erlebt haben könnte. Vielleicht wartet sie auf ihren heimlichen Geliebten? Vielleicht macht ihn das an, so erwartet zu werden? Wie dem auch sei: Mit einem hoffnungsvollen Ausblick wird meine Kurzgeschichte enden. Ein Mann besucht sie, der sich nicht davonstehlen wird."

Fremdschämen

Maja berichtet Leonhard, am Morgen sei die Mutter eines Sechst-klässlers, vormals hieß er Quintaner, vorstellig geworden und habe ihr dessen Hausaufgabenheft unter die Nase gehalten. Kollegin N. habe unter den Aufsatz des Jungen geschrieben, „da**s** du dringend deine Rechtschreibung verbessern muß**t**".

„Du warst doch auch mal Schulleiter", sagt Maja. „Kannst du dich an eine ähnliche Situation des Fremdschämen-Müssens erinnern?"

Leonhards Blick geht ins Leere. Anscheinend ist Majas Frage nicht zu ihm durchgedrungen.

„Nie bist du ganz bei dir", stellt sie kopfschüttelnd fest, „stets ist ein Teil von dir woanders. Dein Hosenstall steht übrigens offen."

„So ist es", sagt Leonhard und knöpft seine Hose zu. „Leider. Mein langer Weg zur Selbsterkenntnis hat mich eines gelehrt: Ein Teil von mir ist und bleibt mir fremd und unbekannt."

„Muss ich das verstehen?", fragt Maja irritiert.

„Wenn man bei wichtigen Dingen nicht das Richtige tun kann, räsoniert er, „dann bleibt einem nichts andres übrig, als wenigstens das offensichtlich Falsche zu vermeiden, oder?"

„Ein Beispiel wäre hilfreich, Herr Philosoph in eigener Sache", antwortet sie.

„Wenn ich aus Gründen meinen ökologischen Fußabdruck nicht in die grüne Spur bekomme, dann entscheide ich mich wenigstens dafür, in kein Flugzeug zu steigen. Wenn ich einem Laster verfallen bin, sagen wir dem Suff, dann muss ich alles ver-meiden, dass ein Mensch, der mir etwas bedeutet, nicht auch noch dem Laster verfällt. Bin ich feige, gehe ich Handgreiflichkeiten aus dem Weg."

"Mit fatalistischer Einstellung", sagt Maja und tippt sich auf die Nasenspitze, „lebt sich`s nicht gut, mein Freund. Deshalb flüchtet ein Teil von dir auf den Hochsitz der Ironie. Von dieser Warte aus schießt du deine Pfeile ab in die chaotische Welt. ´Anleitung zum Unglücklichsein`. Einen solchen Ratgeber könntest du erfahrungs-satt verfassen."

„Abgesehen davon, dass Watzlawik den schon geschrieben hat", entgegnet Leonhard müde, „zum Glücklichsein bin ich nunmal nicht geboren."

„Lange genug", seufzt sie, „hast du dich in diesem Selbstbild eingerichtet. Da musst du dich nicht wundern, wenn deine soziale Strahlkraft auf einer Skala bis Zehn nahe der Nulllinie pendelt."

„Die Anzahl meiner Sozialkontakte", räumt er mit selbstironischem Unterton ein, „gibt dir recht."

„Ums Rechthaben geht es mir nicht, Leonhard", sagt sie.

„Übrigens", sagt er unvermittelt, „als Schulleiter habe ich mal eine hochnotpeinliche Situation erlebt."

„Nämlich?"

„Ein unbedarfter Chemiereferendar kreuzte eines Morgens bei mir auf, blass im Gesicht, und stammelte, ein Schüler habe im Chemiesaal ins Waschbecken gepinkelt. Im Gespräch mit der Klasse stellte sich heraus, dass er auf eine Finte hereingefallen war."

„Zwar Referendar, aber du hattest ihn im eigenverantwortlichen Unterricht eingesetzt, vermute ich."

„Stimmt. Die Schüler erzählten die Geschichte zu Hause. Nicht gut für das Image der Schule, für die ich in der Verantwortung stand, keine Frage. Doppelt peinlich."

„Peinlich, was ich unlängst in unserem Lesekreis erlebt habe", sagt Maja. „Ich schenkte meinen beiden Freundinnen, die den Hunsrückmaler lieben, deinen Roman *Zielscheibe Ströher*. Wie aus der Pistole geschossen prahlte Luisa beim Blick auf das Cover: 'Typisch Ströher. Seine pointillistische Phase.'

'Hat ein Freund von mir gemalt', sagte ich.

'Na klar', sagte sie nach einer Schrecksekunde. 'Niemals hätte der Ströher die Schatten hinter den Irmenacher Bäuerinnen gemalt.'"

Unerhört

Beim flüchtigen Anblick von sechs Honoratioren auf dem Ölgemälde des niederländischen Künstlers Rein Dool wurde eine Studentin
von einem Phantomschmerz übermannt. Sie hatte vielleicht den
Blick einer der abgebildeten Herren, der sich für einen Moment
von den Akten löste, als auf sich gerichtet wahrgenommen und
diesen Blick als Kränkung empfunden: Ich fühlte mich taxiert und
bloßgestellt.

Die beleibten Professoren des Rektorats der Universität Leiden
setzte der Maler neunzehnhundertsechsundsiebzig augenzwinkernd hinter Rauchwolken ins Bild, schweigend über Aktenbergen
brütend; rauchende weiße alte Männer: ein Elefant im Raum.

Cancel-Culture-beflissen ließ eine Dekanin das Bild abhängen.

„Habe jahrelang dröge Männerkonferenzen über mich ergehen
lassen müssen", schloss sie sich der Kritik an. „Und den Rauch
hasse ich auch." Ob eine Studentin oder eine Studierende sich von
Dools Gemälde attackiert fühlte, ist nicht bekannt. Der Fingerzeig
des Malers fand jedenfalls nicht den Weg in ihr Oberstübchen:
Der Öl-Schnappschuss des Künstlers schneidet den Kopf des ein-
zig stehenden Professors über der Nase ab, ein gezielter ironischer
Regelbruch der Porträtkunst.

Erst heftiger Protest bewirkte, dass die Universitätsleitung die
verwokete Aktion rückgängig machte. Das Bild, das bittererwei-
se den Rektor Cohen zeigt, der die NS-Besatzungszeit in einem
Versteck überlebte, wurde wieder an seinem angestammten Platz
aufgehängt. „Der Schaden eines vernebelten Woke-Verdachts aber
bleibt."(S. Trinks)

Wer die Ströher-Dauerausstellung im Simmerner Schloss kura-
tiert, sollte sich genau überlegen, ob er das Ölgemälde *Großvater
und Enkelin beim Dominospiel* aufhängt. Der Pfeife rauchende alte
weiße Mann könnte ja das Feingefühl einer woken Museumsbesu-
cherin verletzen. Die könnte ihr gestörtes Empfinden in die Inter-
netwelt hinaustwittern und unseren geerdeten Hunsrückmaler auf
den woken Index verbannen.

Ähnliche Gedanken sollte sich der Vorstand der Hunsrückbank machen: Sollte tatsächlich Karl Friedrich Ströhers Ölgemälde *Mein Vater mit Pfeife* im Großraum der Bank präsentiert werden? Eine zartbesaitete Kundin könnte mit der hirnsubstituierenden Handverlängerung namens Smartphone auf den unbotmäßig paffenden alten weißen Mann im Bild zeigen und der Bank das Vertrauen entziehen. Der Vater unseres hochgeschätzten Malers hätte seinen öffentlichen Auftritt schuldlos abzubüßen.

Eitelkeiten

Identitätswechsel vorm unrühmlichen Abgang in die Pfanne? Das mag ich mir beileibe nicht vorstellen. Nur weil der Dussel mich beim Einkauf verwechselt hat, bin ich in die Bredouille gekommen.

„Sehe ich dir denn wirklich so ähnlich?"

„Die Frage an sich ist schon eine Unverschämtheit!", entrüstet sich die Rote Rübe.

„Finde ich nicht", werfe ich zurück, ärgere mich aber über meine voreilige Kontaktaufnahme. Statt nun wenigstens den Mund zu halten, lege ich nach. „Unsere Ähnlichkeit hat ja erst die Verwechslung des Hobbykochs ermöglicht. Der muss allerdings ganz schön farbenblind sein."

„Siehst du auf meiner zarten Haut irgendeine deiner schrumpligen Warzen?", geht sie mich an.

„Typisches Rüben-Niveau", kommt es mir genervt über die Lippen, „fixiert auf Äußerlichkeiten. Fehlte nur noch, dass du dich deiner unansehnlichen Laubblätter rühmtest."

„Wüsste gerne, was eine Süsskartoffel da zu bieten hat?", ätzt sie. und fügt hinzu: „Nicht von ungefähr heißt man dich auch Knollenwinde, du armseliges Nachtschattengewächs."

Die Klügere gibt nach, denke ich mir. Ich habe es nunmal nicht nötig, meinen Ruf als Delikatesse herauszukehren. Die behagt schließlich dem Gaumen ausgewiesener Feinschmecker.

Vom Häuten einer Zwiebel

Ein reicher Hunsrücker Fabrikant namens Johann Fürchtegott schickte seinen Sohn nach Genf zu einem befreundeten Hotelier, wo er Französisch lernen und Einblicke in das Geschäftsleben eines Hotels gewinnen sollte. Im Kreisstädtchen Simmern wollte der Vater nämlich das erste Hotel auf dem Hunsrück bauen. Carl, so des Vaters Plan, sollte es als Hoteldirektor in eine rosige Zukunft führen.

Eines Tages taucht Hans auf, jahrzehntelang der Hausmeister von Johann Fürchtegott.

„Was führt dich nach Genf?", fragt Carl überrascht.

„Wie steht`s zu Hause? Gibt es was Neues?"

„Eischendlisch nid vill, Herr Fürchtegott", grummelt Hans, „nore, dat dä Raab, wo ma Ihne vor de zwansischste Geboordsdach geschenkt hod, verreggt is."

„Der arme Vogel", bedauert Carl, „was ist ihm denn passiert?"

„Vill se vill Aas hodä Vool gefress", erklärt Hans fachkundig, „dat verdraan die Raawe nid."

„Was für Aas?", fragt Carl.

„Ey dat von dene vier Geil", stottert Hans.

„Wie?", wundert sich Carl, „Vaters prächtige Kutschpferde sind verendet? Was hat ihnen denn gefehlt."

„Eischendlisch nix. Awer se hon se vill Wasser schlebbe misse, wo die Fabrik un dat Hous abgebrannt senn."

„Was, meines Vaters Haus ist abgebrannt. Wie konnte das geschehen?"

„Jo, mit de Faggele hädma bessa uffbasse misse."

„Was für Fackeln?", will Carl wissen.

Hans antwortet trocken: „Jo, die Faggele hodma bey da nääschdlisch Beerdischung vun meinem Scheff, also vun ourem Vadda gedraan."

„Was", stammelt Carl, „mein Vater tot und begraben. Und ich weiß nichts davon?"

Hans zuckt die Achseln.

„Woran ist er gestorben?", fragt Carl mit finsterem Blick.

„Dat wulle Sie bestimmt nid wisse", kommt es Hans verlegen über die Lippen.

„Rede!", herrscht Carl ihn an.

Hans hüstelt und bekennt: „Oua Vada hod id nid verkrafd, dat oua Schwesda en Basderd gebor hod. Dodevor däde Sie sisch als Brure doch aach mäschdisch äjare, ore?"

Carls Gesicht läuft rot an.

„Eischendlisch gid`s sust awa nix Noues", murmelt Hans und macht sich vom Acker.

(Anregung: Johann Peter Hebels Kalendergeschichte *Ein Wort gibt das andere,* 1809)

Am Geldschalter

Lange habe ich gezögert, dann mich entschlossen. Ich muss Geld abheben. In der Bankfiliale ist es stickig. Unter dem Mund-Nasen-schutz beginne ich zu schwitzen. Hinter mir warten weitere vier Kunden ungeduldig auf den abstandsgerechten Bodenmarkierungen; vor mir ein kleiner, dicker Mann, den Hut in den Nacken geschoben. Schräg hängt ihm die Maske im Gesicht. Mit dem bunten Keramiksparschwein des Dicken müht sich die Bankangestellte ab. Die engschlitzige Öffnung spuckt nur den einen oder anderen Cent in den Zählautomaten, da kann sie das Schweinderl noch so sehr schütteln.

„Jo, jo, die digge Euros. Isch honn se mit Gewalt renndrigge misse", nuschelt der Kunde vor dem gläsernen Spuckschutz.

„Ich könnte den Schlitz mit `nem Messer erweitern", schlägt die junge Frau vor, deren Gesicht rot angelaufen ist, „dabei könnte allerdings was kaputtgehen."

„Ey dann proveered äänfach mol", meint der Dicke und wippt auf seiner Markierung hin und her.

Hinter mir werden die Kunden unruhig.

„Verdammt", stöhnt sie auf einmal, „verdammt!"

Das Messer ist ihr auf der glatten Fläche des Sparschweins abgerutscht und in die Linke gefahren. Blut spritzt. Eine Kollegin, die sie beobachtet hat, eilt herbei, mit baumelnder Gesichtsmaske unterm Kinn, stürzt in den Schalterraum, um erste Hilfe zu leisten. Der Kassiererin ist es schwindlig geworden. Sie sinkt auf den Drehstuhl, behutsam gestützt von der Kollegin.

„Bessa uffbasse, saan isch noa", grummelt der Mann vor dem Schalter und zieht den Hut in die Stirn. Dann fordert er bräsig: „Ey dann gäbt ma mol mey Sparwuzz zerick. Isch kumme demnächst nommo vorbey. Middem greesere Schlitz."

Peinliches Missverständnis

„Achteurosechzig bitte!"
Sie platziert den Bon neben meine Frühstücksreste und jongliert
mit dem randvoll bestückten Tablett zwei Tische weiter. Ich falte
meine *FAZ* zusammen und packe die *Hunsrück-Zeitung* obenauf.
Beim Hinausgehen werde ich sie auf ihrem angestammten Platz
an der Garderobe ablegen. Als die Bedienung sich mir zuwendet,
reiche ich ihr einen Zehneuroschein.
„Stimmt so."
„Die *HZ* … ?", kommt es ihr, wie mir scheint, schnippisch über
die Lippen, wobei sie mit den Augen mein Zeitungsbündel fixiert.
„Ich darf sie doch Herrn Knauser geben, oder? Der liest sie morgens immer."
Knauser, der zuvor, wie mir aufgefallen war, am Nebentisch
lustlos in der *Welt* des Cafés geblättert hat, schielt auf die *HZ*.
Er lächelt die Bedienung an. Mit einem verschwörerischen Blick
drückt sie ihm das Lokalblatt, das sie von meinem Tisch abgreift,
in die geöffnete Pranke.
„Ich wollte sie dort wieder deponieren", sage ich beim Aufstehen und zeige in Richtung der Ablage. Im selben Moment könnte
ich mir in den Hintern beißen.

Der Anklagebrief

Jeden Tag sieht er seine Post hastig durch, ob nicht der Brief dabei ist, den er schon lange erwartet. Jeden Tag wundert er sich, wenn er nicht dabei ist. Jedesmal atmet er dann befreit auf. Abends stellt er sich vor, wie der befürchtete Brief am nächsten Morgen aussehen könnte. Vielleicht ist er handschriftlich verfasst? Vielleicht hat man wie in alten Kriminalfilmen ausgeschnittene Zeitungsbuchstaben aneinandergereiht? Vielleicht hat man ein offizielles Kuvert mit behördlicher Signatur in der Fensterscheibe zwecks Tarnung benutzt? Ganz ausgeschlossen ist, dass man den traditionellen Postweg durch ein modernes Medium ersetzte. Welchen Inhalts könnte die Anklage sein? Auf welche seiner, des Empfängers Verfehlungen könnte sie rekurrieren? Ihm fällt vieles ein, wofür man ihn zur Rechenschaft ziehen könnte. Manches hat mit Trägheit zu tun und mit mangelnder Zivilcourage, auch mit fehlendem Mut. Eine Verfehlung allerdings sticht hervor, rumort in seinem Gedächtnis, malträtiert seit Jahren sein Seelenleben.

Schweigender Schatten

Ich hatte sie zum Dorffest eingeladen.
Ihr spöttischer Blick schien mir zu sagen:
Das wirst du niemals wagen.
Sie ging, ohne zu klagen.

Ich habe niemals mehr von ihr gehört.
Das hatte mich zutiefst verstört.
Noch heute such` ich ihre Spuren, hie und da.
Und finde nichts von dem, was damals war.

Verpasst habe ich`s, in mir zu suchen.
Drum wurd` ich zum Wiederholungstäter.
Nicht gleich, doch viele Jahre später.
Drum ist`s gerecht, auf mich zu fluchen.

Dem Verse traue ich mich an.
Lese ihn auch dann und wann.
Als schlüpft` ich in den Beichtstuhl flugs.
Doch halt! Schon damals war das Murks.

Vielleicht droht aber nur ein riesiges rotes Fragezeichen aus der
Mitte eines weißen Blattes, das ihn in Frage stellte. Oder ein fettes
rotes Ausrufezeichen? Oder ein dicker roter Schlusspunkt? Vielleicht aber auch nur – ein kleiner farbloser Gedankenstrich.

(Anregung: Marie Luise Kaschnitz: Drohbrief, 1972)

Mohrenköpfe für Sprachpolizisten

Der Schwarzfahrer, eigentlich kein Schwarzmaler, ärgert sich schwarz, dass man ihn angeschwärzt hat. Als er die amtliche Anzeige schwarz auf weiß im Postfach vorfindet. denkt er sich: Die Nachbarin, die zum Lachen in den Keller geht, wird's gewesen sein. Jeden Sonntag sitzt sie, die gedankenlos seit eh und je Schwarz trägt und Schwarz wählt, in der ersten Reihe vor dem Schwarzrock. Der sollte dieser schwarzen Seele moralisch endlich mal die Rote Karte zeigen. Ich wünsche ihr, die gelb vor Neid, einem nicht das Schwarze unter dem Nagel gönnt, Schwarzkittel als ungebetene Dauergäste im Vorgarten auf den Hals. Dann kann sie auf Hilfe warten, bis sie schwarz wird!

Vielfalt – eine Illusion

Auf den Straßen und Plätzen der Stadt,
da hört man neben Siemascha Platt,
Hochdeutsch, Türkisch und anderes mehr.
Sich darüber wundern fällt nicht schwer.
Sich darüber freuen ist was anderes,
ist vielleicht gar etwas Größeres.
Doch manchem schwant schon Schlimmeres:
Geschieht da Böses unter einem Firnis?
Der, gottlob männlich buchstabiert,
eben nicht Germania finis intoniert.

Unsre Sprache hat `nen großen Magen,
hörte man bereits den weisen Goethe sagen.
Hebräisch, Griechisch, Jiddisch und Latein,
ja auch die Sprache der Franzosen,
selbst den Slang von Amis und Ganoven,
hat sie klaglos, schadlos aufgesogen.
Drum schwör ich Stein auf Bein:
Es wird doch wohl zu schaffen sein.

Liebenswert sind Menschen aller Zungen,
wenn sie frank und frei und ungezwungen
aufrecht geh`n und friedvoll zueinander steh`n.
So mag es hie und da und überall gescheh`n.
Lasst uns frei von falschen Ambitionen,
eins und eins mit zwei belohnen.

Schnee, Leute

Gegen sechs Uhr bereits beginnt er mit seinem Werk. Schneestrahlen schießen schräg durchs Licht, das die Kontaktlampe über dem Hauseingang in den verschneiten Vorgarten wirft, ein glitzernder Vorhang vor Bernds Augen. Gleichwohl, bevor die Kinder zur Schule aufbrechen, will er sie überraschen.

Um acht Uhr, der Morgen verabschiedet soeben Restspuren der Nacht, stürmen Marie Thérèse und Marie Audrey aus der Tür. „Schau mal!" Marie Audrey eilt durch das Gestöber auf den Schneemann zu, hinter dem Bernd, ihr Vater, sich bibbernd versteckt hat.

„Dem fehlt die Nase", ruft Marie Thérèse, fingert im Ranzen nach der Möhre – Mutter Bettina hat wohlweislich vorgesorgt – und steckt sie dem weißen Kerl mitten ins Gesicht.

Da löst sich Bernd aus dem Schatten des Schneemanns. Lachend umarmt er die erneut überraschten Zwillinge. Munteren Schritts machen sie sich alsdann auf den Weg zur Schule.

Kaum hat der Schneevorhang sich hinter ihnen geschlossen, taucht die bräsige Nachbarin auf und mosert, ohne zu grüßen, im Vorbeigehen: „Auf den Gedanken, `ne Schneefrau zu bauen, kommt der Machovater nicht!"

Das lässt sich Bernd nicht zweimal sagen und flugs erschafft er seinem Schneemann eine Partnerin.

Kaum fertig mit seinen Schneeleuten, muss er sich ein weiteres Mal wundern.

„Rückfall in die muffigen fünfziger Jahre, überholtes, ewiggestriges Familienmodell!", grantelt die Lesbe lauthals vom Papageienhaus auf der anderen Straßenseite herüber. „Lebensmittelverschwendung!", kreischt ihre vegane Lebensgefährtin und greift sich an die Nase. Dann keift sie, auf die angedeuteten Brüste der Schneefrau zeigend: „Sexist!"

Da wird das Fenster der Wohnung neben den Lesben aufgerissen und der schwule Nachbar wettert, er, Bernd, solle gefälligst zwei Schneemänner bauen.

Bernd grummelt: „Fehlt nur noch, dass man mich als Rassisten beschimpfte, weil Schneemann und -frau weiß sind."

Im selben Moment schlittert ein Polizeiwagen trotz Vollbremsung auf Bernd im Vorgarten zu, vergräbt den Lattenzaun unter sich und kommt einen halben Coronameter vor den Schneegeschöpfen zum Stehen.

Die beifahrende Polizistin springt gesichtsmaskiert heraus und herrscht Bernd an: „Weder Sie noch Schneemann und -frau tragen eine Maske! Nicht mal den Mindestabstand halten Sie untereinander ein!"

Ihr zerknirscht die Unfallstelle begutachtender Kollege, der im Eifer des Gefechts seine Maske im demolierten Streifenwagen hat liegen lassen, erntet einen strafenden Blick. Er beeilt sich, der Kollegin den Block mit den Strafzetteln auszuhändigen. „Dreimal fünfzig Euro wegen grob ordnungswidrigen Verhaltens."

Übertönt wird diese Ansage vom Genörgel der vollverschleierten Asli; ihr Vorname bedeutet „Das Original", „das Eigentliche". Sie stapft vom Eckhaus her im knirschenden Schnee durchs Flockengetümmel und beschwert sich: „Warum trägt die Schneefrau kein Kopftuch?!"

Besuch im Altenheim

„Woher kimmsdou dann?"

„Von dort."

Die Besucherin zeigt zur Tür.

„Nä, isch mään, woher dou eijendlisch kimmsd."

„Ach so, von Argenthal."

„Wilsdou misch nid verstehn?", braust sie auf. „Isch will wisse, wo dou geboor bisd."

„In Koblenz."

Entgeistert schaut sie die Besucherin an, die heute zum ersten Mal alten Menschen im Heim vorliest.

„Kannid senn."

„Doch, doch."

„Un woher kumme dey Ellere."

„Meine Mutter ist in Argenthal geboren."

Sie macht ein Pause und Oma Elsbeth hält Maulaffen feil.

Die junge Frau räuspert sich und fährt fort: „Mein Vater ist in Äthiopien geboren. Er hat in Mainz Medizin studiert. Dort hat er meine Mutter kennengelernt. Die hat als Krankenschwester in der Uniklinik gearbeitet."

Da huscht ein Lächeln über Oma Elsbeths Gesicht.

„Jetzt fangen wir aber an", schmunzelt die Besucherin und liest Elsbeth eine kurze Geschichte vor: *Die Flötenspielerin von Simmern.*

Die Flötenspielerin von Simmern

An einem der ersten Oktobertage, das Wetter ist spätsommerlich. In der Stadt herrscht reges Treiben. Schüler strömen aus den Schulen, die Menschen genießen beim Bummeln in der Mittagspause kaum noch erhoffte Sonnenstrahlen. Kinder drücken sich an den Ausstellfenstern die Nasen platt. Ein angeleinter Dackel tanzt um einen Bistrotisch herum, an dem Herrchen und Frauchen Eis schlecken.

Sie trägt ein buntes Clownskostüm. Am Kandelaber gegenüber der Eisdiele steht sie auf einem Holzschemel. Sie führt die Flöte zum gespitzten Mund und entlockt ihr Melodien von Georg Philipp Telemann.

Ein Mann mittleren Alters mit einem Aktenkoffer verlangsamt seine Schritte und bleibt für einen Moment stehen. Dann eilt er hektisch davon. Wenig später klimpert es zum ersten Mal im Flötenkasten vor den Füßen der Musikerin; eine ältere Dame hat fünfzig Cent hineingeworfen. Flüchtig nickt die Flötenspielerin. Ein junger Mann, das Lockenhaar zu einem Dutt gezwirbelt, stützt sich auf der Bronzefigur der Greta ab, lauscht eine Weile, dann blickt er unvermittelt auf sein Smartphone und trollt sich.

Ein kleines Mädchen erliegt dem Charme des Clowns. Es zieht die Mutter vor die Flötenspielerin, die sich im Rhythmus ihrer Musik hin und her wiegt. Mit großen Augen bestaunt das Kind den Tanz der Finger auf dem Instrument. Der Clown lächelt ihm zu. Missmutig zerrt die Mutter ihre Tocher weg. „Veer so Flause hon meer grad kä Zeyd, Flora!", keift sie. Über den Rücken schaut das Kind zurück, bis der Clown nicht mehr zu sehen ist.

Verwegene Jungs grölen vor überbordenden Eisbechern und posaunen dem Clown derbe Sprüche entgegen. Der indes gibt sich unbeirrt den zauberhaften Klängen seines Flötenspiels hin.

Gegen vierzehn Uhr steigt sie vom putzigen Podest herab. Drei Euro und zehn Cent zählt sie, lächelt und steckt den Lohn in die Seitentasche des Clownskostüms. Dann versorgt sie die Flöte im Instrumentenkasten.

Wie in Zeitlupe streift sie die Maske ab und schüttelt den prächtigen Haarschopf. Rotblonde Locken glänzen in der Sonne, die vom blitzblanken Himmel lacht.

Zwei ältere Passantinnen haben zugeschaut. Als sie sich langsam umdreht, flackert ein Strahlen in den Augen der beiden auf und sie beginnen puppenhaft zu klatschen. Die Flötenspielerin wendet sich ab und der Stephanskirche zu.

Dort wird sie am Abend aufspielen. Seit Wochen ist das Telemann-Konzert ausverkauft. Dreißig Euro ist den Besuchern aus nah und fern der Auftritt der weit über den Hunsrück hinaus bekannten Künstlerin mit Simmerner Wurzeln wert. Huldigen wird man ihr, gewiss. Die *Hunsrück-Zeitung* wird nicht mit Lob für die *bezaubernde Flötistin und ihr dankbares Publikum* sparen.

Viele, viele Jahre später wird das Mädchen seinen Kindern von dem Clown erzählen, von dem Clown, der so bezaubernd auf seiner Flöte spielte.

(Erstveröffentlichung: Gerd Tesch „Gestern ist heute". Kontrast-Verlag, Pfalzfeld 2018)

Vor einer Postfiliale –

oder wie man zum Misanthropen werden kann.

Meine Nachbarn waren vor Tagen so freundlich, das Läuten des Postboten zu überhören. Zu ungewöhnlicher Zeit war der DHL-Bote während der halben Stunde, die ich außer Haus war, aufgekreuzt und hatte nach vergeblichem Klingeln eine Abholkarte in mein Brieffach geworfen. „Ihre Sendung ist da!" Veralbern kann ich mich selbst, schoss es mir durch den Kopf. Die ironische Botschaft sprang mir rotfarbig ins Auge, unterhalb des traditionsreichen schwarzen Posthorns vor gelbem Hintergrund. Dabei hatte ich mich so auf frische Kaffeebohnen gefreut!

Trotz innerer Widerstände raffe ich mich Tage später schließlich doch auf, das *dm*-Paket im *Lottolädche Sonnenhof 3*, Postfiliale 488, abzuholen, bewaffnet mit Perso und dem gelben Belegwisch. Der zeigte mir noch einen Tag „Lagerdauer" an, kleingedruckt. Hätte ich mal besser sein lassen. Obwohl ich zehn Uhr anvisierte, also eine Stunde, bevor die Lieferung vom Vortag abholbereit im Shop liegen würde, wurde mir der Morgen bereits vor dem Frühstück gründlich vermiest. Übrigens frühstücke ich grundsätzlich erst gegen elf Uhr, um mein Gewicht zu halten; Intervallfasten nennt man das.

Zwar finde ich in unmittelbarer Nähe einen Parkplatz, aber vor dem Shop, dessen Ladentür immerhin sperrangelweit geöffnet ist, steht ein Lieferwagen der DHL, beide Rücktüren zur Seite hin aufgeklappt. Gerade quält sich ein großer, dickbäuchiger Mensch mit einer Schiebekarre, beladen mit Päckchen, die anscheinend nicht in der Sieben-Tage-Frist ihre Adressaten gefunden haben, aus dem engen Kabuff heraus, wobei er sich, kaum draußen, seines verqueren Mund-Nasen-Schutzes entledigt, durchschnauft und heftig niest; natürlich nicht in die Armbeuge, schließlich hat er alle Hände voll zu tun.

Von drinnen glotzt mich, der ich mit frischer FFP2-Maske vor der Tür warte, ein etwa vierjähriger Bub mit dunklen Knopfaugen unter schwarzlockiger Mähne an, ohne Maske. Sein kleiner, spitzbäuchiger Vater in abgewetzter brauner Turnhose, darüber eine speckige graue Jacke mit einem farblich dazu passenden Mund-Nasen-Schutz, den er wohl schon länger benutzt, wartet auf den Shopbetreiber. Der junge Schlaks mit Maske als dekorativer Halskrause springt zwischen dem grell beleuchteten Lagerraum, zu dem ein schmaler Durchgang führt, der von Regalen voller Zigaretten umstellt ist, und der teilverglasten Theke hin und her, ohne den Dicken, der abwechselnd auf dem einem, dann auf dem anderen Fußballen wippt, zur Kenntnis zu nehmen, obwohl der unentwegt mit einem Lottoschein wedelt.

Seitlich von mir hat sich ein wuchtiger Mann mit Ziegenbart, ebenfalls mit ausladendem Bauch unter einem schmutzig-grünen Parka, hinter seinem Einkaufswagen platziert und qualmt, von Hustenattacken begleitet, eine Zigarette. Rauchwölkchen umnebeln ihn. Beiläufig quatscht er mit dem Postmann, der die Karre belädt:

„Wadi Leyd alles bestelle. Nid se glaawe!"

„Jo, jo, un eysch hon die Aawed. Wadie alles zerickschigge. Nid se glaawe!"

Bei diesen Worten manövriert er die randvoll beladene Karre mit den am Vortag nicht zugestellten Sendungen ins *Lottolädche*, große. kleine, rechteckige, quadratische, formlose, bunte, graue Päckchen und Pakete. Routinemäßig schiebt er, kurz bevor er mich passiert, den vermeintlichen Mund-Nasen-Schutz nach oben, bis unter, aber nicht über die Nase. Dann passiert, was passieren muss: Der Paketturm fällt just im Eingangsbereich in sich zusammen. Der Junge klatscht in die Patschhändchen und kreischt vor Freude. …

„Dunnerkeil nochemoo", grantelt der Postbote und beginnt mit den Aufräumarbeiten. Es hilft ihm keiner.

Hinter mir hat sich mittlerweile eine Schlange gebildet. Grummeln hebt an. Der Wind heult. Erste Regentropfen fallen vom taubengrauen Himmel.

Mein Unbehagen wächst sekündlich.

Ich entscheide mich gegen Kaffee, für Tee und mache die Fliege. Kaum sitze ich im Auto, öffnet der Himmel seine Schleusen.

Welt, verkehrt (2021)

Flugs wie der Luchs,
schlau wie der Fuchs
schlägt es zu im Nu,
irgendwo, immerzu.

Lauttausch
im Rausch.
Wer lauscht da
berauscht?

Wer hustet.
der haftet.
Es knallt:
Gewalt.

Wie war der Test?
Es gibt ihr den Rest.
Ist man ungeimpft,
wird man beschimpft.

Wer klagt,
wird eingesargt.
Ungefragt.
Es nagt.

Es setzt uns matt,
aalglatt.
Die Welt wird rauer,
auf Dauer.

Wer überlebt?

Im Wurzellabyrinth der altgedienten Fichte,
ringen Käfer, Wurm und Pilze um die Macht.
Selbst Ameisen woll`n, wer hätte das gedacht,
herrschen in dem Schattenreich der Wichte.

Die Rechnung freilich hat man ohne einen Wirt gemacht.
Der mit dem kleinen Schweinerüssel ist darauf bedacht,
dass nur er, der tolle Tunnelstar, alles zu bestimmen hat,
was man als unumgänglich politisch zu verkaufen hat.

Der Adler, der König der Lüfte hoch oben, zieht ruhig seine
Bahnen.
Den Maulwurf, den wird`s erwischen, man kann es jetzt schon
ahnen.
Was unter und über dem erdigen Teppich passiert,
das wird mit scharfem Blick genüsslich registriert.

Ich lass sie noch ein wenig toben,
sie sind doch arg verschroben.
Alles Gute kommt von oben.
Diese Nachsicht ist zu loben.

Coronas Verlässlichkeit

Meine Angst, teilte man mir mit, lasse grüßen; sie erfreue sich bester Gesundheit. Und das, nachdem ich sie zwei Monate zuvor glaubte losgeworden zu sein, am neunundzwanzigsten Dezember auf der Rückkfahrt von Memmingen nach Mainz: Bei der Flussüberquerung kurz vor dem Zielbahnhof hatte ich sie aus dem Zugfenster geworfen, um sicherzugehen, dass der sagenumwogene Rhein sie schlucken werde, dass sie endgültig in seinem Schlund verschwände. Die drei Mitreisenden im Abteil hatten ähnlich gehandelt. In einem heroischen Akt hatten wir uns per Augenkontakt stumm verständigt. Wir setzten die Masken ab und warfen sie gemeinsam aus dem Fenster. Corona sollte uns ein für allemal gestohlen bleiben. Den kollektiven Befreiungsakt hatten wir im Bordbistro mit Sekt besiegelt. Fünf Wochen später schlossen sich der Bundesgesundheitsminister und seine Länderkollegen unserem Vorbild an. Professor Lauterbach setzte als politische Speerspitze auf gesundheitspolitische Abrüstung, entgegen seiner persönlichen Überzeugung. Er werde weiterhin Maske tragen, ließ er kleinlaut verlautbaren. Die Maskenpflicht im öffentlichen Raum wurde offiziell ab Anfang Februar zweitausenddreiundzwanzig beerdigt.

Im Überschwang des Triumpfs wurde leider eine simple Erfahrungstatsache schlichtweg vergessen: Viren und die Angst vor ihnen sind überaus zäh. Sie überleben alles, auch uns. Kein Wunder, dass es der Angst nichts ausmacht, aus einem Zugfenster geworfen zu werden. Selbst ein gewaltiger Strom wie der mythenbeladene Vater Rhein kann der Angst nichts anhaben. Heute stelle ich mir vor, wie die Masken als Wellenreiter uns auslachen. Unser Befreiungsakt war sinnlos, unser Triumpf ein Trugbild. Corona hat es in ihrem schwarzen Loch begraben. Die Angst lässt mich grüßen, schamlos und beschämend. Ich fürchte, sie wird bald wieder bei mir anklopfen, viellicht gar lauter denn je. Ausgeruht und erholt wird sie sein. Verlässlichkeit, sagt man, sei aus der Mode gekommen. Corona beweist das Gegenteil. Auf Corona ist Verlass. Die Angst vor Corona bleibt unser treuer Begleiter.

(Anregung: Kurt Marti, Meine Angst, 1980)

Dankbarkeit

Die Fußballer stellten sich in die Mauer, so wie ihr Torwart es haben wollte. Dabei fand der Abwehrrecke im Zentrum noch Zeit, zu kratzen, wo es ihn biss, nämlich auf dem Kopf. Mit zusammengelegtem Daumen und Zeigefinger streifte er am Haar herab und ließ ein armes Tierchen, das er zum Gefangenen gemacht hatte, auf den Boden fallen. Aber indem er sich niederbückte, um ihm den Garaus zu machen, zog der gegnerische Stürmer ab und zirkelte den Ball durch die Lücke, die entstanden war, unhaltbar in den Torknick. Jubelnd eilte er auf den verdatterten Verteidiger zu, hob das Tierlein schonend von dem Boden auf und blies es in die Luft.

(Anregung: die gleichtitelige Kalendergeschichte Johann Peter Hebels, 1814)

Der Augenblick

Er ist`s.
Ihm bin ich gewogen.
Habe Kraft aus ihm gezogen.
Gewiss.

One Moment in Time beschwört Whitney Houston.
Elias kredenzt den Talisker.
„Gibt es d e n Augenblick", fragt der fremde Gast, der gedan-
kenversunken bisher geschwiegen hat. „Ich meine den Augenblick,
der alles verändert?"
Barkeeper Teske schaut ihn mit hochgezogenen Brauen an.
„Ein Unfall, der Lottogewinn, die Liebe auf den ersten Blick?"
„Sie beginnen mit einem Negativbespiel", antwortet Elias dem
Fremden, vielleicht fünf Jahre älter als er, hager, schwarzer Vollbart,
unruhig flackernder Blick.
„Das kann man auch anders sehen."
„Aha?", wundert sich Elias.
„Der Lottogewinn ist Türöffner in eine für den Glückspilz
unbekannte Glamour-Welt. Dort erwartet sie ihn, nennen wir sie
Emelie, Emelie, die ihr Geschäft beherrscht. Ihren Verführungs-
künsten ist er augenblicks erlegen, ist Wachs in ihren Händen.
Ein Radfahrunfall öffnet ihm die Augen. Emelie steht vor seinem Krankenbett. Wo ist der Blick, in den er sich verliebt hat? Wo
ist ihr Charme? Die borstige Stimme nervt, ebenso ihr aufdring-
liches Parfüm. Robotergleich ihre staksigen Bewegungen."
„Der Unfall entpuppt sich als Gamechanger", sagt der Barkeeper, der kurz seinen Poliermarathon unterbrochen hat.
„Nun ja, die wahre Geschichte ist anders verlaufen", sagt der
Fremde, nippt an dem Whiskey und erklärt: „Nach dem Radunfall
vor einem Lottogeschäft, der schlimmer hätte ausgehen können,
entschließt er sich spontan, einen Gewinnschein auszufüllen und
wird belohnt. Als er Tage später die tausend Euro in dem Laden
einstreicht, verliebt er sich Hals über Kopf in die strahlende Ver-
käuferin, eine Studentin namens Emelie, die ihren ersten Arbeitstag

hat, und lädt sie für den Abend ins beste Lokal der Stadt zum Essen ein. Heute noch ist sie die Frau an meiner Seite."

„Gratuliere!", lacht Barkeeper Elias. „Einen Radunfall mit solchen Folgen wünschte ich mir auch."

„Denken Sie sich Ihre eigene Geschichte aus", rät ihm der Fremde mit einem Unterton, den Elias nicht recht einordnen kann.

„Sind Sie etwa ein ehrlicher Lügner?", fragt er.

„Eher ein Ehrlicher", antwortet der Fremde, das Whiskeyglas in den verschränkten Händen, „der in Sachen Wahrheitsanspruch durch Lebenserfahrung skeptisch geworden ist."

Kein Ehering, registriert Elias.

„Ich muss mir die eigene Geschichte nicht erst ausdenken", krächzt eine Stimme im Rücken des Fremden, ein zweiter Bargast, der sich ächzend von seinem Tisch in einer Nische erhoben hat.

Er hinkt heran, pflanzt das Bierglas auf den Tresen und platziert sich ungefragt neben ihn.

„Radunfall", knurrt er und schlägt sich auf den Oberschenkel. „Für meine Liebe auf den ersten Blick war das zu viel des Schlechten. Seither fehlt mir der zweite Blick."

„Und der Lottogewinn?", fragt der Fremde ungerührt, ohne ihn anzuschauen.

„Ein Sechser. Hätte mir geholfen, die teure Operation anzugehen."

„Hätte?", fragt der Barkeeper.

„Der Unfall verhinderte, dass ich den bereits ausgefüllten Schein abgab."

„Once upon a time in Teskes Bar", grummelt der Fremde, den Blick auf Elias Namensschild gerichtet.

Die Musikbox wechselt zurück: *One Moment in Time.*

„Ich glaube Ihnen kein Wort", sagt der Hinkefuß und schaut dem Fremden grinsend ins Gesicht.

Ausdruckslos blickt der zurück.

„Ich kenne Ihre Ex."

Des Fremden Mundwinkel zucken. Er zahlt, räumt wort- und grußlos die Bühne und stakst zum Hotelaufzug.

Als Elias Teske spätabends nach getaner Arbeit von der Drehtür des Haupteingangs ins Freie gespült wird, begrüßt ihn ein sternenklarer Himmel. Gerade zündet er sich eine Zigarette an, da schießt ein Fahrrad um die Ecke, dem er nicht ausweichen kann. Er stürzt zu Boden, rappelt sich auf und will seinem Ärger Luft machen. Doch wie ein Blitz treffen ihn Funken aus den tiefschwarzen Augen einer zipfelbemützten Schönheit, die, neben ihrem Fahrrad kauernd, sich das Knie reibt.

„Hi, tut mir leid", stöhnt sie und streckt ihm die Hand entgegen. „Emelie heiße ich."

Augenblicks wird es Elias warm ums Herz: sein Lottogewinn.

Flirt in einer Bar

„Ich werde schon rot, wenn ich nur befürchte, rot zu werden", seufzt Emma.

Ihre Freundin nippt am Sektglas, lässt den Blick wandern und meint beruhigend: „Niemand weit und breit, der dafür Anlass geben könnte."

„Ich würde auch gerne in die Köpfe der Leute gucken können", folgt die prompte Erwiderung,

„Den ironischen Unterton ignorierend, entgegnet Martha: „Man darf sich nicht von Ängsten abhängig machen."

„Leicht gesagt", sagt Emma.

„Warten wir mal ab", sagt Martha, „wer noch aufkreuzt."

„Darf ich euch Gesellschaft leisten?", fragt im selben Moment eine freundliche Stimme. Mit lachenden Augen schaut ein braunlockiger junger Mann, dessen Haare auf dem Kopf zu einem Knoten gezwirbelt sind, zu den beiden etwa Gleichaltrigen hin.

Martha bejaht seine Frage mit einer lässigen Handbewegung; er nimmt Platz und stellt sein Cocktailglas, das er in der Hand jongliert, auf den Clubtisch. Launiger Bar-Jazz hebt an, der Barkeeper grinst hinter dem Tresen.

„Ich habe euch beobachtet."

Emmas Rücken strafft sich; sie nestelt am seidenen Halstuch, das den Übergang zwischen dunklem Gesichts-Make-up und blassem Hals kaschiert; sie räuspert sich, sucht die Augen Marthas, die gerade den Blick ihres Gegenüber fixiert, weshalb Emma sich Richtung Barmann wendet, der, wie jeder Barmann ein flinker Menschenkenner, zu verstehen scheint und sogleich mit einem Schälchen voller Erdnüsse um die Ecke biegt, es auf die Tischmitte bugsiert und fragend in die Runde schaut.

„Vier", kommt es Emma zum eigenen Erstaunen über die Lippen, wobei sie an ihr Sektglas tippt.

„Gerne", sagt der Barmann augenzwinkernd.

Der Duttträger erhebt sich und folgt ihm hinter den Tresen, wo er sich an der Stereoanlage zu schaffen macht.

„Kennen die sich?"

„Sein Bruder?", mutmaßt Martha.

„Jetzt, da du es sagst", meint Emma.

„Besser?", fragt der junge Mann, der wieder Platz nimmt.

„Warten wir mal ab", antwortet Martha.

Andante, andante singen Abba.

„Nicht schlecht", sagt Emma und hebt das Glas, das der Barkeeper soeben serviert hat, um mit ihm und den beiden anderen anzustoßen.

Martha lächelt ihr zu, wendet sich dann aber an den Duttträger und sagt: „Beobachtet hast du uns also."

„Meine Lieblingsbeschäftgung", flüstert er.

„Frauen beobachten?"

„Menschen beobachten", korrigiert er.

„Und was ist dir aufgefallen?", will Emma wissen.

„Ihr beiden seid geteilter Meinung gewesen", sagt er, „vielleicht über …"

„Jetzt bin ich gespannt", sagt sie in die Pause hinein, die er allem Anschein nach absichtsvoll gemacht hat. „Kann er Gedanken lesen oder Lippenbewegungen entziffern?"

„Vielleicht über das uralte Thema: „Bin ich tatsächlich verliebt? Ist er, sie der, die Richtige?"

„Du gehst also davon aus, dass wir beide kein Paar sind", sagt Martha.

„Ich glaube", raunt er, „die köstliche Unordnung im Gehirnkasten Heranwachsender wahrgenommen zu haben."

„Wie bitte?"

„Nun, der schriftstellernde Maler Max Ernst behauptete das von sich selbst im Rückblick auf seine spätpubertären Jahre, als er dreiundzwanzig wurde."

„Raffinierte Methode, uns altersmäßig zu taxieren", sagt Martha, die kleine Unverschämtheit weglachend. Dann legt sie nach: „Wie ist es denn um die köstliche Unordnung in deinem spätpubertären Oberstübchen bestellt?"

„Guter Konter", räumt er schmunzelnd ein. „Bei dir muss man ja aufpassen, dass es einen nicht aus der Kurve trägt."

Emma, die das Flirtgeplänkel mit zusammengekniffenen Augen verfolgt, fragt ihn schmallippig, was er denn so treibe, wenn er nicht gerade tiefschürfend unterwegs sei.

„Statt kurvenreicher Gedankengänge teste ich dann E-Fahrzeuge auf kurvenreichen Pisten."

Bei diesen Worten scannt sein Blick unverblümt Marthas Oberweite. Was Emma später ihrer Freundin unter die Nase reiben wird.

„Kann ich da mal mitfahren?", fragt Martha mit funkelnden Augen.

„Leider nicht. Versicherungsbedenken", bedauert er.

„Ich bitte dich", tönt sie, „so kleinkrämerisch?! Wenn der Deutsche hinfällt, fragt er sogleich: Bei wem bin ich versichert? Hat Tucholsky sarkastisch verlautbart; ein Zeitgenosse von Max Ernst, wie du sicher weißt."

„Hm, mal schauen, ob`s klappt.", sagt er mit gekräuselter Stirn. „Da bräuchte ich allerdings mal deine E-Mail-Adresse."

Martha zückt einen Kuli und ergreift resolut die Hand des Testpiloten, um darauf die gewünschten Ziffern zu schreiben.

Emma macht Augen. Rot drängt sich vor.

Der Barkeeper grinst.

Die Juke-Box lässt *On the road again* ausklingen.

„Passt", kichert Martha. „Wie heißt du übrigens?"

„Johannes, mein flippiger Bruder", antwortet der Barkeeper und klopft ihm freundschaftlich auf die Schulter.

Johnny Cash singt nun *A Wednesday Car.*

Langeweile

Ihr Jour fixe: Morgenspaziergang am ersten Montag eines jeden Monats. Bei Wind und Wetter. Heute Waldspaziergang bei spätsommerlicher Wärme, Windstille. Die ersten zehn Minuten haben sie sich aus Gründen der Sozialhygiene Schweigen verordnet.

„Kennst du diese merkwürdige Leere", fragt Dietrich, kaum dass die Zeit verstrichen ist, „diese melancholische Langeweile, die einen ergreift, wenn nach einem aufregenden Ereignis plötzlich Ruhe und Ordnung einkehren?"

„Die Stille", antwortet sein Freund Leonhard. „Die Stille, wenn man nach dem Rausch einer Liebesnacht alleine im Bett aufwacht. Ist Thema einer Kurzgeschichte, die ich ..."

„Ich hatte eher ein politisches Ereignis im Sinn", fährt Dietrich dazwischen und fügt hinzu: „Dein Beispiel hebt ab auf ein privates Vergnügen, auf Kurzweiliges. Das wird zwangsläufig von Langeweile abgelöst – oder soll ich sagen, von Langeweile bestraft?"

„Du redest wie ein Kostverächter", sagt Leonhard lachend.

Ohne auf den Vorwurf einzugehen, die Stirn jedoch gefurcht, sagt Dietrich: „Ich denke an ein sinnstiftendes Ereignis, etwa die Teilnahme an einer politischen Demo für beherzteres Vorgehen gegen den Klimawandel."

„Was sinnstiftend ist, das entscheide ich schon selbst", stellt Leonhard klar.

„Dann beschwere dich nicht über die Folgen, mein Freund."

„Tue ich das, Dietrich? Ich habe von Stille gesprochen. Das Thema Leere und Langeweile hast du aufgespießt, nicht ich."

„Eine Demonstration gegen was weiß ich. Gemeinsam mit Gleichgesinnten: ein Wahnsinnserlebnis!"

„Ich habe nie an einer Demonstration teilgenommen", sagt Leonhard, „und ich werde es wahrscheinlich auch nie tun."

„Sag nie nie, die Zeiten können sich ändern, Leonhard. Verdammt rasch können sie sich ändern. Wenn die Inflation davongaloppiert, die Zinsen weiter durch die Decke gehen, die Konjunktur den Bach runtergeht, Corona erneut dazwischenfunkt, die Ukraine ausblutet, Putin und die Chinesen nicht gestoppt werden, dann bist auch du vielleicht bald auf der Straße."

„Du willst doch wohl auf Folgendes hinaus", räsoniert Leonhard, der keine Lust hat, sich von Dietrichs Suada an einem schönen Tag die Laune verderben zu lassen. „Nach einem Kollektiv-Erlebnis, sei es im Fußballstadion, im Konzert, im Theater, will man sich darüber austauschen, man geht in eine Kneipe oder Bar ..."

Erneut wird er unterbrochen: „... und badet dort wieder in einem Stimmenpool. Vielleicht geht es tatsächlich auch darum", sagt Dietrich verschnupft.

„Hör mal!" Theatralisch hält Leonhard die Hand hinter die Ohrmuschel. „Was für ein wunderbares Gezwitscher!", ruft er.

Soeben passieren sie eine dichte Hecke, aus der ein Vogelkonzert erklingt. „Ist mir allemal lieber als der Geräuschteppich in einer stickigen Kneipe."

„War früher anders", entgegnet Dietrich spitz.

„Stimmt. Die Abende in unsrer rauchgeschwängerten Studentenkneipe möchte ich nicht missen. Wir sind eben älter geworden."

„Und privatisieren deshalb? Klar, du bist Single. Dennoch, politisches Rückzugsgefecht, das kann nicht dein Ernst sein!"

„Merkst du nicht", gibt Leonhard zu bedenken, „dass wir schon wieder streiten."

„Ich schlage ein unverfängliches Thema an", entrüstet sich Dietrich, „und du schiebst es wieder einmal auf ein Feld, auf dem du dein Steckenpferd reiten kannst."

„Und das wäre?"

„Muss ich dich wirklich daran erinnern?"

„Ja bitte!"

„Deine Schreibmanie."

„So, so."

„Was heißt das denn nun schon wieder? Ich spreche die bedrückende wirtschaftliche und sicherheitspolitische Situation an und du kommst mit dem Vogelgezwitscher um die Ecke."

„Hörst du es? Da ist es wieder. Was ein Spaziergang nicht alles zu bieten hat."

Dietrich setzt eine beleidigte Miene auf und schweigt den nächsten Kilometer. Leonhard atmet genüsslich die frische Waldluft ein.

„Lass uns über etwas anderes reden", versucht Dietrich es mit dünner Ironie.

„Bitte. Ich kann zuhören", meint Leonhard.

„Das wäre mir neu", grantelt Dietrich. „Ich muss dich gelegentlich unterbrechen, damit auch ich mal was sagen kann."

„Nur zu", rät ihm sein Freund.

„Hast du gestern Abend Illner geguckt?"

Leonhard nickt.

„Super, wie der Kevin den Linnemann zerlegt hat. Überhaupt, die junge Garde bestärkt mich darin, meiner Partei die Stange zu halten. Das abgehobene Professorengesabber von dem Fuest war dagegen unerträglich. Klar, dass der dem großen Wurf des Bürgergelds nichts abgewinnen kann. Was die schräge FDP-Blondine, deren Namen hab ich vergessen, geritten hat, die bescheuerte Idee einer Aktienrente ins Spiel zu bringen ..."

„Die Frage der Moderatorin", erinnert Leonhard.

„Schon wieder lässt du mich nicht ausreden", mokiert sich Dietrich. „Klar, Aktien, dein zweites Steckenpferd."

„Hallo Ihr beiden!", ertönt eine vertraute Stimme.

Aus einem Seitenweg kommt Dietrichs Frau Lore mit einer Freundin auf die zwei Freunde zu und sagt zu ihrem Gatten: „Elvira hat mir gerade begeistert von Linda Teutebergs Auftritt bei Illner gestern Abend berichtet. Aktienrente. Spannendes Thema für die junge Generation. Müssen wir dringend unserer Tochter empfehlen, Dietrich. ... Was hältst du von der Aktienrente, Leonhard?"

„Auf die Frage hat er nur gewartet!", grantelt Dietrich.

Leonhard zuckt mit den Achseln, lächelt, blinzelt und sagt: „Was für ein schöner Sonnentag!" Mit der Linken beschirmt er seine Augen.

Na so was ...

Er sitzt am Fenster, das Handy am Ohr. Hinterm Fenster des gegenüberliegenden Hauses schaut sie herüber, ebenfalls ein Handy am Ohr.

„Übermorgen also in Fischen?", vergewissert er sich.

Sie lächelt, nickt und dreht sich für einen Moment vom Fenster weg.

„Ich freue mich", sagt er.

Die Frau öffnet das Fenster, ein Junge beugt sich neben ihr nach vorne, als habe etwas unten im Hof seine Aufmerksamkeit erregt. Seine Mutter spricht ins Handy.

„Werde ich machen", sagt Leonhard. „Vergiss bitte nicht, Wanderschuhe einzupacken."

Sie streicht dem Jungen übers Haar. Er ruft jemandem etwas zu, dreht sich um, eilt davon.

„Das wird ein schönes Wochenende", sagt Leonhard, „das Wetter soll ja mitspielen."

Sie lacht, schließt das Fenster und zieht die Vorhänge zu.

„Wir könnten an der Iller vorbei nach Oberstdorf wandern, dort zu Mittag essen und danach Richtung Kleinwalsertal." ...

„Na ja, zurück dann mit dem Bus." ...

„So ist es. ... Abendprogramm im Rosenstock."

Leonhard schließt nun ebenfalls das Fenster und macht sich auf den Weg zum Markt. Im Hof begegnet er dem Nachbarjungen, der mit Freunden spielt, und kickt den Ball, der ihm vor die Füße rollt, lachend zurück.

„Haben Sie auch mal gespielt?", fragt die Mutter des Jungen, die soeben aus der Haustür tritt.

„Ist lange her", sagt Leonhard. „Aber ich komme immer noch an keinem Ball vorbei, ohne dass es in den Füßen juckt."

„Männerding", spöttelt seine Nachbarin.

Leonhard freut sich auf das Wochenende mit seinem Sohn. Welchen Spaß hatten die Jungs, Johannes und seine Freunde, wenn sie hinter dem Haus auf der Wiese Fußball spielten, erinnert er sich. Und das erste Bundesligaspiel, das sie beide gemeinsam im Stadion erlebten, hat einen festen Platz in seinem Gedächtnis: Frankfurt besiegte Bayern mit zwei zu eins. Muss Mitte der Neunziger gewesen sein, vermutet er. Seither ist Johannes Fan der Eintracht. Obwohl deren Fans den dunkelhäutigen Münchner Torschützen Sammy Kuffour mit Affenlauten verunglimpft hatten. Ein Eintracht-Trikot liegt immer noch in Johannes' Schrank. Ob er sich noch daran erinnert?

Einer spontanen Eingebung folgend, blättert Leonhard im Internet den aktuellen Bundesliga-Spielplan auf und siehe da: Am nächsten Sonntag spielt Bayern München um 15.30 Uhr gegen Eintracht Frankfurt. Mit dem Zug ist man in eineinhalb Stunden von Fischen aus in München. Leider muss Leonhard feststellen, dass die Partie ausverkauft ist. „So ein Mist!"

Da meldet sich sein Handy: „Hi Dad. Erinnerst du dich an unseren ersten Besuch im Waldstadion?"

„Wie könnte ich den vergessen, mein Sohn", sagt er und hegt leise Hoffnung, was nun kommen könnte.

„Hab über einen Freund, Nachbar von Bayerns Keeper Sven Ulreich, noch zwei Karten für Sonntag ergattert. Rate mal, wer da in der Allianz-Arena spielt."

I-Pünktchen

Wieder einmal hatte ich alle i-Punkte vergessen.

In meiner Geschichte spielen *Pünktchen und Anton,* die in dieselbe Klasse gehen, dem Lehrer Putzig einen Streich. Vom Hausmeister hat Anton einen alten Stuhl ergattert. Dessen Sitzfläche sägt er fein säuberlich heraus. Das Loch überdeckt er mit einem flachen Kissen. Als Putzig sich auf den Stuhl setzt, rutscht er nach unten, wobei sein Po eingeklemmt wird. Die Schüler grölen. Aber Putzig ist ein lustiger Mann, der mit den Schülern lachen kann. Pünktchen und Anton befreien schließlich den lieben Lehrer Putzig aus seiner misslichen Lage.

Beim Fabulieren waren mir i-Punkte schnuppe.

Erich Kästner und seine Helden interessierten die blöde Kuh, unsere verhasste Grundschullehrerin Adelheid Böse, genauso wenig wie meine Geschichte der Freunde Pünktchen und Anton. Einem Geier gleich starrte Frau Böse auf mein Heft, als sie zur Kontrolle der Hausaufgaben durch die Stuhlreihen marschierte. Ihr wulstiger Zeigefinger schoss auf mein erstes i, als wolle er es im Sturzflug zermalmen.

„In der nächsten Doppelstunde begleitest du mich zur 1a!", zischte sie schmallippig. Fettige rote Spaghettihaare klebten auf der zerfurchten Stirn der Hexe.

Oh Gott, zu den Kleinen! Die Aussicht schlug mir auf den Magen. Von links, rechts und von vorne trafen mich mitleidige, hämische und garstige Blicke. Fratzenhaft glotzten sie mich durch den wässrigen Schleier vor meinen Augen an. Wenig später beerdigte die schrille Schulglocke Frau Böses grässliche Unterrichtsstunde.

Sie verpflanzte mich danach in die letzte Reihe der i-Dötzchen der 1a, die ihre Freundin und Kollegin Gansbein unter den Fittichen hatte. „Der Johannes muss i-Pünktchen üben." Diese süffisanten Worte kullerten der Schreckschraube aus eklig rot angestrichenem Maul, begleitet von einem wiehernden Lachen, das ich heute noch im Ohr habe. Die i-Dötzchen drehten sich zu mir herum und grinsten. Ich zeigte ihnen den Stinkefinger und handelte mir eine weitere Strafarbeit ein.

Zunächst aber musste ich zwei elend lange Schulstunden in diesem Kindergarten i-Buchstaben ins Heft schreiben. Eine Endlosschlange vermaledeiter i kroch von Zeile zu Zeile, von Seite zu Seite. Ich rächte mich ... und setzte keinen einzigen i-Punkt.

Böse bestellte meine Eltern ein. Das gefiel mir. Vater würde ihr gehörig den Marsch blasen. Der hasste schwarze Pädagogik – was ich damals natürlich eher ahnte als wusste. Auf Vater war Verlass. Nach dem Donnerwetter, mit dem er sie abgewatscht hatte, kassierte Frau Böse die stumpfsinnige zweite Strafarbeit. Eine Woche lang hätte ich täglich sämtliche Tafelanschriebe fein säuberlich abschreiben sollen, die sie wechselnden Klassen in ihrem Herrschaftsbereich, dem bösen Unterrichtsgefängnis, aufzwingen würde.

Künftighin ließ sie mich in Ruhe, aber auch links liegen. Die letzten vier Wochen vor den Sommerferien konnte ich gut damit leben. Dann wechselte ich glücklicherweise zum Gymnasium, wo mir keine Frau Böse mehr begegnen würde - hoffte ich zumindest. Vielleicht würde ich sogar das Glück haben, einen lustigen Herrn Putzig als Klassenlehrer zu bekommen. Von den nöligen, ewig schlecht gelaunten Frauen hatte ich nach vier Jahren die Nase gestrichen voll. Und mein Pünktchen, das würde mir bestimmt in der neuen Schule begegnen.

Letzte Haltestelle?

Wer zu dieser Haltestelle neben dem ausrangierten roten Telefonhäuschen kommt, um auf den Bus zu warten, während die Dämmerung sich auszubreiten beginnt, der pfeift aus dem letzten Loch. Er ist so einer. Wenngleich, fragt sich der Busfahrer, lebenserfahren und -gestählt: Sieht er wirklich so aus? Graues Jackett über schwarzem Polo-Shirt und dunklen Jeans; dichtes schwarzes Haar, gepflegter Dreitagebart. Allerdings melancholisch der Blick des Enddreißigers, der ihn aus tiefschwarzen Augen fixiert.

„Wo soll`s denn hingehen?"

„Was ist Ihr Zielbahnhof?", antwortet der junge Mann mit müder Stimme.

„Wenn ich das wüsste", seufzt der Fahrer.

„Dann fahren wir dorthin", sagt der Mann entschlossen.

„Dem schließe ich mich an", sagt eine zierliche junge Frau, die wie aus heiterem Himmel hinzugetreten ist. Ist sie etwa auch so eine? Sie trägt einen enggeschnittenen anthrazitfarbenen Hosenanzug. Wasserblaue Augen im blassen Gesicht. Brünettlockiges Haar, zu einem Zopf zurückgebunden.

Sie nehmen hinter dem Fahrer in dem leeren Bus Platz, er am linken Fenster, sie am rechten. Sie schauen hinaus. Der Bus startet. Die Innenbeleuchtung dimmt runter.

Nur weg von hier, denkt sich der Mann mit dem Dreitagebart. Weg von hier, ein gutes Ziel, zunächst. Dann wird man sehen. Es kann nur besser werden. Eins nach dem andern, macht er sich Mut. Eine gerade eingehende SMS bestärkt ihn in seinem Entschluss.

Endlich meinem Gefühl vertrauen, geht es der Frau durch den Kopf. Keine Ahnung, warum. Wohl gerade deshalb. Sie löst den Knoten, üppiges Haar fließt über ihre schmalen Schultern. Dem Dunkelhaarigen folgen. Ein gutes Gefühl. Sie wusste gar nicht, dass es überhaupt existiert.

Der Busfahrer, im Rückspiegel beobachtend, was sich da abspielt, pfeift vor sich hin: *On the road again.*

Soeben setzt die Frau ihre Brille ab, fährt sich durchs wallende Haar und schaut zu dem Mitfahrer hinüber. Blicke genügen.

Beide stehen auf und tasten sich durch den schwankenden Bus zur Rücksitzbank.

Der Fahrer schmunzelt. Doch noch ein guter Tag, freut er sich.

Es ist etwas geschehen

In der kurzen Pause zwischen erster und zweiter Unterrichtsstunde wurde Jakob zum Direktorat beordert, nicht zum ersten Mal. Es machte ihm nichts mehr aus. Irgendein Neider würde ihn wohl wieder verpfiffen haben. Der konnte sich auf etwas gefasst machen! Jakob eckte an, ließ sich nichts gefallen, weder von Mitschülern noch von Lehrern. Deshalb standen die Mädchen auf ihn.

Merkwürdigerweise schaute ihn der Schulleiter dieses Mal mit einer Miene an, die nicht von Verärgerung, sondern von Sorge und einer gewissen Hilflosigkeit geprägt war.

„Setze dich bitte, Jakob", sagte er und kam hinter seinem wuchtigen Schreibtisch hervor, um ihm gegenüber am runden Glastisch Platz zu nehmen.

„Es ist etwas geschehen", hob er an.

Jakob hob die Brauen, so als wolle er sagen: Sonst säße ich ja wohl kaum hier.

„Deine Schwester Lisa ..."

„Was ist mit ihr?"

Mit zittriger Stimme unterbrach er unbotmäßig Doktor Teske.

„Sie hatte einen Unfall", sagte der, mit Bedacht ein Wort ans andere reihend. „Einen schweren Unfall."

„Wo?"

„Auf der Straße vor eurem Haus."

„Was ist passiert?"

„Ein Hund ist auf Lisa gefallen."

„Wie bitte? Auf sie gefallen?"

„Im wahrsten Sinne des Wortes. Der Hund ist von einem Balkon gestürzt, als Lisa aus dem Haus ging."

„Der Kläffer von der Rosemarie?", seufzte Jakob. „Der ist immer fetter geworden, fast so wie die dicke Rose."

„Könnte sein", sagte Direktor Teske. „Jedenfalls hat man deine Schwester ins Krankenhaus bringen müssen. Wo sie gerade operiert wird."

„Was ist mit dem Boxer?", will Jakob wissen.

„Falls er den Sturz überlebt hat", vermutet Lehrer Teske, der sich an Greens Geschichte „Der peinliche Unfall" erinnert, „wird man ihn eingeschläfert haben."

„Wie das?"

„Na hör mal!"

„Bestimmt hat der Neue von der Rose ihn über die Brüstung geworfen."

„Wie kommst du denn darauf?"

„Das kann ich Ihnen sagen, Herr Teske", sagt Jakob. „Alex, also der Köter von der Rose, der hat kürzlich erst dem Benno, diesem schrägen Vogel, der bei ihr eingezogen ist, also der Alex hat dem Benno in die Wade gebissen."

Die Sache mit dem Hund sei keine kaltherzige Frage gewesen, wird Doktor Teske wenig später der Mutter sagen. Er kenne ihren Sohn: raue Schale, weicher Kern. Jakob habe sich ein genaues Bild machen, die seltsame Szene rekonstruieren wollen: seine Strategie, sich keine Blöße zu geben, seine Gefühle, seine Angst, seine Besorgnis um Schwester Lisa zu kaschieren, um ja nicht in Tränen auszubrechen.

Eine Woche später humpelt Lisa mit Krücken zum Klassenraum. Ihr Zwillingsbruder weicht ihr nicht von der Seite. Als Lisas zwei Jahre älterer Ex-Freund Moritz sich erdreistet, Jakob als „Schoßhündchen" zu bespötteln, fängt er sich prompt eine blutige Nase ein.

Und wieder muß Jakob zum Schulleiter. Der stellt ihn zunächst in den Senkel. Als Jakob sich erklärt hat, beordert Doktor Teske Moritz zu sich, um ihn, nachdem er ihn in die Mangel genommen hat, zu einem eintägigen Hilfsdienst im Tierheim zu verdonnern. Dort wird er mit Roses Boxer Alex Bekanntschaft machen.

Konsequenz

Man muss eine Herrschaft über sich selbst ausüben können, sonst ist man kein achtbarer Mensch. Was man als richtig und angemessen erkennt, das muss man selbst auch tun.

Lehrer Lämpel las seinen Eleven, die im Diktat eine lausige Leistung abgeliefert hatten, die Leviten. Ludwig Lanz lugte derweil gelangweilt aus dem Fenster, was Lämpel aus der Haut fahren ließ. Als er ausholte, um den respektlosen Lümmel mit einer Ohrfeige zu bestrafen, fasste sich Lenartz Lotte ein Herz, fuhr dazwischen und sagte:

„De Leera Lämbel hod uus gelead, dad Gewald nimols Reeschd hod."

Sogleich ließ er von dem Ludwig ab und sagte:

„Wenn der Lehrer Lämpel das gelehrt hat, dann muss ich es befolgen."

(Anregung: Johann Peter Hebels Kalendergeschichte Suwarov, 1809)

Die Taube

Eine Weile schon sitzen sie auf einer Bank im Stadtpark, in gebührendem Abstand voneinander. Man könnte sie für ein Ehepaar halten, das sich kaum noch etwas zu sagen hat.

Dabei ist es ein besonderer Montagmorgen, Frühlingsanfang. Pünktlich ist der Frühling übers Städtchen gekommen, und die Vögel trällern. Tauben tummeln sich pickend vor ihren Füßen. Wahrscheinlich würden die beiden bald jeweils ihres Weges gehen, ohne ein Wort gewechselt zu haben, kreuzten nicht zwei ungehobelte halbwüchsige Burschen mit Baseball-Kappen und ausgebeulten, viel zu weiten Jeans wie aus heiterem Himmel auf. Einer tritt nach den Tauben und erwischt eine; von den anderen, die zur Seite hüpfen, unbeachtet, torkelt sie umher. Die Kerle grölen. Der Mann springt auf, zückt flugs sein Handy, schießt mit der Kamera ein Foto von den beiden und will sie zur Rede stellen. Da stürzen sie davon. „Ihr werdet von mir hören!", ruft er ihnen nach.

„Das arme Tier", stammelt die Frau mit weit aufgerissenen Augen. Die bemitleidenswerte Kreatur kriecht über den staubigen Boden, ein Flügel hängt schlaff herab und auch ein Bein scheint lädiert zu sein, denn die Taube taumelt im Kreis, unfähig abzuheben.

„Schauen Sie bitte weg", sagt der Mann und packt die Taube, um ihr mit sicherem Griff den Hals umzudrehen. Aus der Innentasche seines zerschlissenen Parkers zieht er die Hunsrück-Zeitung, reißt ein Doppelblatt heraus und wickelt die Taube behutsam ein, wie in ein Leichentuch. Dann geht er zu einem Mülleimer, in den er sie ablegt. Als in den Bäumen Krähengeschrei anhebt, bedeckt er das Bündel mit einem flachen Stein, der am Wegrand liegt.

„Sie hatte keine Chance", sagt er achselzuckend und nimmt wieder neben der entgeistert Dreinschauenden Platz, etwas näher als zuvor. „Zu alt, zu zerbrechlich. Ich habe ihr in die Augen geschaut."

„Deshalb haben Sie die Taube nicht zum Tierarzt bringen wollen?"

Er nickt versonnen.

„Sie haben wohl richtig gehandelt", flüstert sie.

„Was für ein Frühlingsanfang!", sagt er etwas später, als erste Sonnenstrahlen durch die Zweige blitzen.

Wieder versinkt ein jeder in sein eigenes Schweigen, bis die braunlockige Frau mit den traurigen Augen sich ihrem Nachbarn zuwendet und fragt: „Unterrichten Sie dort?" Ihr Blick geht in Richtung des Gymnasiums.

„Meine Schultasche hat mich verraten?", antwortet er schmunzelnd und zeigt auf sein gutes Stück.

„Habe dort selbst mal unterrichtet", sagt sie und nickt dem großgewachsenen, hageren Mittfünfziger zu, dessen braune Augen sie neugierig mustern.

„Biologie wie Sie, vermute ich?"

Seine Brauen fahren hoch.

„Musste frühzeitig ausscheiden", seufzt sie.

„Bin erst seit Februar an der Schule", sagt er, „Warum hier in Simmern, wenn ich fragen darf?"

„Eine längere Geschichte", antwortet er, „keine gute Geschichte. Habe keine andere Wahl gehabt."

„Entschuldigen Sie meine Neugier", sagt sie. „Ich hätte Sie nicht fragen sollen."

„Warum nicht?", sagt er, leicht unbeholfen, zu ihrer Entschuldigung. Er scheint das Gefühl zu haben, es sei unhöflich, sich ihr jetzt nicht vorzustellen. Und so sagt er: „Ich heiße übrigens Max, Max Grunewald."

„Helene Lang", sagt sie. Wohl in Gedanken an die tote Taube, fragt sie: „Warum die Fotos?"

„Die Burschen werde ich ausfindig machen und mir vorknöpfen", erklärt er. „Die besuchen vermutlich eine der Schulen hier oben."

„Ich bezweifle, dass ich heute noch unterrichten könnte", sagt sie.

„Die brauchen klare Ansagen", sagt er. „Alles andere legen die einem als Schwäche aus."

„Eben", sagt sie.

„Dennoch ein schöner Tag heute", sagt er. Dann schaut er der Frau, die in sich gekehrt ihren Ehering um den Finger dreht, fest in die Augen und meint: „Ich fürchte, aus meiner Einladung zum Abendessen dürfte nichts werden."

Sie hält seinem Blick stand, lächelt kaum merklich und sagt: „Samstag Abend bei uns zu Hause. Gebratene Taube. Am Stadtgarten 22. Neunzehn Uhr?"

Er nickt.

(Anregung: G. Greene: Zwei sanftmütige Menschen)

Asche

habe ich entschieden.
Da finde ich Frieden.
Sie macht es leichter, mein Sohn.
Ein Baum soll es sein, das schon.
Immerhin zum Schluss
ein entschiedenes Muss:
Kein Verdruss!
Rauch ˋne Lulle,
iss danach ˋne Stulle.
Meide den Leichenschmaus,
er machte dir den Garaus.

Es war okay.
Du bist meine Sonne.
Gestern, heute – bis später.
Irgendwo im Äther.
Sieh mir den Reimkalauer nach –
er ummäntelt nur mein ... Ach.

Mitten im Leben

„Mitten im Leben ist mir der Faden meiner Geschichte gerissen. Aus, Schluss, vorbei?"

„Und du Leonhard, du nimmst das einfach so hin?"

Er schlurft zum Sideboard, greift in die oberste Schublade, entnimmt ihr eine Schachtel Marlboro. Die liegt da seit Jahren, ungeöffnet: für Fälle wie diesen. Umständlich entfernt er die Plastikeinfassung, fingert eine Zigarette heraus, geht zurück zu seinem Ohrensessel, klopft den Tabak auf der Lehne fest und zündet sich eine Marlboro an, die erste seit Jahren; er inhaliert, hustet und blickt den altbekannten Wölkchen hinterher, die aus Mund und Nase aufsteigen. Dann geht sein Blick zu ihr, zu Maja. Aus großen Augen schaut sie ihn an und er sagt: „Bin froh, dass du da bist. Und das am zweiten Adventssonntag!"

Sie sagt nichts. Wartet.

„Meine Zukunft ist urplötzlich von der Vergangenheit überholt worden", stellt er stirnrunzelnd fest und zerdrückt die Kippe im Aschenbecher. „Ein Crash. Dabei ist mir die Gegenwart abhandengekommen."

Maja zuckt mit den Achseln. „Muss ich das verstehen?"

„Es täte mir gut, wenn du es verstündest."

„Dann erklär`s mir."

Er steht auf, lüftet, geht im Zimmer hin und her, die Arme hinter dem Rücken verschränkt. Er schließt das Fenster wieder, bevor Schneeflocken hereintrudeln. Dann gießt er ihr nach, *Tesch*-Spätburgunder, wie früher, hält inne und sagt:

„Ich will es dir erzählen."

Er schiebt den Sessel zu ihr hin, dass er ihr in die Augen schauen kann. Ihr Blick: neugierig, warm und zugewandt.

Zweiter Dezember, ein diesiger, regennasser Tag. Kalter Schneegeruch liegt in der Luft. Ein Freitag in diesem Jahr, wenn du dich erinnerst. Ich stehe mit dem Rücken zum weihnachtlich geschmückten Ausstellfenster eines Optikergeschäfts. Mantelkragen hochgestellt, Schirm aufgespannt, schaue ich in die hell beleuchtete

Glasfassade des gegenüberliegenden Cafés, auf Gesichter hinter Scheiben. Wie jedes Jahr um diese Zeit. Manchmal schneite es. Heute leider nicht, noch nicht. Ich sehe Gesten, stumme Gebärden von Menschen, von meiner Warte aus nur Köpfe und Oberkörper. Und zwischen und hinter ihnen Kellner, leichtfüßig, wie in Trance, Tabletts mit Gläsern, Tassen, Kuchen jonglierend.

Der Fenstertisch, den ich wieder einmal reserviert habe, der ist noch frei. Ich male mir aus, wie wir uns dort bald in die Augen sehen werden: freudig, neugierig, zärtlich. Mit welcher Frisur wird sie mich dieses Mal überraschen? Wird sie wieder den roten Kaschmir-Rolli tragen? Einen solchen habe ich mir besorgt; primanerhaft, ich weiß, und dennoch.

Was wird sie erzählen? Letztes Jahr Urlaubserlebnisse. Sonderbar, die erzählte sie, als als sei sie in Rollen geschlüpft, um unentwegt unterschiedliche Bühnen zu bespielen: einsame Strandspaziergänge, Besuche von Kunstausstellungen, Weihnachtsmarktbummel, Skilanglauf in Oberstdorf, wobei sie einen Unfall hatte, demzufolge ein gebrochener Finger geschient werden musste. Sie war fassungslos: Wie konnte ihr, die seit Jahren auf Loipen unterwegs ist, ein solches Missgeschick passieren? Urplötzlich sei ihr schwindlig geworden, sagte sie, blanke Angst in den Augen; völlig untypisch für die Frau, die ich jahrelang als eine Ausgeburt selbstsicherer Lebendigkeit und des Frohsinns wahrgenommen hatte. Und als ich sah, dass sie weinte, nahmen meine Lippen die Tränen von ihren Wangen.

Was werde ich ihr erzählen? Sie mag es, wenn ich von meinem neuesten Buchprojekt berichte. Später werde ich ihr daraus vorlesen; vor allem Szenen, die ich geschrieben habe, um sie ihr vorzulesen. Mein Herz schlägt höher, prickelnde Erwartung, gepaart mit schönen Erinnerungen. Wie jedes Jahr am zweiten Dezember.

Ich schaue auf meine Uhr, gleiche die Zeit ab mit der großen Uhr vor der Bank auf dem Marktplatz, wo Leute trotz des unwirtlichen Wetters geschäftig umherwuseln. Glockengeläut. Acht Uhr. So manche Stunde hat die Dezembernacht dem Tag gestohlen, der sich mühsam aus dem Dämmer schält. Ich überquere die Fußgängerzone und stapfe, Pfützen ausweichend, zum Eingang des Cafés, wie jedes Jahr. Wie jedes Jahr fragt mich die Dame hinter der Kuchentheke; auch sie ist älter geworden: „Der Ecktisch am Fenster, wie immer?" Wissend lächelt sie mich an, eine heimlich Verbündete; sie gibt der Bedienung einen Wink, damit sie mich zum Tisch begleitet.

Erst jetzt, in der Wärme des Cafés, merke ich, wie kalt es draußen ist, schüttele mich und reiche der jungen Frau, die wohl erst seit kurzem kellnert, Mantel und Schirm.

„Die Zeitungen bitte", sage ich, „und vorweg einen Cognac und ein Kännchen Kaffee."

„Sehr gerne", flötet sie und flattert davon.

Die Floskel passt nicht in das alterwürdige Café-Haus, geht es mir durch den Kopf.

Ich setze mich so, dass ich den Eingang gut im Auge behalten kann. So ist es heute, so war es gestern, so wird es morgen sein. Ein guter Gedanke, einer der beruhigt. Mein Blick tastet die Tische ab; kein bekanntes Gesicht.

„*Mainzer Allgemeine, FAZ, Die Welt,* bitte schön, der Herr", sagt sie mit funkelnden Augen.

Ich überfliege die Titelseiten, Überschriften, erste Zeilen, ohne etwas anderes zu lesen als das Datum: Montag, 2. Dezember 2022.

„Wozu auch? Was ich aus den Radio- und Fernsehnachrichten aufgeschnappt habe, hier steht es schwarz auf weiß. Schicksal schlägt den einen, der andere lebt weiter, als wäre nichts geschehen. So ist das Leben. Eine beklemmende Erfahrung, die mich schon lange begleitet, Ursache meiner latent melancholischen Gestimmtheit. Der titelseitige Kommentar der *FAZ* indes lenkt mich ab, macht mich neugierig. „Gendern diskriminiert", leitartikelt die Autorin und schließt mit dem hehren Anspruch: „An einer Gesellschaft als Mensch mitwirken zu können. Alles andere spaltet nur."

„Der Cognac, der Kaffee. Darf es noch etwas sein, der Herr?"

„Wasser, stilles Wasser bitte."

Sie zeigt auf den Tisch, ich hebe entschuldigend die Hand.

Ich lasse mir Zeit. Jeder lässt sich hier Zeit. Deshalb ist man hier. Sehen und gesehen werden.

Ich starre aus dem Fenster, Rinnsale, die der Regen klatschend über die Scheiben zieht, sekündlich neue skurrile Silhouetten zeichnend, Masken, die mich angrinsen. Der dezente Geräuschteppich über den Tischen beruhigt.

Da vibriert mein Smartphone. Ich wische über das Display und werde erinnert: „Ihre Suite ist ab sofort für Sie frei."

Ich schaue zur Eingangstür. Aber sie öffnet sich nicht. Niemand betritt das Café. Mein Gedächtnis wird mir doch keinen Streich gespielt haben? Nein, wie immer der zweite Dezember – und das Lächeln meiner Vertrauten hinter der Kuchentheke hat es bestätigt, beruhige ich mich.

„Sie warten auf jemanden", spricht mich unvermittelt eine mir fremde Stimme vom Nachbartisch her an, eine sonore Männerstimme. ‚Sie warten auf jemanden.' Keine Frage, eine nüchterne Feststellung.

Mein Blick springt zwischen Fensterfront, Eingangstür und Fremdem hin und her.

„Nein, Sie irren!", sage ich, eine Spur zu laut. Was geht es ihn an?

Einmal im Jahr. Das war, das ist unsere Übereinkunft, in Stein gemeißelt. Immer am zweiten Dezember. Gemeinsamer Cafébesuch am frühen Morgen als Auftakt. Mal war sie, mal ich der Erste. Kein Problem. Warten kann auch versüßen. Ansonsten keiner Routine die Tür auch nur einen Spalt breit öffnen, Routine, die unser Miteinander, unsere Zweisamkeit stören könnte. Das Allerweltswort Beziehung haben wir aus unserem Vokabular gestrichen. Keine Allerweltsgeschichte, Gott bewahre, schon gar keine Affäre. Keine sonstigen Absprachen, Briefe, SMS, Mail-Nachrichten und dergleichen. Letztere gab es in unseren Anfangsjahren noch gar nicht. Nach und nach kristallisierten sich allerdings einige Grundregeln, uns mehr oder weniger bewusst, heraus. Eine weise Regel lautete, auf die Unentrinnbarkeit des Zufalls achtend, ihn wertzuschätzen. Ein Wimpernschlag, ein Seufzer, eine unvorhergesehene Bewegung, sensibel wahrgenommen, öffnete ungeahnte Türen. -

Nur der zweite Dezember ist wichtig, sehr wichtig, überlebenswichtig.

Und die Erinnerungen? Wozu sollten sie tauglich sein? Kann ich mit Erinnerungen etwas festhalten, etwas bewahren? Hoffentlich wird die Zukunft, wird meine Zukunft die Frage bejahen.

Leonhard schaut Maja, seine Seelenfreundin seit eh und je, mit geweiteten Augen an. Sie nippt nachdenklich am Glas, sagt aber nichts.

„Das Gefühl kenne ich nur allzu gut, sagt der Fremde", fährt Leonhard fort zu erzählen.

„Wie bitte?", entfährt es mir.

„Auf jemanden zu warten", wiederholt er. „Warten auf jemanden, der nicht mehr kommt."

„Ich sagte doch schon, dass ich nicht warte", entgegne ich, leicht irritiert: Wie er den Hinweis ́nicht mehr` betont hat!

„Sie sagten es", bestätigt er.

Nachsichtig, freundlich seine Stimme.

Aus den Augenwinkeln betrachte ich ihn nun genauer. Hager von Gestalt, schwarzer Rollkragenpullover unter schwarzem Anzug, graumeliertes Haar, scharfkantiges, blasses Gesicht, zerfurchte Stirn, tiefbraune Augen, überwölbt von buschigen Brauen. Zehn Jahre älter als ich, mindestens, schätze ich. Unwillkürlich stelle ich mir die Frau an seiner Seite vor: zierlich, warmherzig, klug.

Ich kippe den Rest Cognac hinunter und muss husten.

„Sind Sie zur Kur in Wiesbaden?", fragt er unvermittelt und fixiert mich mit geröteten Augen.

„Nein, nein", sage ich. Ohne es eigentlich zu wollen, füge ich eine halbe Wahrheit hinzu: „Alte Gewohnheit von mir: in der Stadt meiner Studentenzeit jeweils zu Adventsbeginn wieder ́ankommen`."

„Verstehe", sagt er, meine Anspielung mit einem sanften Lächeln quittierend.

„Bin zum ersten Mal hier in Mainz", sagt er. Einen traurigen Begleitton glaube ich herauszuhören. Oder bilde ich mir das nur ein?

„Sie wollen jemanden besuchen?", fragt meine unerwartete Neugier.

„Nein, nein. Ich muss, wie soll ich es sagen … Ich muss den Ort aufsuchen, den meine Frau um diese Zeit immer besuchte. Sentimentalität, wenn Sie so wollen."

„Und ihre Frau?", frage ich beiläufig.

„Verkehrsunfall im Mai", kommt es ihm schmerzlich über die Lippen, „sie war schuldlos, sie hatte keine Chance."

„Oh", stammle ich. „Das tut mir leid." Ich suche nach Worten: „Und warum dieses Café?"

„Keine Ahnung", antwortet er. „Irgendwo muss ich doch eine Spur von ihr finden, oder?"

Ich zucke mit den Achseln. Dann sage ich, da man uns mittlerweile Blicke zuwirft: „Setzen Sie sich doch zu mir!"

„Das ist aufmerksam von Ihnen", sagt er und nimmt mir gegenüber Platz. Jetzt erst fällt mir auf, wie tief seine dunklen Augen in ihren Höhlen liegen.

„Sie beobachten nach wie vor den Eingang", stellt er fest.

Ich nicke und winke zur Kellnerin hin, um zwei Cognac und zwei Kaffee zu bestellen.

„Sie wissen nicht, was Ihre Frau jährlich hierher zog?", will ich wissen.

„Wir hatten Geheimnisse voreinander", sagt er unumwunden. „Zugegebenermaßen. Dabei hasse ich Geheimnisse."

„Das Salz in der Suppe einer Beziehung", maße ich mir an, humorig zu sein.

„So würde ich das nicht nennen", sagt er leise und schaut aus dem Fenster, vor dem sich von jetzt auf gleich Schneeflocken tummeln. „Winter hat sie gemocht."

Ich denke an Monique. Auch sie liebt Schnee. Ich schaue zur Eingangstür des Cafés. Heute ist ihr wohl etwas dazwischen gekommen, vermute ich. Vor fünf Jahren, erinnere ich mich, da kam sie erst am Nachmittag. Ihr Sohn hatte sich verletzt. „Nichts Schlimmes", hatte sie mich beruhigt.

„Beste Freundin, hatte sie mal angedeutet", sagt er, mehr zu sich selbst. „Ich habe nicht nachgehakt. Hätte ich mal besser getan, dann wüsste ich jetzt vielleicht … ?"

Er stockt.

„Mit jemandem sprechen, der sie gut gekannt hat", setze ich seinen Gedanken fort, „das könnte guttun, oder?"

Er nickt und meint: „Wenn sie am dritten Dezember zurückkam, immer kam sie am dritten Dezember zurück, dann war sie zumeist guter Dinge."

Er schaut durch mich hindurch in eine Vergangenheit, die ich allenfalls erahnen kann.

„Sie war übrigens eine gute Fahrerin", sagt er. „Das kann ich trefflich beurteilen, denn ich bin ein schlechter Chauffeur. Drum ließ ich sie fahren. Manchmal fuhr sie vielleicht etwas zu schnell."

„Ist auch nicht gerade meine Stärke", sage ich, wahrheitsgemäß.

„Hinter dem Unfall stand ein kleines Fragezeichen", fügt er an. „Es konnte nicht beantwortet werden. Nun, wer tot ist, kann sich nicht rechtfertigen."

Er zuckt mit den Schultern,

„Sie war übrigens viel jünger als ich."

Warum sagt er das? Und blitzt mich dabei an.

„Und jetzt sitze ich hier, sitze Ihnen gegenüber, einem Fremden, und überfalle Sie mit meiner Geschichte. Sehen Sie es mir bitte nach!"

Die Bedienung serviert Cognac und Kaffee.

Unsere Gläser begegnen sich, ein heller Klang.

„Gefühlen gegenüber", sagt er, mich erneut fixierend, „also Naturgewalten gegenüber war sie wehrlos."

Er greift in sein Jackett, fingert fahrig ein zerknittertes Foto heraus und schiebt es mir zu. Dabei sagt, nein flüstert er: „Ich rede und rede mit Ihnen, schaue Ihnen zu, wie Sie immer wieder nach der Tür schauen und habe das Gefühl, sie könnte jeden Augenblick hereinkommen."

Das Foto, auf das ich schaue, zeigt eine braunlockige Frau, die liebevoll lächelnd einem Jungen über die Haare streicht.

„Mhm", sagt Maja und dreht das bauchige Rotweinglas zwischen den Händen. „Mit keinem Wort hast du bislang eine Geliebte erwähnt. Dabei kennen wir uns seit Kindesbeinen."

„Das war ich uns schuldig", sagt Leonhard.

„So, so", grummelt sie.

Schweigend nicke ich.

„Und du hast die Geschichte, auch dem Fremden gegenüber, für dich behalten, vermute ich."

„So ist es. Und nun frage ich mich: Ist das in Ordnung?"

Maja fährt sich mit der Hand durchs Haar, dann sagt sie: „Nein, Leonhard, das hast du gerade mich gefragt. Und ich antworte dir: Die Frage kannst nur du dir beantworten. Und ich glaube", grübelt sie, „dabei musst du ganz schön tief in deiner Vergangenheit graben!"

Er zupft sich am Ohrläppchen, quält sich aus dem Sessel, tigert auf und ab, um dann abrupt vor Maja stehen zu bleiben und ihr mit schleirigem Blick zu sagen: „Ich möchte dir gerne erzählen, wie wir uns kennengelernt haben. Aber nur, wenn du möchtest."

„Nur zu", sagt sie und grummelt „Eine zweite Flasche wäre hilfreich."

Sie zeigt auf ihr leeres Glas.

…

„Sommer neunzehnhundertsechsundachtzig. Deutscher Germanistentag in Stuttgart. Der Vorlesesaal in einem altehrwürdigen Uni-Gebäude proppenvoll. Die Vorlesung zum Thema Literaturverfilmung hat offensichtlich Neugier geweckt. Und ich bin angespannt bis in die Haarspitzen. Einen fixen Stimmungs-Scismographen suchend, gerät mein Blick in den Sog großer blauer Augen, die ihre Anziehungskraft über den Tag hinaus behalten werden, in der Erinnerung bis heute. Das Mienenspiel der braunlockigen Fremden begleitet meinen Vortrag, gibt mir Sicherheit. Auch danach, am Abend in der Hotelbar und in der gemeinsamen Nacht. Unserer ersten Nacht, der viele folgen werden."

„Warum dann der fehlende Sinn für eine gemeinsame Zukunft?", wundert sich Maja.

„Du triffst den Nagel auf den Kopf", sagt Leonhard. „Die Frage quält mich, Ich war damals ungebunden, ich hätte … hätte … hätte. War wohl zu sehr mit anderem oder mit mir selbst beschäftigt."

Warum sagt er das? Er weiß, dass es nicht stimmt. Er weiß, dass ein gemeinsames Leben mit Monique kaum lebbar gewesen wäre … so wie er gestrickt ist.

„Und Monique?"

„Ich weiß es nicht, weiß nicht, ob sie … Habe nicht nachgefragt."

„Dein lapidarer Hinweis auf Alltagsroutine, Leonhard; den nehme ich dir jedenfalls nicht ab. Dahinter verbirgt sich eine tief sitzende Verunsicherung. Lies Linde Rottas *Disteln und Ginster*.“

Leonhards Gesicht verfinstert sich. Manchmal kann ein besserwisserischer Literaturhinweis nerven. Mit zittrigen Fingern zündet er sich eine Marlboro an, Rückfall in eine längst überwunden geglaubte Abhängigkeit. In seinem Kopf rumort es. Sich in fortgeschrittenem Alter eingestehen zu müssen, an der entscheidenden Weggabelung die wichtige, vielleicht gar richtige Ausfahrt verpasst zu haben, tut weh. Der Blick in den Rückspiegel hilft jedoch nicht weiter. Sein ganzes bisheriges Leben steht auf dem Prüfstand.

Maja schaut ihm beim Grübeln zu, um ihn wie aus heiterem Himmel mit einer Beobachtung zu konfrontieren: „Sonderbar, deine jahrzehntelange ´Geliebte`“ - Maja setzt das Wort mit den Fingern in der Luft in Anführungszeichen, als bezweifle sie dessen Wahrheitsgehalt -, „sie ist tot, vor vier Tagen hast du es erst erfahren, und … ich kann nicht erkennen, dass du trauerst.“

Leonhards Brauen ziehen sich zusammen, seine Augen zucken, seine Nasenflügel zittern.

„Es erschreckt mich selber“, grummelt er, „Gefühlsblockade, Kälte in mir. Die Quittung wird kommen, ich habe jahrzehntelange Erfahrung mit mir selbst. Der Zug steht, dann rast er auf den Abgrund zu.“

„Und wie willst du den Absturz verhindern?“

„Von meinem eigenen Lebenszug abspringen geht nicht“, stellt er nüchtern fest. „Ich hoffe, ich finde eine Notbremse.“

Kaum wieder alleine, Maja hat versprochen, bald wieder vorbeizuschauen, martern ihn Erinnerungen an Monique.

Er hat Mühe, sich ihr Gesicht zu vergegenwärtigen. Wenn er am zweiten Dezember auf sie gewartet hatte, hätte er es, so er dafür begabt wäre, zeichnen können. Und nun ein weißes Blatt, auf dem die Linien in Windeseile unsichtbar werden. Auch ihre Stimme ist weg.

Warum hatten sie beide den schönen Schein gemeinsamer Stunden einmal im Jahr abgefeiert und sich eingeredet, damit glücklich zu sein? Warum scheuten sie davor zurück, sich und einander unliebsame Wahrheiten einzugestehen, zumindest Fakten? Einen Sohn hatte Monique ihm gegenüber beiläufig vor etwa zehn Jahren mal erwähnt, genauer gesagt, dessen Sportverletzung, derzufolge sie sich verspätet hätte. Sonst kein Wort dazu. Nachgefragt hatte er auch damals nicht. Weil er Angst vor der Antwort hatte? Und dann trifft er unverhofft den Vater des Sohnes beziehungsweise der alte Mann trifft ihn mitten im Leben, um ihm beiläufig die Todesnachricht zu überbringen.

Wie in einem schlechten Roman.

1941 – 1954

Boxweltmeister Max Schmeling sei mit ihm auf Kreta gelandet, im Mai 1941. Der habe allerdings die Hosen gestrichen voll gehabt, der Fallschirmspringer Schmeling. Wie oft hat mein Onkel es mir erzählt, mir, dem gutgläubigen Zehnjährigen, der gerade *Winnetou*, *Lederstrumpf* und *Der letzte Mohikaner* verschlang. Ob es sich tatsächlich so zugetragen hatte, wie er es erzählte? Keine Ahnung. Es ist kaum noch zu überprüfen, aber es ist auch nicht wichtig. Max Schmeling, der Boxweltmeister, und er, der wagemutige zwanzigjährige Fallschirmjäger aus dem verschlafenen Hunsrück-Kaff, beide gemeinsam 1941 auf Kreta!

Ein Jahr später in Rommels Truppe nahe El Alamein. Stramme Wüstenmärsche. Feindbeschuss. „Wer da nicht durchtrainiert war, der hatte schlechte Karten." Der dortige Soldatenfriedhof scheint noch heute zu beglaubigen, was der Onkel sagte. Dann die Gefangenschaft „bei dem Amerikaner", in Little Rock, eigentlich zum Fußballspielen. Morgens Erntehelfer, nachmittags Kicker. „Die Amis wollten was von uns deutschen Jungs lernen."

Erst Jahre später ist mir ein Licht aufgegangen. Die Jahre, von denen der Onkel mir mit leuchtenden Augen erzählt hatte, waren beileibe keine Sportereignisse. Warum hatte er das verschwiegen? Was hatte der zwanzigjährige Bursche aus dem Dorf gewusst, was kapiert? Merkwürdig: Seine Erzählungen von den heldenhaften Sportlerjahren blieben aus, wenn andere Männer zugegen waren. Onkel Robert etwa hatte es neunzehnhundertzweiundfünfzig gerade noch nach Hause geschafft. Wo er Feind und Freund die Haare geschnitten hatte, da wurde nicht gekickt. Immerhin hatte man ihn dort jahrelang durchgefüttert. Doch das weiß ich erst, seit er tot ist. Und auch mein Vater, einige Jahre jünger als seine beiden Schwäger, hatte sich aufs Schweigen verlegt, tagsüber. Des Nachts quälten ihn die Erinnerungen. Seine Schreie habe ich im Ohr. Leider kann ich auch ihn nicht mehr fragen.

Als Helmut Rahn 1954 in Bern Deutschland zum Titel schießt, da brechen die drei in Jubelschreie aus, der Fußballer aus Little Rock, der Friseur aus Novosibirsk und der allmorgendliche

Zwangsbestatter aus dem kroatischen Hungerlager. Der ist nunmehr erfolgstüchtiger Fabrikant ohne Geschichte.

Als einziger im Dorf hat er einen Fernseher. Das ist ihm peinlich.

Bei Rahns epochalem Tor springen sie gleichzeitig auf, ihre dürren Arme schießen jubelnd in die Höhe, dann landen die drei wie eine Eins wieder auf der Couch. Die ist dem freudigen Gemeinschaftstaumel der scheinbar Genesenen nicht gewachsen. Sie kracht im selben Moment zusammen. Die ulkige Bruchlandung der drei habe ich vor Augen, das Knirschen der Holzfüße der Couch im Ohr, den Biergeruch in der Nase - als fände all dies im Moment statt. Nicht die USA, nicht die Sowjetunion, nicht Jugoslawien, nein, die drei Heimkehrer sind nun Weltmeister. … Und auch ich.

Meine Mutter, die von Fußball noch weniger versteht als ihr Pimpf, also meine Wenigkeit, meine Mutter hat vorgesorgt. Als habe sie es geahnt. Erhofft? Befürchtet? Ich weiß es nicht, habe allenfalls eine Vermutung, ihr angedeutetes Lächeln vor Augen. Zur Feier dieses außergewöhnlichen Deutschlandtages hat sie eine Torte aufgetischt. Nicht irgendeine Torte, nein die Torte schlechthin:

Elf blaue Kerzen umkreisen und umflackern das in der Tortenmitte eingepflanzte schwarz-rot-goldene Deutschlandfähnchen. Und dessen Adler ist wieder wer. Das weiß ich heute. Aus dem Fähnchen ist die schwarz-rot-goldene Fahne geworden. Ist sie das wirklich?

Unerwartete Begegnung (Mai 2018)

Später Vormittag. Sie sitzt unter dem Blätterdach der üppigen Weide auf der Ruhebank am Simmerbach. In den letzten Tagen ist er mächtig angeschwollen; sein trübes Wasser schwappt bis vor Mutters Füße. Endlich gönnt sich der Regen eine Pause und gibt der Sonne eine Chance. Mutter trägt ihre blaue Strickjacke über der blauen Hose; ihre blaubestrumpften Füße stecken in blauen Halbschuhen, die tagelang auf einen Spaziergang gewartet haben. Sie wippen den Sonnenstrahlen entgegen. Die erfreuen auch Enten, die auf den Bachwellen reiten. Mutter sitzt einfach da und schaut Löcher in die Luft. Ein leichter Wind spielt mit ihrem weißen Haar. Sie haben wunderbares, volles Haar, wie eine Fünfzigjährige, Frau Tesch, habe die Friseurin gesagt, sagte Mutter mir gestern mit strahlenden Augen.

„Darf ich mich zu dir setzen?", fragt das Mädchen mit den lustigen Zöpfen. Mutter hat es gar nicht bemerkt, so sehr ist sie in Gedanken gewesen.

„Gerne", lächelt sie das Kind an. „Wie heißt du denn?"

„Emma", schmunzelt die Kleine und lässt den Schulranzen von ihren schmalen Schultern herabgleiten. „Ich bin acht Jahre alt und gehe in die Rottmannschule. Da hinten, weißt du", sagt sie und zeigt Richtung Tankstelle.

„Emma", murmelt Mutter. „So hieß eine meiner beiden älteren Schwestern."

„Lebt die nicht mehr?"

„Sie ist vor ein paar Jahren gestorben."

„Oh, das tut mir leid."

„So ist nun mal das Leben. Die einen steigen aus dem Lebenszug aus, die andern steigen ein."

Emma zieht die Brauen hoch. „Ein trauriges Bild", meint sie.

„Und du hast ein wunderschönes Kleidchen an, die lila Blumen", sagt Mutter, den melancholischen Gedanken wegschiebend.

„Das hat mein Papa auch gesagt", nickt Emma und fragt ungeniert: „Wie heißt du?"

„Martha", antwortet Mutter. „Und ich bin neunzig Jahre alt."

„Echt", wundert sich Emma. „Das sieht man dir gar nicht an, Oma Martha."

Mutter schmunzelt. „Das höre ich öfters. Tut mir ganz gut. Das muss ich zugeben."

„Bestimmt hast du Kinder und Enkelkinder, oder?"

„Ja, ja. Mein Lieblingsenkel heißt Johannes. Der ging vor vielen Jahren auch zur Rottmann-Schule."

„Und, hat es ihm da gefallen?"

„Mal mehr, mal weniger."

„Hmh. Geht mir auch so."

„An Johannes' Einschulung erinnere ich mich gut", sagt Mutter. Dunkle Kulleraugen schauen sie neugierig von der Seite her an.

„Also", beginnt Mutter zu erzählen, „gegen Mittag kommt Johannes den Weg heraufgeschlurft. Auf der Bank vor der Haustür haben Opa und ich auf ihn gewartet. Die Zuckertüte hält er fest umklammert. Aber er blickt missmutig drein. Da fragt ihn Opa Gerhard: ´Na Johannes, wie war dein erster Schultag?`

Er reicht mir die Zuckertüte, stößt den Ranzen mit dem Fuß unter die Bank, baut sich vor Opa auf, stemmt die Arme in die Hüften und erklärt: ‚Ich brauch die Schule nicht. Hab noch genug anderes zu erledigen.´"

Emma stimmt in Mutters Lachen ein.

„Und was ist mit Opa Gerhard?"

Mutter zeigt gen Himmel.

„Da sind meine Omas und Opas auch", seufzt Emma.

Da ist es es für einen Moment ganz still. Plötzlich drückt die Kleine die Hand ihrer „neuen" Oma und fragt: „Wenn ich darf, schaue ich nach der Schule öfter mal bei dir vorbei."

Mutter strahlt und nickt.

„Und dann erzählst du mir noch mehr lustige Geschichten von Johannes."

„Darauf freue ich mich jetzt schon", sagt Mutter. „Ich erzähle Johannes auch von dir, liebe Emma. Vielleicht lernst du ihn ja mal selbst kennen."

Emma schultert ihren Schulranzen und meint: „Ganz bestimmt. Grüß bitte Johannes von mir. Bis bald."

Als Mutter mir von der Begegnung mit Emma berichtete, die ich gerade erzählt habe, fragte sie versonnen: „War ich auch so keck, als ich acht Jahre alt war?"

„Ich denke schon", meinte ich schmunzelnd und hatte ein Dorfschulphoto aus dem Jahr neunzehnhundertfünfunddreißig vor Augen.

Achtjährig sitzt Mutter in weiß gepunktetem Kleid in der zweiten Reihe von unten; etwas zurückgelehnt, neben einem verschmitzt dreinschauenden dunkelhaarigen Jungen, der öfters bei ihr abgeschrieben habe. Die Arme verschränkt, wie die rechts von ihr sitzende Freundin Inge, macht sie einen Schmollmund, zieht die obere Lippe ein wenig schräg nach oben. Skeptisch schaut die Göre drein, vielleicht auch genervt, kratzbürstig. Unter zusammengezogenen dunklen Brauen fragt ihr kecker Blick abschätzig in Richtung des Photographen: Was soll das? Beeile dich! Wir haben Besseres zu tun.

So lese ich es in ihrem Gesicht. Vielleicht will ich es so lesen.

Drei Geschwister zeigt das Foto. Die zweitälteste Schwester, Emma, vierzehnjährig, oberste Reihe, vierte von rechts, tiefdunkler Teint. So habe ich mir in meinen jugendlichen Karl-May-Träumen Winnetous Schwester Nscho-Tschi vorgestellt.

Septemberausflug (2018)

Der letzte Septembersamstag, tiefblauer Himmel, kein Wölkchen weit und breit. Mein Blick geht über den See. Ein grünbraunes Waldstück umsäumt ihn von der gegenüberliegenden Seite her. Spätsommerliche Mittagsschläfrigkeit liegt über den Bäumen.

Mutter hakt sich bei mir unter und wir spazieren mit behutsamen Trippelschritten los, den leichten Abhang zum See hinab. Der Sommer war sehr heiß. Und auch heute gibt die Sonne noch einmal ihr Bestes: ein blitzblanker, heller Tag. Auf der verbrannten Grasnabe finden Enten, die vor und neben uns hin und her watscheln, kaum noch etwas zu fressen.

„So werden meine Füße wieder flinker", murmelt Mutter und schaut auf die Kieselsteine des Wegs, der den See umrandet.

Eine leichte Brise streicht über ihren Nacken und mahnt zur Vorsicht. Gottlob hat sie das grüne Seidenhalstuch umgelegt, das Johannes, mein Sohn, ihr zu Weihnachten geschenkt hat.

Ich zeige gen Himmel. Ein prächtiger Rotmilan wetteifert mit zwei halbwüchsigen Nachkömmlingen lustvoll um die Lufthoheit. Spitze, katzenähnliche Hijä-Schreie begleiten das elegante Kampfspiel. Vor unseren Augen pflügen sich Wildenten mit kraftvollen Stößen durch die Pflanzendecke ins schwankende Schilfdickicht, das schaukelnde Schatten übers Wasser schickt.

„Reißen die vor uns aus?", frage ich.

Mutter lächelt, drückt meinen Arm und seufzt: „Ach ja."

Für einen Moment bleiben wir stehen. Mehrfach atmet sie tief ein und aus. Ihre Gesichtshaut ist heute wie vergilbtes Pergament. Ihre Augen sind schleirig und liegen tief, dass es mich schmerzt.

„Schau, wie schön sich Weiden und Schilfgras im Wasser spiegeln", sagt sie auf einmal.

Ich lege meinen Arm um ihre gebeugten Schultern. Ist Mutter schon wieder einige Millimeter kleiner geworden, durchfährt es mich.

Ein Pärchen hat es sich unter einer Wolldecke auf der wie ein Fragezeichen geschwungenen Bank, die wir passieren, bequem gemacht und giert nach späten Sonnenstrahlen.

Einige Meter weiter starren zwei Angler auf die simmernde Wasseroberfläche und dösen vor sich hin. Da zuckt die Angel des Älteren und er schreckt auf. Hektisch kurbelt er an der Angelrute, zerrt die zuckende Forelle vom Haken und schlägt ihren Kopf gegen den Stein, der neben ihm in der Sonne schwitzt. Der fette Boxer neben dem eng umschlungenen Paar auf der nahegelegenen kleinen Holzbrücke knurrt und stiert böse zu dem Angler hin. Zum Glück ist der Hund angeleint.

Mutter schüttelt den Kopf. „Jetzt ist es genug", schnaubt sie, etwas außer Atem, und tupft sich mit dem Taschentuch Schweißperlen von der Stirn, auf der sich greise Haare kräuseln. Dann rückt sie die dunkelblaue Baumwollschirmmütze zurecht. Lachfältchen zeichnen sich auf ihrem Gesicht ab.

„Die Kleine, guck mal, die hat das Püppchen auf der Nachbarschaukel platziert und … los geht`s!"

Sie klatscht dem Kind zu. Das Kind lacht zurück und hält das „Schwesterchen" beim Paarschaukeln mit der ausgestreckten Hand fest. Mutter wagt alleine Schritte zum Spielplatz, lehnt sich gegen den Rahmen der Schaukel und lächelt in meine Kamera. „Klick" und nochmals „Klick". Auch das Mädchen strahlt über beide Ohren.

„Ein Stück Obstkuchen mit Sahne wäre jetzt nicht schlecht", meint Mutter und schaut auf die hitzeflirrende Terrasse des Wirtshauses am Simmerbach. Gedämpfte Stimmen schwirren herüber.

„Bevor wir dann durch die Dörfer tuckern", legt sie schelmisch nach.

Ich freue mich, dass sie heute allen Widrigkeiten zum Trotz Wünsche hat, obendrein Wünsche, die ich ihr erfüllen kann.

Auf der Rückfahrt ins Seniorenheim überrascht Mutter mich am späten Nachmittag mit einem wunderbaren Gedanken:

„Es ist schön zu wissen: Da wartet jemand auf mich."

❧

Mein Geburtstag (Januar 2019)

Neun Uhr fünfunddreißig. Die frischen Blumen in einer Jutetasche versteckt, habe ich mich im Seniorenheim hoch zum dritten Stock gepirscht und klopfe dort an Mutters Tür. Ich öffne, höre ihr „Herein!", nehme den Strauß in die Hand und biege um die Ecke. Mutter ruht in ihrem Ohrensessel, wie immer nach dem Frühstück.

„Liebe Mama! Den Blumenstrauß hast du dir verdient", sage ich, sehe Fragezeichen in ihren Augen, lege den Strauß auf den Tisch, helfe ihr beim Aufstehen und nehme sie in den Arm.

„Na, du hast mich heute vor neunundsechzig Jahren geboren, Mama", lache ich. Sie schlägt sich mit der Hand vor die Stirn.

„Ich gratuliere dir herzlich zum Geburtstag", sagt sie mit schleirigen Augen und drückt mich.

„Ich gratuliere dir zum Geburtstag!", sage ich.

„Hätte ich doch glatt vergessen", murmelt sie und steht unschlüssig im Raum. Draußen weht ein heftiger Wind.

„Ich muss mal zur Toilette", meint sie.

Ich versorge die Blumen in einer Vase. Dann bringe ich den Abreißkalender auf den aktuellen Stand. Als Mutter um die Ecke biegt, erinnere ich sie daran, das Trinken nicht zu vergessen.

„Den Blumenstrauß solltest du dir nach Hause mitnehmen", sagt sie unvermittelt.

„Nein, der ist für dich. Darauf bestehe ich!", antworte ich. „Ist doch merkwürdig: Mütter werden für den Tag ihrer größten Anstrengung nicht beschenkt."

Schmunzelnd nickt sie. „Ging ja alles gut." ...

Um neun Uhr fünfzig begleite ich Mutter zum Aufzug. Sie schiebt ihr „Kärrchen", so nennt sie den Rollator.

„Die wissen aber nicht, dass du heute Geburtstag hast, oder?"

Ihr Blick wandert zu dem Aufenthaltsraum, wo einige Damen darauf warten, von der Pflegerin abgeholt zu werden. Ich nicke ihnen freundlich zu. In wenigen Minuten werden sie meine Zuhörer sein.

„Nein, ich weiß ja, dass du das nicht magst, Mama", sage ich. Sie nickt.

Um zehn Uhr beginne ich vorzulesen, wie immer dienstags. ...

Gegen Mittag gratuliert mir mein Bruder telefonisch zum Geburtstag. Dabei erwähnt er, Mutter habe ihn am Abend zuvor, als er sie anrief, nachdrücklich auf meinen Geburtstag hingewiesen.

„Ob ich aber morgen daran denke?", habe sie gemurmelt und angefügt: „Na ja, ist ja auch nicht so wichtig. Ich kann ja nicht an alles denken."

Ein Augenblick für meine Ewigkeit (Dezember 2019)

Ihre weißen Haare, ganz zerzaust. … Mir stockt der Atem. Sie scheint am Fenster eingeschlafen zu sein, den Kopf auf verschränkten Armen gebettet, die regungslos auf der Tischplatte ruhen. … Als sei sie aus der Welt gefallen. … Ich schließe die Augen, wie man sie vor dem Weinen schließt, aber … mir kommt keine Träne. Später erst.

Jemand, der beobachtete, wie der grauhaarige Mann im dunklen Kapuzenpullover, kaum dass er den Lift verlassen hat, zur Salzsäule erstarrt, der riefe, ohne zu zögern, nach einem Arzt.

Nur mit Mühe gelingt es mir, mich zu fassen. … Drei hochbetagte Frauen am Nebentisch stieren vor sich hin, erstarrt im je eigenen Vergangenheitsgefängnis. Gespenstige Stille. … Hier isst man mittags … , hier wartet man nachmittags auf Kaffee und Kuchen …, hier wartet man auf's Abendbrot.

Leise taste ich mich durch die geöffnete Glastür. Vorsichtig ziehe ich einen Stuhl heran und setze mich neben Mutter. Kaum wage ich zu atmen. Behutsam lege ich den Arm um ihre Schulter. … Wie in Zeitlupe hebt sie den Kopf und schaut mich aus fernen Augen an. Allmählich, ganz allmählich taucht sie auf. … Sie legt ihre zerbrechlichen Hände auf meine Rechte und sucht nach Worten.

„Mama, schau, die Sonne!", höre ich mich sagen.

Ihr Blick folgt meinem Fingerzeig. Strahlen blitzen durch die Lamellen der Jalousie und gaukeln Wärme vor.

„Lass uns über die Dörfer fahren", schlage ich vor.

„Oh ja, darauf freue ich mich", sagt sie nach einer Weile, glaube ich mich zu erinnern.

Mühsam steht sie auf und greift nach ihrem „Wägelchen". Aus schleirigen Augen schaut sie mich fragend an. Ich lege ihr den Arm um die gebeugte Schulter und sage: „Du musst was Warmes anziehen, Mama, … und die Mütze."

„So kalt?", kommt es ihr matt über die Lippen. Sie blinzelt nach den Strahlen.

„Oh ja, die Sonne täuscht", antworte ich und drücke auf die Liftleuchte. Knarrend öffnet sich der Aufzug und Mutter schiebt sich mit dem Rollator hinein. …

„Meine Knie tun so weh", klagt, nein sagt sie, als wir durch den Innenhof gehen …

Ich gurte Mutter an und starte die Sitzheizung. Wenig später ist es wohlig warm im Wagen. Unseren Wagemut belohnen blauer Himmel und Sonnenstrahlen. Die Flippers singen „Oh du fröhliche", passend zur Stimmung, zu Mutters Stimmung, zu meiner, zu unserer Stimmung.

In Horn erinnert sie sich plötzlich: „Hier ist meine Mutter geboren."

„Weißt du noch, in welchem Haus?", frage ich.

Sie nickt.

Ich fahre die Dorfstraße ab und alle Nebenstraßen.

Mutter sagt: „Ich hab`s vergessen." …

„Sollen wir`s nochmal probieren?", frage ich.

Sie schüttelt den Kopf und sagt: „Guck mal, wie sauber alles ist."

Schmucke Fachwerkhäuser huschen an uns vorbei, liebevoll restauriert. …

Zurück im Altenheim, warten Kaffee und Kuchen. Dabei erzählt Mutter Frau Funk, Erika und Frau Fiedler, wie schön die Ausfahrt gewesen sei.

„Wo wart Ihr denn?", fragt Erika.

Mutter ist mit dem Käsekuchen beschäftigt.

∾

Weihnachten in Heugesmor

Es ist nicht leicht, sich von einer Illusion zu befreien, selbst wenn keine triftigen Gründe für sie sprechen. Denn sie spendet Hoffnung und Trost dem, der an sie glaubt.

Ich war ihr dicht auf den Fersen gefolgt – wie ihr Schatten, würde man sagen. Aber das ist töricht. Schließlich kann man mich anfassen, hören und, ich sag`s ja nur, auch riechen, hoffentlich mit Wohlgefallen. Allerdings achtete ich darauf, genügend Abstand zu halten, um unbemerkt zu bleiben. Als müsse sie einem unerwarteten Hindernis ausweichen, trat sie zur Seite, zog eine Brille heraus, um, wie mir schien, etwas in Augenschein zu nehmen. Ihr Blick ging nach oben, auch der meine. Da fiel es mir wie Schuppen von den Augen: der weiße Plastik-Weihnachtsbaum.

Im selben Moment traf eine Messenger-Nachricht auf meinem Smartphone ein: 25.12.2017, ein Foto mit unserer Mutter vor eben diesem weißen Weihnachtsbaum. Die fremde Person, der ich gefolgt war, betrat das mehrstöckige Haus und ging die Treppe hoch. Auf dem Türschild las ich: Verena und Gerd Zugvogel.

Ich wartete, doch die Fremde kam nicht zurück. Panik erfasste mich. Ich hastete die Treppe hinauf, klopfte an die Tür und tatsächlich wurde mir geöffnet. Sie saß da vor dem weißen Weihnachtsbaum und sagte kein einziges Wort.

Der seltsame hundertste Geburtstag

Mutter kam ins Wohnzimmer, weiß im Gesicht, so weiß wie das Blatt Papier, dem ich gerade diese wahre Geschichte anvertraue. Und weil sie sich wirklich ereignet hat, hat sie eigentlich weder einen Anfang noch ein Ende. Ich wähle einen überraschenden Augenblick der Geschichte aus, den ich Ihnen erzählen möchte. Also, meine Mutter betrat das Wohnzimmer ihres Hauses in Pfalzfeld, meinem Geburtsort, weiß im Gesicht.

„Unfassbar", murmelte sie und sank in ihren ockergelben Ohrensessel, den linker Hand Topfpflanzen flankierten, rechter Hand die pittoreske Porzellanvase, in der Kätzchenzweige steckten, die blühen sollten. Nur taten sie es nicht. Warum ich diese Nebensächlichkeit gerade zu Papier gebracht habe, weiß ich nicht so recht.

„Was ist denn um Himmels willen los?", fragte ich.

In zitternden Händen hielt Mutter einen Brief. Den hatte der Postbote vor wenigen Minuten abgeliefert. Sie schüttelte den Kopf, immer wieder.

„Mutter?"

„Ja?" Sie schaute mich an, als hätte ich sie mitten in der Nacht aus tiefem Schlaf gerissen. Wovon träumte sie? „Was ist los?", fragte sie mich entgeistert.

„Das frage ich dich", sagte ich.

„Ach, Gerd. Ich muss daran denken, wie du als kleiner Bub herumgetollt bist. Du warst so ein munteres Kind. Und nun" – sie schaute mich aus wässrigen Augen an – „und nun kommt es mir vor, als wäre das gestern gewesen. Wer weiß", seufzte sie, „wer weiß, ob wir nächstes Jahr hier noch einmal gemeinsam zu Mittag essen werden."

Karfreitagstimmung?, fragte ich mich. Passt nicht zu Mutter; zu Sentimentalitäten neigt sie eigentlich nicht, sagte ich mir. Ich erwähne das, damit Sie keinen falschen Eindruck bekommen. Umso mehr traf mich ihre Traurigkeit, weil ich meine Mutter liebgehabt habe. Zwei Stunden zuvor war ich, wie so oft in den vergangenen Jahren nach Vaters Tod, auf dem Schinderhannes-Weg zu ihr geradelt. Ich wohne ja in Simmern, wie Sie wissen. Mutter hatte, wie immer freitags, ein leckeres Fischgericht mit Senfsauce aufgetischt, obwohl sie selbst Fisch nie mochte. Danach hatten wir, wie immer nach dem Essen, auf dem Radweg unseren Spaziergang gemacht, der allerdings zunehmend kürzer ausfiel; dieses Mal kehrten wir bereits an der Flammensäule um, weil es Mutter zu sehr anstrengte. Obwohl die Vorfrühlingssonne sich alle Mühe gab. Bei der Rückkehr kam der Postbote. Mutters Fassungslosigkeit musste etwas mit dem Brief zu tun haben, einem vergilbten Brief, wie mir auffiel, als sie ihn in Händen hielt. Andere Frauen ihrer Generation hätten in der Situation vielleicht einen Cognac gewollt oder einen Eierlikör, Mutter hingegen bat mich um einen Espresso. Als ich mit dem Tässchen aus der Küche kam, reichte sie mir den Brief, der sie erschreckt hatte, und sagte. „Lies!"

Er war mit einer mechanischen Schreibmaschine geschrieben; das Jahre alte Papier roch nach Lavendel.

„Liebe Martha", las ich laut vor. „Ich starb, wie Sie sich vielleicht erinnern, am achten April 1972. Sie waren mit Ihrem Mann bei meinem Begräbnis. Was ich erfreut bemerkte. Schließlich habe ich Sie zu Lebzeiten immer sehr bewundert. Was Ihnen, dem energischen, zielstrebigen, blitzgescheiten Mädchen vom Lande, allerdings verborgen geblieben sein dürfte, vermute ich."

Ich ließ den Brief sinken und schaute Mutter verwundert an. Das Kuvert, das in ihren Händen zitterte, trug keinen Absenderhinweis.

„Na bitte", sagte sie und führte das Espressotässchen an den Mund. „Lies weiter!", forderte sie mich auf. Ein wenig Farbe war in ihr Gesicht zurückgekehrt, was mich beruhigte.

Ich las weiter vor.

„Heute feiere ich im himmlischen Jerusalem meinen hundertsten Geburtstag, liebe Martha. Lassen Sie uns darauf anstoßen. ... Vielleicht ist Ihr Sohn, von dem mir berichtet wurde, zu Besuch bei Ihnen. Schließlich ist Karfreitag ein wichtiger Feiertag für Protestanten. Gerd könnte an meiner Statt mit Ihnen anstoßen. Warum, werden Sie sich fragen, warum erhalten Sie heute diesen Brief, liebe Martha? Nun, ich habe in Erwartung meines baldigen Ablebens im Hundertjährigen Kalender geblättert und gehe davon aus, dass mein hundertster Geburtstag auf Karfreitag zweitausendsieben fällt. In dem Jahr werden auch Sie, liebe Martha, runden, und zwar am ersten September zum achtzigsten Mal, wenn ich es recht erinnere.

Ihr Wohnzimmer beherbergt nach wie vor die geliebte Glasvitrine? Ein Erbstück, in dem Sie all die wunderbaren Dinge aufbewahren, die Ihnen Geschichten zu erzählen haben. Ich erinnere etwa an die Pfauenfeder, die Ihr Vater Franz aus Litauen, wo er im Ersten Weltkrieg gedient hatte, mitbrachte. Das Kleinod, das ich meinem Brief beigelegt habe, findet in der Vitrine vielleicht auch noch ein Plätzchen. Von da, wo ich jetzt bin, schaue ich Ihnen zu, wenn Sie das Säckchen öffnen. Erinnern Sie sich?"

Mein Blick ging zu Mutter, die ein blaues Stoff-Säckchen auf dem Schoß hatte, dem sie ein schmales Notizbüchlein entnahm, aus dem sie mir nun ein paar Zeilen vortrug, die sie als Fünfzehnjährige im Sommer neunzehnhundertdreiundvierzig in Bollendorf aufgeschrieben habe.

„Der Junge vom Nachbarhaus hat mir gesagt, er habe beschlossen, Tischler zu werden, Der Neuanfang, auf den er hoffe, der dürfe nicht auf wackligen Beinen stehen. ... Er hat Recht. Es gibt Belege, die zählen mehr als eine Geburtsurkunde. Wir werden unseren Geburtstag neu datieren."

Ich schaute Mutter fragend an.

„Ich muss darüber nachdenken", sagte sie. „Was mir damals durch den Kopf ging, habe ich vergessen. An den Jungen im ´Nachbarhaus` erinnere ich mich. Wir trafen uns heimlich. Denn man achtete streng darauf, dies zu verhindern. Die Jungen der LBA Bollendorf sollten übrigens ebenso wie auch wir Mädchen zu Volksschullehrern ausgebildet werden. In den eroberten Ostgebieten des

Deutschen Reichs plante man uns später einzusetzen. Paul, so hieß der Junge, hatte andere Pläne. Leider weiß ich nicht, was aus ihm geworden ist."

„War er in dich verliebt, Mutter?"

„Könnte sein", sagte sie mit einem leicht verschmitzten Lächeln. „Jedenfalls schrieb er mir Zettelchen. An eines erinnere ich mich: 'Nenn Liebster mich, so bin ich neu getauft.'"

„Das sagt Shakespeares Romeo zu Julia", sagte ich.

„Sieh an", meinte Mutter.

„Hast du eine Ahnung, wer dir diesen Brief geschrieben hat, Mutter?"

„Lies den Schluss des Briefes bitte vor."

„Möge mein Ostergruß Sie erfreuen, mögen Sie noch viele gesegnete Frühlinge erleben.

Aus dem ewigen Himmel grüsst Sie

Ihre

Frau Ludwig"

„Lotte Ludwig, unsere Deutschlehrerin", erklärte Mutter. „Sie schätzte mich sehr. Mein Tagebüchlein muss irgendwie in ihre Hände gekommen sein. Gott sei Dank nur in ihre Hände! Und sie bewahrte es auf. Hätte die Leiterin der LBA es gelesen, hätte man mich umgehend der Schule verwiesen. Nicht auszudenken, was dann passiert wäre!"

„Eine Tote schreibt keine Briefe", gab ich zu bedenken, „schon gar nicht mit einer Schreibmaschine. Woher weiß die Tote von mir, von der Vitrine, der Pfauenfeder und alldem?"

„Die Frage kann ich dir nicht beantworten, mein Sohn", sagte sie. „Doch es muss eine Erklärung dafür geben."

Dass die Dinge in der Vitrine ihr so manches zu erzählen hätten, darauf hatte Mutter immer wieder hingewiesen.

„Stimmt es, dass du mit Vater neunzehnhundertzweiundsiebzig auf ihrer Beerdigung warst?"

Sie seien in Trier auf der Beerdigung einer Lore Winter gewesen, glaubte Mutter sich zu erinnern. Sie wusste aber nicht mehr, warum. Ich hatte da meine Zweifel.

„Irgendjemand muss eine Verbindung zwischen dir und deiner Lehrerin sein oder gewesen sein", rätselte ich.

Bei diesen Worten hellte sich urplötzlich Mutters Gesicht auf. „Die Millbada Rosa", stieß sie hervor.

Mein Verdacht ins Blaue hinein hatte Mutters Gedächtnisschublade ein Stück weit aufgezogen. Rosa Brück aus Mühlpfad war Näherin in Vaters Strickerei. Sie, die vor etwa zwanzig Jahren verstarb, hatte ein Kind, eine Tochter, die nach Trier verheiratet war. Mutter wusste leider nicht mehr, wie sie mit Vornamen hieß, auch nicht, welchen Familiennamen sie nun trug. Die Briefmarke des Kuverts war tatsächlich in Trier abgestempelt worden. Eine Spur war gefunden. Und diese Spur ermöglichte es mir, herauszufinden, wer den rätselhaften Brief zu Lotte Ludwigs hundertstem Geburtstag verschickt hatte.

(Anregung: J.M. Simmel „Unheimlicher Brief von einer längst verstorbenen Dame")

Jonas

Mit diesem Anruf habe ich rechnen müssen. Und doch trifft er mich wie der Blitz aus feurigem Himmel. Dunkel habe ich es immer geahnt, gleichwohl verdrängt. Unklar, wer mich benachrichtigen würde. Vor allem: wie?

Dennoch trifft mich die vertraute Stimme völlig unvorbereitet. Wie gelähmt hocke ich da. Allmählich kommt mein Körper in die Gänge, nicht ich. Er funktioniert, leidlich.

Wie viele Wochen, Monate habe ich mit dem Anruf gerechnet? Tagtäglich hat er an das Eingangstor meiner Vorstellung geklopft! Wie würde ich reagieren? Gegen Furcht kann man angehen, aber gegen Angst? Eher nicht. ...

Nach Wochen fahre ich zum Haus meiner Eltern. Ein grauer Tag, nebelverhangen. Das Hoftor öffnet sich, nachdem ich den Funk betätigt habe, endlos langsam. Ich schaue zurück, dann nach links und rechts, dann nach vorn. Das Metallgittertor hat den Weg frei gegeben.

Was nehme ich wahr? Was fühle ich? ... Eine Geisterumgebung, nicht mehr, aber auch nicht weniger. Beklemmendes Gefühl, als ich die Haustür öffne, eintrete, den Lichtschalter suche, ihn endlich finde, die Treppe hoch steige. So leer, so kalt, so leblos - alles.

Da schleicht Jonas um die Ecke, miaut. Ich höre ihn, rieche ihn, ich fühle sein warmes Fell - alles ist gut.

Nichts ist gut. Jonas lebt schon lange nicht mehr.

Literarische Veröffentlichungen
von Gerd Tesch

Kriminalromane:

Tod am Radweg, 2016
Hunsrück-Wolf, 2017
Hunsrück-Skandal, 2019
Eisbergiade, 2019
Finale Rache, 2020
Corona, kopflos, 2020
Unerhörte Enthüllungen, 2021
Zielscheibe Ströher, 2021
Selbstbildnis mit Pickelhaube, 2022
Die Unerwarteten, 2022

Kurzgeschichten und Erzählungen:

Gestern ist heute, 2018
Vorlesen im Altenheim, 2020
Vorlesen im Seniorenheim, 2020
Martha und meine Geschichte(n), 2021

Gerd Tesch, 1950 im Hunsrückdorf Pfalzfeld geboren, studierte an der Johannes Gutenberg-Universität Mainz Germanistik, Allgemeine Sprachwissenschaft, Politikwissenschaft und promovierte in Philologie. Er arbeitete in etlichen rheinland-pfälzischen Gymnasien, zuletzt bis zur Pensionierung als Schulleiter des Gymnasiums Kirn.